軍政下奄美 日本留学記

東 喜啓
Azuma Yoshiakira

南方新社

軍政下奄美　日本留学記　目次

装丁　オーガニックデザイン

第一章　神戸の日常

一

「兄ちゃん、また長田さんに、連れてってなぁ」

「なんでやぁ、正月に行ったばかりやないか」

喜望《よしもち》は天井を見つめたまま、隣に寝ている妹の智子に聞き返した。

夜八時過ぎ、笠の被った電灯も消し、すっかり暗くなった四畳半の部屋で、兄妹は枕を並べすっぽりと布団に潜っていた。大寒となった一月下旬、神戸でも連日寒い日が続いていた。

「お願いごとがあるんや」

智子は声は押し殺しながら、左肩を下にしてこちら向きになった。

「お願いなら、初詣のとき、たんとしたんとちゃうの」

喜望も声を殺す。

隣の居間では両親がまだ起きていて、父ちゃんは晩酌を、母ちゃんは末弟の二歳になる浩良を寝かしつけながら、父ちゃんの相手をしていたからだ。

「まだ足りないんや」

「何や、足りないって。小学校に入ったら勉強できますようにとお願いしたんやろ」

喜望は、この春に小学校に入学する二歳違いの智子に言った。

「いろいろ。兄ちゃんのことも、お願いせなあかんねん」

「何や、兄ちゃんのことって」

「内緒や」

「何でや」

喜望はあっけにとられる。

智子がせがむ長田さんとは、神戸・長田に鎮座する長田神社のことだ。日本書紀にも由緒についての記述が見られる古い社だが、商売繁盛など、〝長田さん〟として庶民に親しまれていた。兄妹の暮らす神戸・和田岬のつけ根にある浜中からは、歩いて三、四十分の所にあった。

喜望たち東の一家は、つい先日、一九四一年の正月に、その神社に初詣に行ったばかりだった。大勢の参拝者で賑わい、参道には幾つもの屋台が立ち並んだ。喜望は、屋台の中の一つ、割烹着を羽織った威勢の良いおばちゃんの店で買った飴菓子を、智子がにこにこしながら舐めていたことを思い出していた。

「なあ、兄ちゃん、ええやろ」

「母ちゃんに頼め」

「母ちゃんは駄目や」

「じゃ、父ちゃんに言いなぁ」

「父ちゃんもあかん。兄ちゃんやないとあかんねん」

「何で」

喜望は相変わらず天井を見つめている。すると、掛け布団を剥ぎ、さっと抜け出した智子が、こちらの布団に潜り込んで来た。そして、首に抱きついてきた。

「兄ちゃん、ええやろう」

「やめ、離れろ」

喜望は息が苦しくなる。

「兄ちゃん」

「分かった、分かった」

喜望は音を上げた。

「約束やで」

智子はやっと安心したようで、自分の布団に戻った。

「なあ、今度はなぁ、市電使って行こう。約束やでぇ」

「わかった。もう寝え」

喜望は声を押し殺しながらも、荒い口調となる。しかし、智子からは何にも反応がない。もうすでに寝息をたてていた。

「何や」

喜望はあっけにとられながら、苦虫を噛んだ。すでに寝付こうとしていたところを起こされたので、すっかり目が覚めてしまった。智子のことを恨めしくなりながら、そういえばと思った。

正月に長田さんにお参りした時は、歩いて行った。母ちゃんが浩良を背負い、父ちゃんが智子の手を引き、自宅を出た。しかし智子は「市電に乗りたい」と駄々をこねた。初詣という、年に一回の特別な時だから、市電に乗れるものと楽しみにしていたようだ。だが、父ちゃんは「初詣は歩くもんや」と許してくれない。だから長田さんまでの道のり、ずっと、へそを曲げていた。それでも、参拝を済ませ、あの飴菓子を舐めていた時は、すっかり上機嫌になっていたが。

＊

一カ月がたち、二月下旬となった。すでに春一番も吹いていていた。

喜望は授業を終えると、同級生の李東根といっしょに帰宅の途に就いていた。二人は共に、紺色の学童服を着ていた。

「さあ、じゃんけんしようや」

喜望が元気に声をかけると、二人は腕を差し出す。喜望はグウ、李はパー、彼の勝ちだった。

「なんや、また負けか」

喜望は声を上げると、自分と彼のランドセルを背中と腹にかけて歩き出す。二人は、じゃんけんで勝敗を決め、負けた者が二人分を担ぐという遊びをしていた。

彼とは二年生になって初めて同じ組になったのだが、一学期が始まったころ、席が近かったので親しくなった。そして、同じ町内に住み家路も同じ方角ということもあって、こうして下校を共にするようになっていた。ただ、李については、きっと親たちから吹き込まれたに違いないのだが、両親の出身が朝鮮半島であることから、彼のことを何気なくだが、避ける者もいた。

だが、喜望は違った。普通に付き合えた。そのことを両親から、とがめられたこともないし、とにかく馬が合うのだ。とは言っても、性格も容姿も正反対ではあった。自分は活発な方で、教員の質問にもよく自発的に答えた。一方の李は物静かで口数も少ない。その分、どこかその歳には似合わず思慮深く見える。体躯も違う。背丈は同じぐらいの低さだが、喜望は頭が大きくどんぐりのような体型だ。色黒でもある。一方の李は、細身で顔も細長く色白だ。正直、美男子なのだ。事実、彼に好意を寄せる女子が何人もいると、噂されていた。

「今日、遊ばへんか」

喜望は敗者に課された百歩を歩き終えると、言った。

「そうやな、母ちゃんが許してくれたらな」

李はこたえた。

「そうか。今日な、妹と長田さんに行くことにしてんねん。いっしょに行こうや」

喜望は言った。寝床で約束した智子との約束を果たす日が来ていたのだ。自分なりに念入りに計画を練ったつもりだが、しかし、いざとなると不安が尽きなかった。それで、誘ったのだ。

「そうか、それじゃ、鉄塔下広場で待ってるで」

喜望は急に小声になった。

そこへ背後から、「あんたら、何やってんよ」と笑い声がした。後ろを向くと、同級生の笹山和子と前田静香だった。二人の女子は快活な性格で、男子にも遠慮しない。ただ、前田は顔立ちが整い、組の中の美少女といった存在だった。

「かばん持ちや」

喜望はこたえる。

「入るか」

「ええよ。やる」

前田は言った。

そして、四人は「じゃんけんぽん」と声を合わせ、腕を差し出す。負けたのは、またもや喜望だった。

「なんでや」

「さあ、持ってもらうで」

三人は威勢よくランドセルを渡す。

喜望は、腹と背に一個ずつ、両肩にそれぞれ一個ずつを担ぎ、歩き出す。二人分ならともかく、さすがに四人分は重く、足もよたつく。

「がんばれ、がんばれ、東」

三人ははしゃぐ。

そして、喜望は前田から背中を押された。

「次は、絶対勝つ」

喜望は強情になりながらも、内心ではすっかりはしゃいでいた。

やがて友人たちと別れ、家に向かった。

「ただいま」

喜望は声をかけた。そして、「紙芝居が来ているから」と嘘をついて、智子を連れ出した。約束通り、長田神社に行くためだ。母ちゃんを欺いたのは、二人きりで長田神社に行く、しかも市電を使うなどとなれば、絶対に許してくれないからだ。それだから、智子には絶対に言ってはだめだと、きつく口止めしておいたのだ。

　喜望は智子の手を引き、三軒長屋の真ん中の借家の、玄関口の引き戸を開け、路地に出て左に向かう。どことなく、心が弾んでいる。やがて三つ角にぶつかる。そこを左に曲がった。反対の右に行けば、御崎橋にぶつかり、橋の下にはどんよりとした青銅色の兵庫運河が流れている。海岸線にも近い浜中は、兵庫運河に沿った小さな地域だ。それだけに、御崎橋の遠く向こうに連なる六甲の山々が映えていた。

　しばらくして通称・電車道に出ると、角の鉄塔下広場で李を待つことにした。電車道には、その名の通り神戸市が運営する路面電車が走る。三宮方面に向かう線と、長田方面へと向かう線の複線だ。十分待った。が、やはり彼は来なかった。停車場へと入ると、数人の利用客の列に並んだ。子どもといえば、喜望と智子だけだ。電車道には、荷馬車も走る。間もなく〝チンチン〟という音をたてて電車が入ってくる。車両の屋根からは、鹿角のような二本のトロリーが空に突き出ていた。車内は空いていた。

二人は後方の席に座った。少しすると、運賃の徴収に車掌が回ってきた。女性だった。目鼻が整い、髪は耳を覆うくらいで短い。その頭には帽子をちょこんと載せる。厚手生地の上着は襟付きであり、前をボタンで閉じている。スカートは膝下まである長めのものだ。腰に黒の太い皮ベルトをしめ、鞄を提げていた。

車掌は二人の前に立つと、不安げな笑みを浮かべながら聞いて来た。

「ぼくたち、二人きりなの」

「はい、そうです」

喜望は遠慮がちに、もじもじと答えた。父ちゃんに似てくりくりとした坊主頭は大きいが、背丈は低い。その隣に、おかっぱ髪の幼い智子を連れている姿が、心配されたのに違いない。

「どこへ行くん」

「長田神社です」

今度は智子が答える。はきはきと、しっかりした口ぶりだ。

「お金は持っているのかしら」

「はい。兄ちゃんが持っています」

「そう。じゃぁ、二人分もらえるかしら」

「はい」

今度は、喜望が慌てて答えた。そして、その場に立ち上がり、ズボンのポケットから小銭を取り出した。

「ありがとうね。気をつけて行くんやで」

「はい。分かりました」

またもや智子が、笑顔で返事した。

喜望は再び座った。

「何や、智子」

喜望は口を尖らせた。

だが、智子はそんなことは素知らぬ振りだ。

「兄ちゃん、智子な、大人になったら、車掌さんになりたいねん」

くすくすと笑う。

「え――」

喜望は不意の打ち明け話に言葉を失ってしまった。

「兄ちゃんは、大人になったら何になるん。父ちゃんと同じ船造りか」

智子は追い討ちをかける。

二人の父ちゃん、喜通《よしみち》は、和田岬にある大手造船所に勤務し、戦艦を造っていた。外では絶対に言ってはならないと厳命されていたが、具体的には潜水艦の建造に従事していた。神戸にある造船技術を学ぶ職業訓練校も出ているから、腕の良い職人でもあり、事実、溶接部門の職長の一人でもあった。大手造船所と言えば級友からも羨ましがられる。自慢の父ちゃんだった。

「ちゃう、ちゃう。兄ちゃんは船乗りになるねん」

「ふぅーん」

「そう、戦艦乗りや」

喜望は少し得意気だった。中国との戦争が始まって以来、ますます男子には将来、軍人になることこそが立身出世であるとされていたから、漠然とだがそんなふうに考えていた。

「そうなん。そんなら、勉強も頑張らなあかんやん」

智子は知った口ぶりだ。

「何や、偉そうに」

喜望はむかっとした。そんなこと、妹のお前に言われたくない。実際、勉強はしっかりしているし、成績だって悪くない。それをいちいち母ちゃんのようなことを言うな、と苛立つと、ふと、先日の夕飯後の一こまを思い出していた。

それは、智子にせがまれて尻取りをしたときのことだ。最初から嫌々だったから、まともにやろうとはせず、継ぐ言葉も愚図る。一方の智子はすらすらと、しかも得意満面に言葉を継いできた。時には自分にも知らない単語を発しもした。結果、一回、二回、三回と繰り返したが、全敗してしまった。その時、智子は頭が良く、学校に入ったら勉強もできるのではないか、と漠然と考えた。と同時に、妬み心も湧いたのだった。

二人は予定通り、長田神社へと着いた。そしていっしょに並んで賽銭を投げ入れた。

「智子は何をお願いしたんや」

「兄ちゃんが、船乗りさんになれますようにって」

智子はくすくすと笑った。

帰路の市電は、行きと逆方向の和田岬方面行きに乗る。座席は、また、後方に座る。やがて、車掌が回ってきた。今度は中年の男性だった。警察官と同じような姿だ。

「運賃ええか」

「はい」

喜望は立ち上がると、ズボンのポケットに手を突っ込んだ。金は、竹の手製貯金箱に貯めてきた小遣いから工面したものだ。行きの運賃に賽銭代、そしてあめ菓子代と使ってきたから、残りもわずかだ。当然、何に使うのかはあらかじめ計算してきている。ぎゅっと、一銭硬貨を握ると、手を引き出し広げた。掌に乗った硬貨を数える。十二枚必要だ。だが、十一枚しかない。焦った。硬貨を反対の掌に握り直して、再びポケットに手を突っ込んだ。しかし残っていない。たしかに、このポケットに入れたのだ。だけどと思い、左のポケットも確認した。が、なかった。不安が一気に広がる。やはり足りないのだ。

が、すぐに、思い直した。

「おっちゃん、すみまへんな、一銭足りないけど、これでお願いしますわ」

萎縮せず悪びれず、少し大人びながら平然と言ってのけた。

「どれ、見せてみぃ」

車掌は自身の掌を広げた。

喜望は握りしめていた硬貨を車掌の掌に置いた。

車掌はゆっくりと目視で数える。

「そうやなぁ、一銭足りんな。そいなら、もう一度ポケット確かめてみぃ」

喜望は、言われるまま少し慌てて、左右それぞれのポケットに両手を突っ込んだ。そしてごそごそとかき回した後、手を引き出す。

「やっぱりないか。しゃあないなぁ。今回は大目にみてやる。次は気をつけるんやで」

車掌はそう言うと、次の客へと向かった。

「兄ちゃん、良かったたな」

智子はあっけらかんとした顔つきだ。

「父ちゃん、母ちゃんには、絶対に言ったらあかん」

＊

日曜日の午後のことだった。

喜望は、四畳半の子ども部屋にいた。円い木製の座卓をすえて、色鉛筆で絵を描いていた。画用紙には心に浮かぶまま、学校の運動場で級友らと鬼ごっこをする姿が描かれている。誰から教わった訳ではないのだが、絵を描くことは、幼少の頃から好きだったたし、それなりの腕前だった。だから、教員から褒められることもよくあったのだ。

そうであるからなのだろう、一年前の小学校一年生の時には、仲の良い級友が彼の通う絵画教室に、いっしょに行かないかと誘ってくれたことがあった。好きな絵が習えるのだから、ぜひ行きたいと心も躍った。早速、母ちゃんに願い出た。親にあれこれとせがむことはめったにしなかったし母ちゃんも寛容ではあったから、きっと叶えられると思った。だが、許してくれなかった。しかし諦めきれない。絵は好きだ。それに、親が許してくれないと言うのも、誘ってくれた友人の前では、どうもばつが悪い。それで、この時ばかりは駄々っ子になり、繰り返しせがんだ。だが、母ちゃんは一向に首を縦に振らないのだ。そして、最後には、そんなお金は我が家にはない、と一喝されてしまったのだ。それで、その代わりに、十二色のクレパスと色鉛筆、それに画用紙を買い与えられたのだった。

はしゃぎ回る子どもたちの姿を描き終えた。仕上げに、クレパスで背景の色をつけることにした。思案したうえで、画用紙の上部、絵の中では空になる訳だが、そこは青に塗ることにした。

隣では、智子がちょこんと正座して、絵本に目を通している。その絵本は母ちゃんに繰り返し読み聞かせてもらっていたから、自力で読めるようだ。

すると、襖を隔てた隣の部屋から、父ちゃんと戯れて「キャー、キャー」と弟の浩良が笑う声が聞こえてきた。その声とともに、ラジオから流行歌の「出征兵士を送る歌」が流れてくる。母ちゃんはその横で、座卓に新聞を広げて黙々と記事を追っかけているに違いない。母ちゃんは新聞を読むのが好きだ。いや、新聞といわず、文章を読むことが好きなのだ。一方の父ちゃんは、新聞を読んでいるところなど目にしたことがない。日々、家族を養うため仕事に追われる中で、楽しみといえば一日の労働の後の晩酌と、たまに子どもたちも連れて行く海釣りぐらいに違いない。ラジオから流れてくる曲はサビの部分に入る。

喜望はその歌声に合わせて、「いざゆけ、つわもの、日本男児」と、自然に口ずさむ。ラジオではおなじみの曲だから、知らぬうちにも覚えてしまうのだ。曲調もテンポ良く心地よい。しかも「正義の戦、いくところ」などという歌詞には感情を揺さぶられた。

そうこうしているうちに曲も終わり、空の青も塗り終えた。茶色のクレパスをとった。しかし何か釈然としない。そう、色鉛筆とクレパスだけでは物足りない。もっと多様な色を出したい。水彩絵の具が欲しかったのだ。そうすればしっかりとした、大人びたものにできる。しかし、今はそれもないのだから仕方がない。茶色は、空とは違い、力をいれ濃く色をつけていく。

「喜通兄ぃ、おらんと」

玄関のガラス戸を叩く音とともに呼び声が響いた。

「なんね、誰よ」

父ちゃんが返事をする声が聞こえる。そして、玄関の引き戸が引かれた。

「工場の義岡《よしおか》よ。兄ぃに頼みがあって」

若い男の声だ。日常生活とは異なる方言だった。

「何よ」

「実はよ」

若い男の声はだんだんと小さくなり、聞こえなくなった。

やがて、引き戸が閉められる音がしてきて、父ちゃんは居間に戻ったようだ。そして、再び玄関の引き戸が引かれた。

「兄ぃ、おぼたらん、恩にきます」

義岡という男がしきりに頭を下げている姿が目に浮かぶ。

「あんた、いい加減にせんと」

今度は、母ちゃんの刺刺しい声が飛び込んでくる。

「この前の貸した金も、戻っておらんよ」

「この尼、何を偉そうに」

「うりぃは、いつから金貸し屋になった」

母ちゃんが負けじと返す。

こうして、一瞬にして夫婦喧嘩が始まった。

そしていつものように、売り言葉に買い言葉、罵りの応酬が続くうち、だんだんと言葉も変わった。

実は、父ちゃんと母ちゃんは、奄美群島の一つ徳之島の出身だった。集落も同じ徳和瀬だ。だから、日頃は神戸の言葉で生活しているにもかかわらず、喧嘩、あるいは喜び事など感情が高ぶった時には、徳之島の方言が噴出すのだった。きっとそれは二人にとっては、無意識のことであり、かつ自然なことなのだろう。

だけど、自分らにとっては、堪《たま》ったものではない。喧嘩になれば、その音量も歯止めがきかなくなり、近所には筒抜けだ。両親の喧嘩自体もそうだが、徳之島の方言を使っていることを知られるのは恥ずかしかった。

義岡という男の来訪目的は、金借りに違いない。父ちゃんは、工場での職長という立場からか、見栄を張ることがしばしばあった。部下から頼まれれば、それが島の人間であればなおのこと、ひょいひょいと金を貸してしまう。義岡も島の人間なのだろう。母ちゃんはそれをお人好しと怒るのだ。事実、以前にもかなりの金を貸したが、その男は夜逃げ同然に島に帰ったらしく、結局、踏み倒された。しかも金に困っていたのも、博打が原因だとの噂が流れてきたのだった。

やがて、母ちゃんが抱いているのだろう、浩良が泣き叫び始めると、夫婦喧嘩はようやく終結した。

襖が開いた。

「智子。風呂行かんね」

父ちゃんが入ってきた。

「あじゃ、わん、行かんよ。あんま、かわいそう」

智子はそう言うと、母ちゃんの元へ駆け寄っていった。

「智子、心配いらんよ。さあ、父ちゃんと銭湯行ってきなはれ。喜望、お前もな」

銭湯は、電車道のもう一つ海側の通りにあった。風呂からの帰り道、智子はすっかり上機嫌だった。そもそも、父ちゃんに銭湯に連れて行ってもらうのは、楽しみの一つでもあったからだ。

「父ちゃん、智子ね、大人になったら車掌さんになるんだ」

肩車された智子は、父ちゃんの坊主頭にしがみつき、声を張り上げる。

喜望はそれを聞いて、はっとする。まさか。

「車掌さんて、市電のかあ」

「そうや。父ちゃん、私、なれるかな」

智子は言った。

喜望は、いよいよはらはらしてきた。先日の長田神社行きの顛末を、ばらしてしまうのではないか。

「智子ならなれる。大丈夫や。どうして、車掌さんがいいんや」

「それはね」

智子が続けた。

喜望は、さあっと、

「父ちゃん」

と割って入り、父ちゃんのズボンをひっぱり前方からやってくる中年男に目配せした。

その男はどてらの一着を羽織っているが、下は褌すら着けていない。つまり、丸出しなのだ。きっとここら辺の漁師に違いなかった。この和田岬界隈は、造船や紡績やらの工場も進出していたが、もともとは漁村だったという。だから今でも、漁師たちはこの地を生業にしている。この時期でこそ見ないが夏場となれば、上着も着なければ褌も付けない丸裸で闊歩する男もいた。

「おう」

父ちゃんは笑う。

「風呂に漁師のおっちゃんたちがおらんで、よかったな」

喜望はぼそっと言う。漁師の男たちが大勢やってくると、風呂に潮のにおいがこもり、臭い。

「あかん。そんなこと言うもんやない」

父ちゃんはたしなめる。そして、

「さあ、智子、湯冷めしないうちに、帰るで。母ちゃん、夕飯作って、待っていてくれるわ」

と、言った。

電車道を横断し、浜中の集落に入る。すると目の前の家から、何やら聞きなれない声が響いてきた。それは級友の李の家だった。お経のようでもあり、呪いのようでもある。意味など分かりようがなかった。なんだろうと、不思議に思った。

するとお父ちゃんが、

「朝鮮やな」

と、一言だけつぶやいた。

二

　喜望は、下校を共にしていた李と途中で別れ、十分ほどの道のりの学校から帰宅した。

　暦は一九四一年の四月、三年生に進級していた。中学年に上がるのに合わせ、それまでの尋常小学校という呼称が変わり、国民学校初等科となっていた。校長先生はその理由を先日の始業式で、中国との戦争は今では全面化かつ長期化し、君たち小国民も臣民の一人として、しっかりと戦争への協力意識を高めることが必要になったからだ、と話した。

　喜望は背筋を伸ばし、校長先生の話を聞いた。そして、自分も小国民の一人なのだと、自覚を新たにした。それなのに、組は五組ある中の、最後である五組なのが、残念だった。と言うのも、一年と二年生は男女同教室なのが三年生になると、男子の一組、二組で二階、女子の三組、四組で三階と、男女別々となる。だけども、五組だけは男女同組だったのだ。それで、「男女組」とからかわれたりもした。

　が、心の隅ではこの組で良かったとの思いもあった。仲の良い李とまた同じになったことと、もう一つ。近所のうどん屋の娘である前田静香と同組になったことだ。それに、肩身の狭い境遇が、自然と級友たちの絆を強くしていた。誰かを仲間外れにするということは嫌いだった。

　ただ、絆意識は強いにしても、級友の中には、そうはいかない者もいた。黒田孝之という男子のことだ。彼は教室の中で一番背が高く、かつ粗暴なところがあった。つまり、番長的な存在でもあったため、数人の取り巻き連中はいたが、彼を避ける者は多かったのだ。

家に上がると居間の卓袱台では、国民学校に進学した智子がノートを広げ平仮名の練習をしていた。傍らでは、浩良を抱いた母ちゃんが見守っていた。

「智子、宿題か」

喜望は声をかけた。

「そうや」

「そうか。それじゃ、兄ちゃんもやるか」

喜望は智子の横に座ると同じようにノートを広げ、宿題として課された漢字の書き取りを始めた。新しく習う字を、十回ずつ鉛筆を使い、書き取っていく。

やがて、智子がノートを閉じ鉛筆を筆箱にしまった。

「宿題、終わったんか」

「うん、終わった」

「そうか。なあ、智子、学校は楽しいか」

喜望も手を休めた。

「うん、楽しいよ」

「みんなと、仲ようしているか」

「うん」

智子は、大きくうなずく。が、

「あ、でもね、西郷くんはいじわるなんよ。この前なんか、お前、奄美部落に住んでるやろう、どうりで臭いわけや、なんて馬鹿にするんよ」

と、智子は言った。

喜望は、それを聞いて、ドキッとなった。がすぐに、

「それで、どうしたんや」

「何が臭いんや、昨日だってちゃんと銭湯行ったで、て、言い返した」

「そうか」

「でもな、奄美部落って、なんのこと」

智子は、今度は、母ちゃんに話を振った。

「さあ、何のことやろうね。言いたい子には言わせとき」

母ちゃんは、淡々と答えると立ち上がり、台所へと向かった。

智子は納得がいかないといった表情だ。

「兄ちゃん、どういう意味」

「そうやな」

喜望は話を再び振られると、考え込んでしまった。

実は、以前、同級生と口げんかになったときに、「この奄美部落野郎め」と罵られたことがあったのだ。もちろん、売り言葉に買い言葉だったから、相手が近くの紡績会社の社宅に暮らしていたので、「何を、この社宅野郎」と投げ返していた。

だが、「奄美部落野郎め」と投げつけられた悪口に、一瞬にして気分が落ち込んだのを、覚えていた。たしかに、自分の両親は奄美群島の一つ徳之島出身だから、奄美人と言えばそうだ。それに、この浜中には、何人かの徳之島出身者も暮らす。だから「奄美部落」と言われればそうかもしれない。しかし、そう言われることが、何か、貧乏人の代名詞のように見られるようで、悔しいのだ。父ちゃんは、あの大手造船で戦艦を造っている労働者であり、れっきとした平民だ。「奄美部落野郎」などと言わせたくない。

一方で、両親の郷里である、一度も行ったことのない徳之島には憧れを抱いている。父ちゃん方の祖父《じい》ちゃん、祖母《ばあ》ちゃんは、すでに死んだと聞かされていたが、母ちゃん方の祖父ちゃん、祖母ちゃんは健在で、今も徳之島の徳和瀬集落に暮らす。米やら砂糖黍を作っている。また両親からは島について、暑いところ、米、砂糖黍がよく取れるところ、牛とヘビがいるところ、などと聞かされている。だから、とても田舎のイメージを抱く。そうであるからか、いつかは島に行き祖父ちゃん、祖母ちゃんに会いたい、砂糖黍をつんでみたい、牛とヘビをこの目で見てみたい、そんな憧れを抱いていたのだ。

「なあ、兄ちゃん、教えて」

智子がせがむ。

「そうやな、兄ちゃんもよく分からん。調べておくわ。それより、智子、大きくなったら、祖父ちゃん、祖母ちゃんに会いに行こうな」

「そうやね」

智子は、なおも納得のいかない顔つきだった。

すると台所から、母ちゃんの米を研ぐ音がしてきた。その米も、この四月から、配給制となっていた。

一時間もたち、喜望も算術の宿題をやり終えようとしていた。智子はとうに書き取りをすませ、絵本を読んでいた。

そこへ、カチカチと柏木の音が、外から響いてきた。紙芝居屋の通称〝忠治のおっさん〟が子どもたちを呼びにきたのだ。

「智子、行くか」

「うん」

喜望は、智子の手を引いて外に出た。すると、少し前を、左足をひきずりながら自転車を押す〝忠治のおっさん〟がいた。〝忠治のおっさん〟の後をついて歩きながら、あるしたたかな期待を抱いていた。やがて、上演場である鉄塔下広場に着いた。高架の電線をつなぐ、背の高い鉄塔の下にある広場には、近所の子どもたちが集ってくる。兄弟で来る者もあれば友達同士もいる。一人でやってきた男子もいた。「前田も来るんやないか」、心内で期待した。そして子どもたちは十数人となった。

「さあ、始めるで」

〝忠治のおっさん〟は声をあげる。

前田の姿はなかった。

「さあ、ええか、紙芝居代は一人、一銭や。ええな」

〝忠治のおっさん〟は、子どもたち一人一人を回り観覧料を徴収し、それと引替えに菓子を渡していく。

「はい、ありがとうな。お嬢ちゃんは何がええ」

「あめ」

智子は大声で返事する。そしてあめ棒二本を受け取った。

「ありがとう」

「兄ちゃんは何がええ」

「そうやな」

喜望は口を濁す。正直、菓子などどうでもよい。それより、前田のことが気がかりで、今か今かと、待ちわびていた。

自転車の荷台に木枠が据えられ、紙芝居が始まった。表紙絵は、金棒を振りかざす猿の姿だった。

「さあて、今日のお話は、かの有名な孫悟空様の大冒険物語や。さあ、始まり始まり」

〝忠治のおっさん〟は、弁舌を振るう。子どもたちも、菓子を口にしながら芝居に集中し始める。〝忠治のおっさん〟の語りはうまく、はらはらどきどきさせられる。中でも、しばしば再演される「国定忠治」は一番の人気だ。それもあって、〝忠治のおっさん〟と呼ばれていた。本当は、子どもたちの誰一人、本名など知らなかった。

紙芝居は終わった。子どもたち誰もが楽しんだ。

喜望も智子も同じだった。

「兄ちゃん、天竺って、どこにあるん。智子も行ってみたい」

「どこって、だから、西方浄土や」

「西方浄土って、どこや」

「だから、天竺や」

＊

五月に入った。浜から吹く風も暖かくなり心地よかった。

午後の授業が始まった。

「今日は、先生が一人一人に質問する。そうしたら、元気に答えるように」

担任の綱木が黒板の前に立った。綱木は三十半ばの男性であり、「天皇陛下と国の役に立つ大人になるため、しっかりと勉強しなさい」と言うのが口癖だった。それは男女の隔てはなく、「女子とてしっかりと勉強・学問をしなければいけない」とも口にしていた。だからだろうか、誰彼をひいきにするなどということはなく、どの子どもにも公平に接していた。

喜望は、そんな綱木のことを、特に好きだとも思わなければ、怖い先生、もっと言えば嫌いな先生とも思わない。いたって普通の先生と思っている。二年のときは横路先生だったが、この若い女の先生は好きだった。というのも、何かあればしきりにほめてくれたからだ。得意である絵描きの時などは「将来は画家やね」と言ってくれる。それで、自分でもその気になったこともあるくらいだった。しかし、綱木からは、まだ担任として教わって一カ月だが、ほめられたことは一度もない。もちろん、他の児童も等しく同じだったのだが。

「質問は自分の国についてだ。出席番号順で呼ぶから、そのつもりでいるように」

綱木は言った。

生徒たちはざわついた。

一人の男子が立ち上がる。

「先生、国ってなんですか」

「国とは、君たちお父さんの出身地だ。いいな、分かったな」

「はい」

男子は座った。すると、子どもたちはいっそうざわつく。

喜望は黙っていたものの、心の中はやはりざわついていた。

「一番、東」

「はい」

喜望は立ち上がった。廊下側の前から三番目の席だ。直立不動である。緊張していたのだ。

「国はどこだ」

「はい。鹿児島です」

喜望は答える。

「鹿児島はどこにある」

「九州の南です」

「行ったことはあるか」

「まだ、一度も行ってません」

「行ってみたいか」

「はい」

「よし、座れ」

「はい」

喜望は着席した。すると、なぜだかほっとした。

「次、石田秀樹。国はどこか」

「はい。京都であります」

「行ったことはあるか」

「お祖父さん、お祖母さんの家があるので、何度も行きます」

「よし、座れ」

石田は着席した。

こうして、綱木の質問はくり返されていく。生徒たちの返答は、先頭に立った喜望が上官の命令に服従する兵士のような態度だったものだから、誰もがそういうふうになっていた。

「次、比嘉健一郎」

「はい。ぼくは。えっ」

比嘉はそこまで言うと、言葉を詰まらせた。背の高い彼は、教室の一番後ろの席だった。

「どうした。比嘉のお父さんの生まれはどこか」

「え、え、分かりません。いや神戸だと思います」

比嘉は言った。

「神戸、いや、比嘉のお父さんは、沖縄ではないか。ちゃんと、聞いておくように。座れ」

綱木は言った。

喜望は、綱木の発した「沖縄」という地名に、ドキッとしながらも、一方で親しみを感じてもいた。一度も会ったことはないのだが、母ちゃんの妹、うめ叔母ちゃんは九州の宮崎にいるが、かつては家族で沖縄に渡り、那覇で暮らしていたという。それにしても、綱木はどうして国を答えよ、などという質問をするのだろうか。

男子の最後の順番がきた。それは李だった。

「次、李」

綱木は言った。李は、左隣二列目の前から二番目の席だ。

「はい」

李は、その顔の表情は見えないものの、うつ伏せ加減に体を縮こませている。

「李、国はどこか。いやいい。お前は半島だったな」

綱木は、言葉を濁すこともなく、平然と言う。

「あ、あ、はい」

李は答えた。小声ですっかり萎えている。

すると、

「朝鮮や」

と、窓側の一番後ろに座る黒田がからかう。それに反応し、数人が嘲笑した。

喜望は、さっきからこの授業の趣旨が理解できず、しかめ面になっていたが、さらに目元を強張らせた。

「静かに。座れ」

李は無言で着席した。

＊

五月下旬の日曜日は、雲一つない晴天となった。

喜望は母ちゃんに連れられて、ちま伯母ちゃんの家を訪ねることになっている。ちま伯母ちゃんは、結婚をして元田という名前ではあるけれど、母ちゃんの実姉になる人だ。その元田のおじさんは、父ちゃんの従兄弟筋になるのだと聞かされている。ちま伯母ちゃんの家には、機会を見つけては、ちょくちょく出掛けていたし、伯母ちゃんも手みやげを持っては、よく来てくれていた。そして母ちゃんと伯母ちゃんが会えば、必ず長話をするのだった。

それが、今年に入ってからは、会うことも少なくなっていた。この前に行ったのは正月のことだから、四カ月ぶりのことになる。こんなことは今までなかった。何でも、港の倉庫で働く伯父さんの仕事が忙しくなっているからだそうだ。

喜望は、遊びに行くと決まった数日前から、うきうきしている。伯母ちゃんは優しくて、好きな物をよく買ってくれるからだ。新年のあいさつで行ったときは、少年向けまんが雑誌を買ってくれた。母ちゃんはまんがなど買ってくれない。それともう一つ、礼子姉さんに会えることも、理由の一つだ。従姉妹になる礼子姉さんは、国民学校の六年生となり、女学校に進むために勉強が忙しくなっているそうだ。それも、伯母ちゃんの家から足が遠のいている理由だ。

そんなこんなで、ちま伯母ちゃんの家に遊びに行くことを、楽しみにしている。それでも一つだけ心配事があった。智子のことだった。伯母ちゃんの家は、長田神社近くにある。行き帰りの道で、ふとしたことから三カ月ほど前、二人で長田神社に行ったことを母ちゃんに話してしまうのではないか。だから、昨日布団に入ったとき、智子にはその話は絶対にするな、と固く言っておきはしたのだが。

ちま伯母ちゃんの家に着いたのは、午後二時過ぎのことだった。居間では、母ちゃんと伯母ちゃんが丸い座卓机を囲んでぴったりと寄り添って、お喋りをしていた。二人とも着物姿だ。元田の伯父さんは、海に釣りに行っているという。

喜望と智子は、礼子姉さんとトランプ遊びをしていた。場所は、姉さんの部屋だ。姉さんは、きょうだいがいないからだろう、自身の部屋を持っている。隅には勉強机とイスも据えられていた。そのことがうらやましかった。自分は部屋は智子といっしょだし、勉強机など買ってもらえていない。

「じゃ、じゃんけんして、順番決めような」

礼子姉さんが声をかける。姉さんは肩より長く髪を伸ばし、後ろで束ねている。少し色黒で眉毛も濃い。目はぱちりとして顔は小さかった。今日は、赤色のワンピース姿だ。

「じゃんけんぽん」

勝ったのは智子だ。

「じゃあ、智ちゃんが、最初。カード引いてな」

礼子姉さんが指示する。

こうしてゲームが始まった。ババ抜きだ。智子が礼子姉さんのカードを引き、一枚のカードを捨てる。今度は礼子姉さんが喜望のカードを引き、そして二枚のカードを捨てた。そして喜望は智子のカードを引く。しかし、同じ数字のカードは揃わなかった。こうして一周二周と回していく。

智子の番となり、礼子姉さんのカードを引いた。

「やった、合った」

二枚のカードを捨てた。手元には、一枚のカードとなった。そして、喜望が智子のカードを引いた。

「やった、勝った」

智子は声を張り上げた。

一位が決まったところで、ゲームは終わり次にすすむ。そして、十ゲームしたうえで、一位になった回数の一番多い者が勝者となるのだ。

喜望はカードを集め、それを手で切った。

すると、

「なあ、お姉ちゃん、市電の車掌さんって、どうしたらなれるん」

と、智子が唐突に言った。

「何で。智ちゃん、車掌さんになりたいんか」

「うん。今日も市電乗ってきたし、だいぶ前にも兄ちゃんと乗ったんねん」

智子は言った。

喜望はカードを配りながら、ドキッとした。まさか、あのこと言わんやろうな。

「市電は、たしかに女の車掌さん、いなはるな」

「うん」

「そうやな、どうしたらなれるんかな。姉ちゃんも分からんけど、調べておいてあげるわ」

「お姉ちゃん、約束やで」

智子は嬉しそうだ。

「さあ、智子、始めるで。カード持ちやぁ」

喜望は、智子と礼子姉さんのやりとりを遮り、促した。

「じゃんけんぽん」

再びババ抜きが始まった。

喜望たちが、ちま伯母さんの家を辞したのは、午後四時前だった。三人は長田神社近くの停車場へと向かう。お土産に、喜望は竹でできた玩具である杉弾鉄砲を、智子は陶器の白い豚の貯金箱をもらった。家では、父ちゃんと浩良が待っていた。

少し歩くと、青にも近い濃い緑の葉が水面に浮く、大きな池があった。

「母ちゃん、あの葉っぱなに」

智子が聞いた。

「あれか。あれははすや」

「はす」

「正月にもレンコン食べたやろう。レンコンは、この葉にできるんよ」

「へー」

智子は言った。

喜望もそうなんか、と心の中でつぶやく。あのレンコンな、と少し苦々しくなる。レンコンはどうしても好きになれなかったからだ。先日の夕飯に煮物が食卓に出たが、あのしゃきしゃきとした歯ごたえがなじめないのだ。母ちゃんに言わせると、それこそがレンコンの美味しいところだと言うのだが。

「そや、せっかくだから長田さんにお参りして行こうか」

母ちゃんがいきなり言った。

喜望はまたもやドキッとした。

「なんでや。わし、もうお腹空いたわ。もう帰ろうや」

「せっかくやないか。ちょっと寄ってこう。なあ、智子」

「そうや、私も行きたい」

「なんでや」

喜望は口を尖らせ、智子をにらむ。

「やあ、兄ちゃん怖いわ」

「喜望も駄々こねんと、行くで」

母ちゃんは智子の手を引き、すたすたと歩き始めた。

喜望は仕方がないので、後をついていく。だが、気が気ではなかった。長田神社の境内には、数人の参拝者がいた。しかし、縁日でもないので、静かだ。

三人は鈴を鳴らし、神殿に向かって頭をさげた。

参道には、いくつかの露天商が営業していた。その中の一つ、飴屋の前を通る。

「水あめ、甘いで。買ってってや」

声が飛んできた。

「母ちゃん、あめ屋さんが、ああ、言ってるよ」

智子は、母ちゃんの顔を覗き込む。

「あかんよ、今、お菓子食べたら、あんた、夕飯ちゃんと食べられんやろう」

「そんなことないで」

智子は反論した。

「あかん」

母ちゃんは、さっきから機嫌は良いのだが、この件は相手にしない。

喜望は、心の中で「ざまみろ」とあかんべぇをした。

そして、停車場から市電に乗り、家へと辿り着いた。智子は結局、例のことは口にはしなかった。

三

「時間やで、あんたたち起きんさい」

喜望はいつも通り、母ちゃんの朝の呼ぶ声に智子とともに布団から出た。今日は、一九四一年十二月八日だ。小の用足しをすませると顔をさっと水で洗い、部屋に入る。そのまま、廊下側の入り口と反対の壁側の箪笥の横に進むと立ち止まる。天井から少し下に設置してある神棚を見上げ、手を合わせた。毎朝必ず行う儀式だ。母ちゃんによれば、「ノロ」という田舎の神様が祭られているそうだ。そして、すでに朝食が据えられている丸い座卓の前に座った。両横には父ちゃんと智子が、正面には、来年二月に出産予定でお腹の大きい母ちゃん、その横には浩良がいた。部屋の隅には暖房用の火鉢が置かれていた。

「いただきます」

家族はあいさつする。いつも通り柱時計が七時を指す。

すると、箪笥の上にあるラジオがチャイム音を響かせた。

「臨時ニュースを申し上げます。臨時ニュースを申し上げます。大本営陸海軍部、十二月八日午前六時発表。帝国陸海軍は本八日未明、西太平洋においてアメリカ、イギリス軍と戦闘状態に入れり。帝国陸海軍は本八日未明、西太平洋においてアメリカ、イギリス軍と戦闘状態に入れり。今朝、大本営陸海部からこのように発表されました」

一分にも満たない短いニュースだった。

「戦闘状態って、何なん」

智子が横に座る母ちゃんに聞く。

喜望も、同様の疑問を抱きながら、きっと暗いニュースに違いないと直感した。と言うのも、つい数週間前に、礼子姉さんの父、元田のおじさんが、港の倉庫での仕事中に転んで足を悪くしてしまい、仕事にも出られなくなっているとの報せが届いていた。母ちゃんがお見舞いに行ったが、自分ら子どもたちが訪ねるのは迷惑にもなるので、控えていた。それで、礼子姉さんにも長いこと会えないでいたのだ。悪いことは続くに違いない。

「そうやな、戦争が始まったということやろ」

母ちゃんは淡々と答える。父ちゃんは黙っている。いつもの事だが、父ちゃんはラジオのニュースにはいちいち反応しないのだ。

「戦争って、なに」

智子はなおも質問する。

「戦争か、戦争は戦争や」

母ちゃんはまたも淡々と答えた。

喜望は一瞬にして発想が展開し、とうとうアメリカとの戦争が始まったでぇと、心が弾んだ。ここ最近、ニュースや級友たちとの雑談から、日本はアメリカと仲が悪くなっている、それもアメリカが日本に悪さをするからだと理解していた。そしてついに、悪者のアメリカを懲らしめる時が来たのだと認識したのだ。すると、「いざゆけ、つわもの、日本男児」と「出征兵士を送る歌」の一節が脳裏に鳴り響いた。

「戦争が始まって、これからどうなるの」

智子が聞く。

「そうやな、島に帰る船も止まるかもしれんな」

母ちゃんは何気なしに、しかめ面をする。

「そうか。じいちゃん、ばあちゃんに、会いに行けんな」

智子も何となく寂しげだ。

「さぁ、ご飯食べてしまいなぁ。学校遅れるわぁ」

今日、十二月八日月曜日の一時間目は、修身だ。授業が始まった。

担任の綱木は、言った。

「本日、我が大日本帝国はアメリカとイギリスを相手に戦争を始めたことは、君たちも朝のニュースで聴いたかと思う。絶対に勝たなければいけません。そこで、戦争が始まったことについてみんなはどう思うか。発言してほしい」

するとと、喜望を含む数人の児童たちが、「はい」と返事をして手を挙げる。担任の質問があれば必ず挙手する、常連の児童たちだ。

「では、花房」

「はい」

男子児童の花房が立ち上がる。

「ぼくは、この戦争はヨーロッパの子分にされているアジアの国々を、日本が助け出すものだと思います。ぼくも小国民として天皇陛下のお役に立ちたいと思います」

「よし座れ、他に」

再び数人が挙手した。

「では、東」

「はい」

喜望は立ち上がる。

「アメリカは、日本に悪さをしています。それがずっと続いていて、日本が困っています。それで、とうとう日本もがまんしきれなくなり、アメリカを懲らしめるために立ち上がりました。それがこの戦争です」

「よし、座れ」

こうして、綱木は何人かの生徒に発言させた。

「では、これから、この戦争について思うことを作文にしてもらう。今、何人かに発言してもらったが、これらの意見も参考にして書くように」

綱木は生徒一人一人に用紙を配った。

喜望はその用紙に、「アメリカとの戦争」との題名を書く。心は弾んでいた。いや得意満面だった。何といってもさっきの発言が評価され、自分の意見を参考にしろ、と言うのだ。鉛筆の運びも滑らかだ。そして、作文は完成した。発言した内容を骨格にして、それに肉付けをしたものだった。

昼食が終わり、当番の児童たちが教室の掃除をしている。その中に、喜望や李、そして番長の黒田もいた。しかし、黒田は李になんやかんやとちょっかいを出し、まともに掃除もしない。教室前方が終わり、そこに机と椅子も動かされた。今度は教室後方の掃除にとりかかった。まずはほうきでゴミを掃く。

するど、教室窓側の後方で黒田が李を床に仰向けに倒すと、馬乗りになった。そして己のチンポコを出し、李の口元に押し付けた。

奴は以前から李をいじめてはいた。トイレの大便室に長時間閉じ込めてみたり、取り巻き連中と周りを囲み、下半身だけを丸裸にさせたりしているとの、話が伝わっていた。

「のめ」

黒田は強要する。

李は、口と目をぎゅっと固く閉じた。

黒田はさらに、手で、口をこじ開けようとする。が、李は抵抗しきった。

「この朝鮮め」

黒田は悔し紛れに罵倒すると、李の顔に小便をひっかけたのだ。誰も止める者はいない。傍観しているだけだ。

喜望は怒り心頭になった。手に持つほうきで奴の横面を殴り飛ばしてやりたい。だが、仕返しが恐い。結局、黙っているしかなかった。

学校が終わった。

喜望は家路についていた。下校を共にする李は落ち込んでいる。だが、かける言葉が見つからない。いや、言葉を探しているのではなく、悔しかった。彼の家の前に着いた。

「ごめんな。助けられへんかった」

「東が謝ることなんか、ないで。気にするな」

「くそ。俺もアメリカと戦っている兵隊さんのように、強くなるで」

「そうやな、俺もなるで」

＊

十二月も下旬に入った。

喜望は、真珠湾攻撃直後から開始されたフィリピン戦線での日本軍の快進撃に、心踊る日々を送っていた。特に、総大将のマッカーサーが、ついにオーストラリアへと逃げ出したとの報道は嬉しくてしかたがなかった。フィリピンの人々を困らせていた悪魔の中の悪魔を退治したのだ。

その一方で、悲しい報せも届いていた。礼子姉さんの家族が、郷里の徳之島に帰ることになったのだ。仕事中に足を怪我してしまった元田のおじさんが、これ以上、倉庫の仕事を続けられなくなってしまったそうなのだ。島に戻ったら、畑の仕事をするそうだ。おじさん、伯母ちゃんに会えなくなるのも寂しいが、礼子姉さんと遊べなくなるのは悲しいことだ。礼子姉さんたち家族は、今日夜の船で島へと向かう。

喜望たち家族が、礼子姉さんの家に着いたのは正午過ぎだった。父ちゃん、母ちゃん、智子、浩良の家族全員だ。別れの日ではあるが、礼子姉さんに久しぶりに会えるのは嬉しかった。それでも、今日を境に、当面会えなくなる。当面とは少なくとも戦争が終わるまでだ。贅沢は言えない。そう思いながらも、やはり寂しかった。一方の智子は、礼子姉さんとお出かけできるのがよほど嬉しいのだろう。朝からはしゃいでいた。

迎えてくれた元田のおじさんは、国民服を着ている。足はだいぶ良くなったそうだが、まだ杖を使い右足を引きずっていた。ちま伯母ちゃんは着物姿だ。そして、礼子姉さんはお出かけ用のオーバーを着て、下はもんぺをはいていた。背には背嚢を背負っている。部屋はすべてのものが片付けられ、何もなかった。

「じゃあ、これ頼むで」

母ちゃんがちま伯母ちゃんから家の鍵を預かった。

そして、喜望たち総勢八人は出発した。寒い日ではあったが、晴天だった。途中、長田神社に寄り、お参りをした。参拝をすますと、喜望は智子とともに礼子姉さんと手を繋いで三人横並びで歩いた。

「お姉ちゃん、何をお願いしたん」

智子が聞いた。

「そうやね、日本が戦争に勝てますようにって」

「それだけなん」

「それと、喜《よ》っちゃんと智ちゃんのこともお願いしたよ」

「なんて」

「内緒」

礼子姉さんは微笑んだ。

「ずるい。じゃあ、智子もお姉ちゃんのことお願いしたけど、内緒」

智子と礼子姉さんは互いに笑った。

喜望は、礼子姉さんが何を願ってくれたのか、打ち明けてくれなかったのは残念だったが、自分のことを願ってくれたことが嬉しくて仕方がなかった。

喜望たち八人は、停車場から市電に乗り込んだ。そして神戸の南京町にある、中華料理店の一室にやってきた。ここで、別の四人の家族と合流した。元田のおじさんの弟である弘道おじさんの家族で、子どもの健太郎と浩二もいた。弘道おじさんにもそうだし、その家族と会うのは初めてだった。健太郎は自分と同じ歳で、浩二は就学前の幼児だ。

部屋には、二卓の丸いテーブルが据えられていた。一卓には喜望、健太郎ら子どもたちが座る。互いに人見知りで、ほとんど話さない。それでも、礼子姉さんには自分以外にも健太郎、浩二という従弟がいるということが、何となく悔しかった。さらに、健太郎の母、ひろ子おばさんが座った。ひろ子おばさんも和服だ。もう一卓には大人たちが座った。浩良はお腹の大きい母ちゃんの膝の上だ。それから八宝菜やらエビチリやらの中華料理が振る舞われた。大人たちは酒も飲んでいた。

喜望は礼子姉さんの横に座っていた。

「姉さん、女学校いく準備してたやろう。田舎帰ったらどうするん」

喜望は、島に帰ると聞いた時から、ずっとそのことが心配でならなかった。将来は教員になりたいと、女学校への進学準備をしていたのだ。

「そうやね。島には女学校はあらへんのよ。仕方がないから、とりあえずは高等科にすすむわ」

「そうなん。残念やな」

「そうやな。でも、先生になる夢はあきらめたわけじゃないんよ」

「お姉さんならきっと先生になれるよ」

「そう、ありがとう」

礼子姉さんは笑った。

「喜っちゃんは中学に進むんやろ」

「そうやねん。でな、来年はもう四年生やろ。だから、母ちゃんに塾通わせてと、頼んだんや。でも母ちゃん、うちにそんなお金どこにあるねん、って通わせてくれん」

「そうか」

礼子姉さんは微笑んだ。

「でもね、喜っちゃんなら、塾通わんでも、必ず受かるで。がんばりや」

「そうか」

「そうやで」

礼子姉さんは言った。

食事会は二時間ほどで終わった。一行は歩いてメリケン波止場へ向かった。そこは、今から七十年以上前の幕末に、米国の求めに応じて開国した港だ。それで、米国を意味するメリケンが名前に冠せられていた。港は海外航路の波止場でもあり、また奄美地方への船着場でもある。父ちゃんと母ちゃんが、神戸の地に初めて到着したのも、ここだそうだ。

メリケン波止場には午後四時前に着いた。海風が吹き付け寒かった。空にはカモメが飛んでいる。大勢の人たちがいた。その中に、明らかに外国人と分かる、子どもたちを含めた数十人の男女の集団がいた。いずれも、毛皮やウールなどの立派なオーバーコートを着ている。そして女性たちは、見るからに高価なバックを持っていた。

「外国人やね。国に帰るんかな」

喜望がつぶやいた。

「そうなんやろうね」

礼子姉さんが応じた。

すると父ちゃんが言った。

「ユダヤ人やな。強制退去やろ」

一行はコンクリートの建物の一階にある待合室に入る。徳之島に向かう船は午後六時の出航予定だ。なんでも、船の中で二泊もして、明後日午前中に徳之島に着くそうだ。ちま伯母ちゃんが切符の手配をすませてきた。

午後五時になった。「ただいまより、鹿児島、奄美方面行きの乗船を開始いたします。ご利用の方は切符を手に持ちお並び下さい」とのアナウンスが流れた。

「さあ、出発やね」

喜望たち一行は、外に出た。港には、黒煙を吐く大きな船が接岸していた。職員が誘導して利用者を乗船デッキに向かって一列に並ばせている。

「礼子姉さん、気をつけてな」

喜望は言った。

「ありがとうな。喜っちゃんも、勉強頑張るんやで」

「礼子、気をつけてな。島に戻っても勉強続けるんやで」

母ちゃんが声をかけた。

「ありがとう、叔母さん」

礼子姉さんは礼を言うと、母ちゃんの胸に顔をおしつけ、泣き出してしまった。

＊

アメリカとの戦争が始まって一カ月がたち、一月八日を迎えていた。今日は大東亜戦争の必勝を祈願する大詔奉戴日だ。

喜望たち家族一同は、いつもより早く六時三十分には朝食をとりおえた。そして七時前には、集合場所である鉄塔下広場に到着した。喜望と智子はランドセルを背負い、父ちゃんはいつもの出勤姿である国民服を着て、母ちゃんはねんねこ半纏を羽織り、浩良をおぶっていた。集合時間である七時になると、隣組を構成する数十人が集まった。これから「日の丸」の小旗を振り、和田神社まで歩く。

「喜望、お早うさん」

いつもの通学と同じく李と並んだ。彼は先月、番長の黒田からひどいいじめを受けたが、その後、「自分も強くなる」と誓ったとおり、態度が変わってきていた。例の一件について、彼は勇気を持って担任の綱木に告白し、こうしたことを止めさせるように訴えていた。綱木は常日頃のいじめのことは知っていたのだろうが、子ども内の問題だと見て見ぬふりをしていたようだ。が、この問題はそうもいかず、厳重にしかったそうだ。それで、表向きは黒田のいじめも影を潜めていた。そして、最近の彼の口癖は「半島出身者こそ、陛下のため、お国のために役に立たなければいけない」だった。

「お早う」

「防空壕は掘ったか。うちは昨日終わったわ」

「そうか」

喜望は答えた。日本軍は、ハワイ真珠湾攻撃に成功するやいなや、フィリピンのアメリカ軍と戦っていた。戦況は日本軍が優勢であり、今月初旬には首都マニラを占領していた。さらに進撃は続き、全島の占領も時間の問題だとささやかれていた。その一方で神戸では、アメリカの空襲に備えて各家庭に防空壕を設置する動きが加速していた。

「うちは、次の日曜日にやる予定やわ」

喜望は続けた。が、心の内では防空壕というものに、違和感を覚えていた。つまり、アメリカ軍の空襲への防備だと言うが、ではその空襲とはどんなものか想像ができない。それに、日本軍は戦いを有利にすすめているのに、アメリカ軍の空襲が本当に来るのか疑問だった。そんなことをする前に、日本が勝つのではないか。

同時に、防空壕というものを今まで一度も見たことも入ったこともないから、これまた一体どういうものなのかの想像がつかないのだ。第一、各家庭に設けよ、というが我が家はどこを掘れと言うんだろう。三軒長屋の真ん中の建物であり、庭などありはしない。ただ以前、写真で見た、北国のかまくらを思い起こし、そこで食事したり寝起きするのは楽しいのだろうと、妄想していた。

「なぁ、知ってるか。川中町の方で防空壕を掘っていたら、頭の骨がぎょうさん出てきたらしいで」

「ほんまか」

李は驚いた。

「李の家は出ぇへんかったか」

「出んわ」

「そうか。昔、その辺りは、首切り場だったそうや」

喜望は言った。それは、頭蓋骨が出土した件で、両親が交わしていた雑談の受け売りだ。

「首切り場って、なんや」

「昔の侍が、悪人の首を切ったんや」

「そうか、怖いな」

「悪人は首を切られてもしゃあないわ。アメリカも同じや」

喜望は少し偉ぶった。

一行は、和田岬の先端近くに位置し、大手造船所近くにある和田神社に着いた。境内に整列すると、白装束の宮司が祝詞をあげた。一同は軽く頭を下げ、目をつむって両掌を合わせ、それを聞く。だが、その意味など、喜望にわかる筈もない。祈祷が終わると、隣組長のおじさんが、戦争の状況と銃後の国民の心構えについて講和した。最後に、一同で「天皇陛下万歳」「大日本帝国万歳」と、それぞれ三唱した。

日曜日となった。予定通り防空壕掘りをする日を迎えた。庭などない長屋なのだから、どこに掘るかを何度も検討した結果、居間兼両親の寝室である六畳部屋の下に掘るとの結論になった。朝九時、父の同僚だという三人の男を加え、一家総動員の作業が始まった。

　喜望たち男五人は居間に勢ぞろいする。母ちゃんと智子は台所ですでに昼食づくりを始めている。浩良は子ども部屋で寝ていた。

　喜望は、防空壕掘りという初めての作業を前に、何となく緊張していた。父ちゃんの号令に従い、居間の六枚の畳をはがし、土間に移す。喜望も、工場の同僚の一人の男と組になり畳を運んだ。全て取り除かれると、床板が見えた。父ちゃんが居間の土間側の入り口の二枚の床板を、釘抜きしてから外した。すると、床下が見えた。そこには、床板を支える大引《おおび》きと根太《ねだ》が縦横交互に組まれている。その下は土だった。初めて見る光景に、床下とはこんなふうになっているのかと、感心しきりだった。

　父ちゃんが床下に下りる。そして柄の長い土木工事用のシャベルを使い、地面に線を引き始める。横の線を引くと、直角に曲がり、次は縦の線に入る。途中、根太を跨ぐ。やがて再び直角に曲がりまた、横の線を引く。そうして、畳一畳半ほどの長方形を描いた。今度は、同僚の二人の男も床下に下りた。そしてシャベルを持つと、父ちゃんを含めた三人で長方形の枠内を掘り始める。地面にシャベルを差し込み、土を掬う。その土は、床板の隅に敷いたゴザに投げられる。

　喜望は、その作業を見守る。一掬い、二掬い、三掬い、三人それぞれが土を掘った。やがて、ゴザの上の土、いや白色も混じる土砂が山盛りとなった。すると、喜望と一人の同僚が、そのゴザの土砂をこれまたシャベルを使い、玄関口に置いてある手押し一輪車に運んだ。防空壕掘りはこうして、人海戦術によって進む。喜望はそれが嬉しかった。父ちゃんたちと共同して防空壕を掘るという一体感。自分も役に立っているのだ。そうだ、きっと戦地の兵隊さんたちもこんな思いで、お国のために働いているのだろう。

やがて、二台ある一輪車は土砂でいっぱいになる。今度は同僚の男が、一台を押し家を出て行った。浜辺の所定の場所に、土砂を捨てに行ったのだ。

喜望は居間に戻る。「少し休め」との父ちゃんの言葉に甘え、手を止める。そして、防空壕掘りを見守る。そこはだんだんと地下壕が形作られているのだが、すっかり土層は終わり白の砂層になっていた。

「あかんな、ザラメのような砂や」

父ちゃんがぼやく。

「ほんまやな。これでは掬い切れんな。昔ここらへんは海岸線だったというから、砂が多いのは仕方がないんやけどな」

同僚の一人が答えた。ここらへん一帯は、昔は砂浜だったものを造成し、工場と住宅が混在する地となったのだ。

「えろう難儀させるけど、気張ってや」

父ちゃんは気を使った。

喜望は、ゴザに放られた砂をまじまじと見つめ、手で掴む。それは文字通りの砂で、瞬く間に掌から崩れ落ちていった。それをシャベルで掬い一輪車に運ぶのに四苦八苦した。

正午となった。作業は中断した。母ちゃんと智子によって作られた昼食が出される。海苔の巻かれた梅干し入りの握り飯と味噌汁、それに焼いた鮭の切り身だった。

三十分も休憩した後、防空壕掘りは再開する。だが、作業は手筈通りには進まない。そして午後四時には終えた。もうじき日没となるが、灯火管制の元では、夜に作業をすることは不可能だった。計画では今日一日で完成することになっていたが、そうはならなかった。次の日曜日も作業をし、結局、二回の休日をつぶしてようやく掘った。

喜望は、その出来上がった防空壕を見るたび、残念でしかたがないのだ。広さは家族全員が入ることはできるが、それできゅうきゅうだ。底には一応簀の子が敷かれてはいたが、粗末極まりない。しかもじめっとしている。当初想像した、かまくらの中で蝋燭の灯りのもと、炬燵に潜り食事をする。そんなほのぼのとした光景とは、似ても似つかない。

四

喜望は嫌々ではあったが、黒田と下校を共にしていた。一九四二年の四月、国民学校四年生の新学期を迎えた、二度目の土曜日だ。

進級に合わせて組替えもおこなわれ、親友の李とは別となった。新しい同級生との生活は新鮮なのだが、彼と違う組になったことは残念であった。ただ、登校は今もいっしょにしている。残念といえば、うどん屋の前田とも違う組になってしまった。一方で番長の黒田とは、また同じだった。しかも運の悪いことに、席も近くになって、何かと係わり合うことも増えてしまったのだ。どうしてそうなったのか。決定した教員たちを恨んだ。

喜望は玄関口で、黒田からたまたま声をかけられると、彼はからかい混じりに、しつこく纏わり付いてきたのだ。しかも、背の高い黒田から、ぎゅっと肩を組まれている。小柄な喜望にとって、蛇に睨まれた蛙のごとくだった。間もなく、我が家に着こうとしている。

「なぁ、東、今日、遊ぼうでぇ」

「あかん」

喜望は断った。脅しのつもりか、彼が巻きつける腕にぐいっと力が加わる。が、はっきりと断った。

「なんでや」

「忙しいんや」

喜望は言った。

しかし昼食を取り終えると、鉄塔下広場に来ていた。結局、黒田からの誘いを断りきれず、遊ぶ約束をしたのだ。その待ち合わせ場所が、ここだった。やがて彼もやって来て、メンコをした。二人の腕前はそれなりのもので、取ったり取られたりの勝負となった。

喜望がメンコを叩き、黒田のメンコを裏返しにした。すると、海の方角の空から、これまでに聞いたこともない、ごう音が響いてきた。びっくりして、顔を見上げた。黒い飛行機だ。飛行機はぐんぐんとこちらにやって来る。まさか、と思うと共に怖くなった。

「空襲や」

　誰かが叫んだ。

　喜望は、慌ててしゃがみ込んだ。そして頭を腕で抱える。が、黒田が何をしているのか心配になり、目を開けた。彼は立ったまま、ぽかんと口を開け、飛行機を眺めている。

「あほう。しゃがまんかい」

　喜望は、彼のズボンをひっぱった。

「そうやなぁ」

　黒田も慌ててしゃがみ込んだ。

　喜望は再び、目を閉じる。飛行機はごう音を撒き散らす。恐怖でいっぱいだ。黙ってじっとしているしかない。しかし、あっという間に飛び去った。目を開けた。周囲は無事だ。爆弾は落とされていない。まだ興奮冷めやらぬ。狐に化かされたかのようだ。飛行機は岬の方、つまり造船工場の方へ消えた。父ちゃんは無事か。

　戦闘機は去って行った。だが、このまま外で遊ぶのは怖くなり、黒田の申し入れにより、彼の家に行くことになった。どんな家なのだろうか、不安でしかたがない。まさか、李と同じようなことをされるのではないだろうか。やがて、やや大きめな三階建てビルの前に着いた。屋上には「高松荷役馬車会社」との看板が掲げてあった。一階の正面は扉が開いていて、建物の中が見える。馬房に入れられた、背の低いどっしりとした数頭の馬が餌を食べていた。階段は、外付けだ。その何とも言えぬ無機質なビルを見上げて、足がすくんでしまった。まさか、ここに入るのか。

「さぁ、上がるでぇ」

「え」

喜望は、顔がひきつった。だが、従わざるをえない。黒田の後を付いて上る。恐怖以外の何物でもない。階段は地上と屋上を一直線で結ぶ。折り返しはない。勾配は急だ。一段、また一段、段を上るたびに焦る。このまま付いて行っていいのか。きっともう少ししたら、突き落とされるに違いない。それなら、先に、奴を襲うか。二階フロアの入口をこえる。そして、屋上へと着いた。隅っこに、倉庫かとも思える、粗末な平屋の木造建物があった。

「なんや、お前のうちどこや」

喜望は、ここまで何事もなくきたことに安堵していた。だから、少し威勢を張った。

「あれや」

黒田は指差す。

喜望は、なんや、と笑い飛ばしてやりたかったが、ぐうと息をのむ。代わりに、ぎろっとその建物をにらんだ。

「さぁ、来いよ」

「うん」

喜望は、建物の中に入った。さっきまで抱いていた恐怖心は、だいぶ失せていた。

中は畳みが六枚敷かれた部屋と、三畳間ぐらいの板の間の上に炊事場があった。

喜望は畳部屋へ上がった。

「母ちゃんおらんのか」

「働いとる」

「父ちゃんは」

「父ちゃんも仕事や。今頃、馬ひいとる」

「そうか」

喜望は言った。

「花札やろうで」

「なんや、花札って」

「知らんのか」

「知らんわぃ」

喜望は強い口調で言う。ここに来て、彼への恐れは完全に消え、逆に、強気になっていた。

「教えてやる」

「しゃあない。付き合ってやるわ」

喜望は、こうして花札を始めた。手には、赤と黒を基調にした猪や鹿や蝶などが描かれる札を、数枚持った。座布団の上に積まれた他の札を引き、手に持つ札と合わせ捨てていく。こうして、花札遊びは進行する。一回、二回、三回と続く。当然勝てるはずがない。

「花札は、誰に教えてもらったんや」

「父ちゃんや。強いで。かなわんわ」

「そうか」

喜望は不思議に思った。自分は父ちゃんから花札など教わったこともない。いや花札に限らず、遊び事で何かを教わったということ自体皆無だ。トランプはできるが、礼子姉さんから手ほどきを受けたのだ。父ちゃんがやってくれることといえば、昔話ぐらいか。それは徳之島の不思議な民話も含まれ、面白いのだが、一方で、父親から花札という遊びを教えてもらえる黒田が羨ましくなった。

さらに勝負は数回続く。ルールも勝つための要領ものみこめてきた。手持ちの札を座布団に投げる。

「俺の勝ちやで」

喜望は声を張り上げた。

「負けたわ」

黒田は笑った。そして座布団の上の札を集める。

そこへ、「ただいま」と、女の人が入ってきた。まだ若くて、細身で背が高い。

「母ちゃん、お帰り。疲れたやろう」

黒田が言った。生き生きとした声だ。

「友だち来てたんか」

母親は言った。

「こんにちは。同じ組の東です」

「ごめんね。何もおかまいできへんでね」

「いえ。そうや、俺も、もう帰らんと。母ちゃんにしかられるわ」

喜望も何故か急に、母ちゃんのことが恋しくなってきた。

「そうか。じゃぁ、送るでぇ」

「また来てなぁ。学校でも仲良くしてやってなぁ」

喜望はその夜、布団の中でなかなか寝付けずにいた。今日一日は、いつもとは違った。アメリカと思われる、大きな鉄の黒い飛行機が飛んで来て、しゃがみ込んだり、あれほど避けていた黒田の家にも遊びに行ったのだ。

するとﾠ、隣の部屋から両親がささやき合う声が聞こえた。

「アメ公の奴ら、あっちこっちで焼夷弾、落として行ったらしいで」

「ほんまですか」

「そいで、結局、大阪湾あたりで撃ち落とされたらしいで」

「そうですか。難儀なことですね」

＊

喜望は、黒田と二人で下校していた。何も黒田に強要された訳ではなく、二人の間で約束したということでもない。帰り道が同じ方角なので自然とそうなった。先日、彼の家に遊びに行ったことをきっかけにして、二人の間柄に変化が生じていたのだ。まず変わったのは、黒田の方だった。以前の乱暴者といった態度、人をからかったり馬鹿にすることが、すっかり影を潜めた。ついこの前には、初めて彼からの謝罪も聞いたのだ。背後からいきなり肩を組まれたのだが、その力があまりにも強く本当に痛かったので、「やめろ」と声を張り上げたことがあった。彼は「ごめん」と、すぐに腕を解いたのだ。それには驚かされた。そんなこともあって、喜望もこいつは本当は良い奴なのだと思い始めていた。きっと、彼の母が「友達とは仲良くしないといけないよ」と諭したのだろう。

こうしていっしょに帰ってみると、黒田はよくおしゃべりをする男だということに気づいた。それも、楽し気に、家族のことを語るのだ。今日も父親のことを話した。何でも彼の父親は背中一面に入墨という絵を彫っているそうだ。それは鬼の絵でとても恐ろしいものだという。それで聞いた。

「お前の父ちゃんも恐いのか」

「いや、恐ないよ。毎日、酒を飲んで馬鹿なことばかり話してるわ」

「そうか」

喜望は不思議だった。黒田の父親とは、一体どんな人なのか。

二人は、喜望の家の前に着くと別れた。彼は話好きなだけではなく、人を笑わすこともできる。楽しい帰路だった。

ただ登校をいっしょにしている李は、黒田と親しくすることを心良く思っていない。口に出して抗議してくる訳ではないが、黒田の話題が出た時には顔を曇らせる。先日には、下校中に少し離れた所を歩く李と視線が合ったが、目を細め険しい顔をしていた。三年生の時に受けた暴力は、そう容易く忘れられるものではないのだろう。

家に入ると、母ちゃんは居間で裁縫仕事をしていた。傍らでは、次男の浩良が積み木遊びをしている。反対側では、つい二カ月ほど前に生まれた邦宏が布団の中で寝ていた。邦宏とは、父ちゃんの懇意にしている寺の住職につけてもらった名だ。「クニをヒロゲル」との意味だそうだ。アメリカとの戦争に打ち勝って、大東亜を建設する、そういう願いが込められている。立派な名前であり、弟ながら羨ましかった。

喜望とは、長男だから父の喜通の「喜」は絶対に命名される運命であり、それに「望」をつけることで、家族の希望を表したという。何でも両親には、長いこと子どもが生まれずにいて、ようやく授かった第一子、しかも男の子なので、そう名付けられた。両親の期待は理解できるが、「喜望」などというのは古臭い感じがして、どうも窮屈だった。

その邦宏はすやすやと眠っている。親戚からはよく「お兄ちゃんに似ているよ」と言われるが、自分にはその実感がない。寝顔は、弟ながらかわいらしい。しかし、浩良ほどに面倒を見ることもあやすことも減っていた。

浩良も、初めて面会した時は、かわいいと思った。妹の智子とは二歳しか離れていないから、気づいた時にはすでに存在していたというのが実感だ。つまり、彼女が生まれたばかりのことは記憶にもない。しかし浩良は六歳違う。肉親の誕生という喜びを味わった最初の弟だ。だから、彼の面倒はよくみたし、あやしもした。時に、おむつも交換した。

だが、邦宏は違った。四年生ともなると学校生活も忙しいし、それに弟の面倒をみるというのは気恥ずかしくもなっていた。その分、智子が熱心に面倒をみていた。

喜望はランドセルを部屋に置くと、母ちゃんの横に座った。

「黒田の父ちゃん、入墨してるんやって。入墨って、なん」

「入墨は入墨や。ここでは職人さんたちが、よく入れるみたいやね。島では、昔、女の人が入れてたわ」

「え、女の人が入れるんか」

「そうや。ハディキ、というんや」

「ほんまか」

「ほんまや。あんたのお祖母ちゃんも入れてるで」

「そうか」

喜望はびっくりしてしまった。それで、黒田の父親になお、会ってみたいものだと思った。

「さあ、宿題してしまい」

母ちゃんは言った。

喜望は自室に戻った。やがて、父ちゃんが帰宅した。出迎えることなく、宿題を続けた。智子はすでに終えたようだ。一時間もすると、宿題も片付けた。居間に入ると、反対側の襖が開いていて、土間の光景が目に入る。父ちゃんがたらいに湯を入れて、邦宏の体を洗っている。傍では、智子が手伝う。当の邦宏は、気持ち良さそうに手足をばたばたさせていた。

＊

一九四二年の夏を迎えていた。日本軍は七月にはフィリピン全土を占領するなど、快進撃を続けていた。

一方、喜望の家族は、不運に遭遇していた。浩良と邦宏がはしかにかかってしまったのだ。この感染症には、多くの子どもが罹患するものだ。喜望は、学校に上がる前の年齢ごろに罹った方が重症化しないと言われていたから、知人の男子からわざわざうつさせてもらい、すませていた。智子も一年生の時にかかった。幸い二人とも大事には至らなかった。

だが今回は、浩良と邦宏の二人が同時にかかってしまったのだ。高熱を発し全身に発疹が広がった。浩良は三歳、邦宏は生後百日を迎えたばかりだ。果たして、この病を克服する体力はあるのか。浩良は粥を食べようとはせず、邦宏は母ちゃんの与える母乳も受け付けない。二人には、ガーゼに含ませた米の研ぎ汁を与えるが、一向に口にしない。やれることといえば、「体がよくなったら、また遊びに行こうな」「病気を治して、百日記念の写真とろうな」と励ますぐらいだった。

夕方のことだった。

喜望は子ども部屋で、夏休みの宿題をしていた。すると、熱心に看病を続ける智子が声を張り上げた。

「母ちゃん、邦ちゃんがぐったりしてるわ。息してないちゃうんか」

喜望はその声に驚き、居間へと入った。

「どうしたんや」

そこには、目を瞑り無表情の邦宏の姿があった。台所仕事をしていた母ちゃんもやって来て、正座する。

「邦ちゃん、邦宏」

母ちゃんはすぐさま、邦宏を抱き上げる。

「邦、しっかりせい」

邦宏は何の反応も示さない。

「母ちゃん、お医者さんに行ってくる。お前たちは浩良を見ていておくれ」

母ちゃんはそう言うと、邦宏を抱っこして家を飛び出した。

すると、今度は浩良が泣き始めた。

「浩良、しっかりするんや」

二人は励ます。しかし、泣き止む気配は毛頭ない。

「浩良、泣くな」

喜望は途方にくれる。

すると、智子が立ち上がり、台所に消えた。そして手拭いを水で洗い戻ってくる。そして、浩良の額と顔を優しく拭いてやった。

やがて、父ちゃんが帰宅した。邦宏の容態を説明すると、急ぎ病院へと向かった。

父ちゃんと母ちゃん、そして邦宏が帰宅したのは、夜七時過ぎのことだった。邦宏は母ちゃんに抱かれ、ちょこんと小さな顔を胸に預けている。息を引き取っていた。

喜望と智子は、浴衣姿で布団に寝かされた邦宏を見つめ大泣きした。安らかな、愛くるしい顔だ。何でや、何でや、悔しさがこみ上げた。


一週間がたった。

浩良ははしかを克服し、熱も発疹もひいていた。親戚が集まる中、邦宏の葬儀がおこなわれた。命名者である僧侶が経をあげた。

喜望はその経を聞きながら、人前であるにもかかわらず、わんわんと泣いた。

そして邦宏は、小さな骨壺となった。

二学期が始まった。

喜望と智子は、学校生活に追われ、邦宏を失った悲しみから徐々に、立ち直っていた。母ちゃんも家族を支えるために、日々てきぱきと暮らしていた。だが、父ちゃんだけは違った。邦宏の死から立ち直れない。子どもの目から見ても、前のような元気も覇気もない。

夕方のことだった。

喜望も智子もすでに帰宅していた。母ちゃんは台所で夕飯の仕度に取りかかっていた。

「東さん、東さん」

玄関の扉を叩く音がした。

母ちゃんが引き戸を開ける。

一人の男が立っていた。

「造船所の山下ちゅうもんやけど、奥さん大変や。あんたのご主人さんが頭に大怪我をして、病院に運ばれたわ」

「え、何でまた」

「詳しいことは後で話すんで、急ぎ病院行ってや。案内するわ」

「わかりました。すぐ仕度しますわ」

母ちゃんは、扉を閉めた。そして子ども部屋に入ってきた。

「あんたたち、今の聞こえたやろう。母ちゃん、病院いってくる。浩良の面倒見てな」

「母ちゃん、俺も行く」

喜望は強い口調で主張する。父ちゃんが大怪我をしたと聞いて、居ても立ってもいられないのだ。留守番をしていることが、何か置き去りにされるようで不安だった。

「母ちゃん、智子も行く」

智子もしがみつき懇願する。

母ちゃんは黙る。

「わかった。じゃぁ、みんなで行こうな」

喜望たち家族四人は、山下に案内され病院への道を急いだ。途中、歩きながら、説明を聞いた。

何でも、工場には大勢の男たちが働いているが、やくざまがいのならず者も少なくない。その中の一人の部下と作業中に喧嘩になったと言う。上司である父がその男の業務態度を厳しく叱りつけると、逆上した男から手にしていた鉄の工具で頭を殴りつけられたというのだ。父ちゃんは気を失い血を流す。その場は騒然となり、すぐに病院に担ぎ込まれた。男は同僚たちに取り押さえられ、警察に突き出されたという。

喜望はその説明を聞きながら、もしやとの気持ちがこみ上げ、切なくなる。

病院は工場の近くにあった。大きな建物だ。その病院の一室に、父ちゃんは寝かされていた。浴衣姿で頭に包帯を巻き、口には酸素吸入器をあてがわれていた。手術を施した男性医師が説明した。頭の天辺の右側を十針も縫ったこと、出血はおさまり命に別条はない。しかし後遺症は残るかもしれないと告げられた。そして、当面は絶対安静を義務付けられた。

父は三日三晩眠り続けた。

その間、工場の人たちが代わる代わる、見舞いにやって来た。上司という中年の男性も訪ねて来て、入院費を含む治療代は全額会社で負担すること、職場復帰までの給与も補償されると話した。

そして、

「ほんまにえらいこっちゃわ。会社としても、東さんのように腕の良い溶接工さんがいなくなるのは大きな損失や。お国の一大事やちゅうに」

と、ぼやいた。

喜望はその上司の言葉に、会社も大変なことになったのだと思う反面、誇らしげにもなった。

結局、父ちゃんは二カ月以上、入院生活を送り、自宅療養に入った。幸いにも脳に大きな障害は見られなかったが、ただ、物忘れが激しくなっていた。手にした物を所定の場所に置いても、それすらすぐに忘れてしまうのだ。そして何より、心の病はひどかった。一日中家に居て何もせず、ただボーッとしている。面倒見ついでの浩良との戯れも、ほとんどしなくなった。笑いが消えてしまった。邦宏の死と、それに追い打ちをかけるように受けた暴行によって、父ちゃんの心は蝕まれていたのだ。

喜望も智子も、そんな父ちゃんをただ見守るしかない。どこぞへ遊びに連れていけとせがむこともできなかった。

新年を迎えた。一九四三年となった。

父ちゃんは、この正月休み明けから職場復帰となった。そして一週間たった日、仕事中に突如、意識を失い、病院に運ばれた。医師から再び、休職を命じられた。

そんな時だった。満州に暮らす父ちゃんのおじさんという人から手紙が届いたのだ。封書には「検閲済み」と印が押してある。内容は、満州の生活は日本人にとって如何に快適なものなのかが綴られ、静養を兼ねて一度来ないかとの誘いだった。おじさんは満州で憲兵という仕事をしているそうだ。

第二章　帰郷

一

喜望はいつものように、李と二人で学校へと向かっていた。満州にいるおじさんから手紙をもらって、一カ月がたっていた。一九四三年二月下旬だ。

「進路調査出したんか」

「今日、出すわ」

「そうか。中学受験するんか」

「そうやなぁ」

喜望はあいまいに返事した。

四年生も最終学期となり、進路を考える時期にきていた。国民学校卒業後は、男子は中学校、女子は女学校へと進む道があるが、中学、女学校に行くのであれば入学試験に合格しなければいいけない。また義務教育で修了するのであれば国民学校高等科に進むことになる。今月末には、初めてとなる進路調査用紙を提出することになっていた。担任教員からは、五年生は進路調査も参考にして、組編成がおこなわれると聞かされていた。

進路調査用紙には、やはり中学校進学希望と記入した。小学校しか出ていない両親も、経済的理由から、塾に通うことを認めてくれなかったが、これからの時代、せめて中学校は卒業しなければ生きていけぬと口にした。しかも男子であればなおのことだ。そのための資金も準備しているらしい。そんな親の影響も受け、中学に進学しなければいけないと思っている。仮に中学校に進学しないのであれば、高等科に入ることになるが、それでは将来が不安だった。

将来といっても、具体的に何の職業に就くかははっきりとは決めていない。かつて、二年生の時だったか、好きな絵を上達させるため、絵画教室に通わせてほしいと懇願したことがあった。その頃は、大人になったら絵描きになりたいと憧れたものだ。中でも風景画が好きだったから、いつかは六甲の山々や神戸の港、戦争前は外国人が多くいた元町から北野異人館街、あるいは大きな建物がそびえる父ちゃんの働く工場などを油絵で描いてみたいと、夢を膨らませた。しかし、教室に入ることを許されず、今はすでに絵描きになることも諦めていた。

ただ、アメリカとの戦争が始まって以来、軍人になろうかと思うようになり、中学校卒業後は士官学校に進んでもよいのではないかと、考えもしていた。

いずれにせよ、中学受験はすると決めていた。そのためにも、金が無いとの理由から実現できていない塾通いは、どうしても叶えたいと思う。だけども、父ちゃんが工場で暴行を受け仕事を休んでいるから、最近では、ほぼ駄目だろうと諦めている。その分、学校の授業は聞き漏らすまいと、気を張っていた。

「もう提出したんか」

喜望は逆に聞いた。

「あ、もう出したで」

「中学は行かんのか」

「行かんよ。うちは貧乏やからな。高等科に行くわ。でな、そこを卒業したら、陸軍の幼年学校受験するで」

李ははっきりと自己主張した。

「そうか。そこまで決めてんのか。偉いな」

喜望は、心底感心した。彼は学業もよくできたし、運動神経も抜群だった。だから、中学を受験したとしても、必ず合格するに違いない。だが、貧困世帯である家族のことを考え、中学には進まないと言う。それは決して卑屈な姿勢ではなく、彼自身の強い意思だ。その態度が羨ましくもある。自分は漠然とだが、大人になったら軍人になってもよいと思うが、李ほどはっきりとは断言できなかった。

「うちは貧乏やろ。だから、金かけずに上の学校に行って出世するには、これが一番なんや」

「そうか」

「それにな、軍人になって、陛下のため国のため、戦うんや。朝鮮人だからといって、馬鹿にはさせへんで」

「そうか」

喜望は小さくうなずく。彼は、アメリカとの戦争が始まって以来、「将来は軍人になって国の役に立つ。立派に死んでやる」との文句を、事あるごとに口にする。しかも、どの生徒よりもはっきりと主張するのだ。

一方で最近、李ほどアメリカとの戦争に前のめりになれない自分を、自覚し始めていた。新聞に載る、日本の戦闘機が敵艦を沈める写真は本当に格好良いと思う。胸も躍る。しかし、そうした写真をまじまじと見つめていると空想が広がり、そこには日本兵であれ米兵であれ人間が死んでいるのだと、分かったのだ。すると、悲しくなった。そして、大人になれば兵隊になるのは当たり前だが、それは戦争に行くことであり、死ぬことなのだと悟った。誰もが言うように、国のため死ぬのは立派だ。でも、死は恐ろしい。もちろん、そんなこと決して口に出したことはないのだが。

*

喜望は、いよいよ五年生に進級した。授業も増え、ほぼ毎日六時間目まであった。成績は中の上、別の角度からいえば上の下といったところだが、中学に進むにしても県立に入らないといけない。私学の中学もあるが、家計の実情からみても県立でないとだめだ。自分だけならいいかもしれないが、智子だってもう三年生となり、やがて卒業後の準備に入る。大人になったら市電の女車掌になりたいとの夢は、今ではほとんど言わなくなったが、将来就きたい職業の如何にかかわらず、女学校に進む希望は持っている。両親も智子が女だからといって、教育に差をつけることはしないと言っていた。さらに、智子の後には浩良も続く。だから、一中に入れるとは思わないが、県立をめざす。長男としての役目だ。そんな思いは、父ちゃんが休職してみてますます強くなっていた。

喜望は、自室で漢字の書き取り勉強をしていた。あすの国語の授業で、漢字試験がおこなわれるのだ。試験は、中間的な小テストだったから、あらかじめ担任教員から出題される漢字、三十字が指定されていた。今、授業で読み進めている物語の中に出てくるもので、新しく覚えるものもあれば、すでに習った熟語もある。予め三十字が分かっているのだから、しっかり勉強しておけば誰もができる。それで、ノートに一つ一つの漢字をそれぞれ十回書き、頭に叩き込んでいた。

「喜望、勉強、終わったか」

居間から母ちゃんが呼んだ。

「もう少しや」

「そうか。終わったら来てや」

「わかった」

喜望は襖越しに返事した。そして、最後の「知る」という漢字を書き終えた。居間に入ると、両親が円い卓袱台の前に座っている。父ちゃんの正面にあぐらをかいて座る。傍らでは、浩良が絵本を見ていた。智子は引き続き、子ども部屋で宿題に取り組んでいた。

「父ちゃんやけど、満州に行くことにしたんや」

母ちゃんが話し始める。

「そうか」

喜望は返事する。突然の申し出だったから、良いとも悪いとも答えられない。

父ちゃんは、この正月の休み明けに仕事に行き始めたが、業務中に倒れてしまい、再び休職していた。その間に、父ちゃんのおじさんという人から手紙をもらい、満州に来ないかと誘いを受けたことは知らされていた。だが、休職して二カ月余り、満州行きについてほとんど口にしなかったから、てっきり断ったのだろうと思っていた。

「でなぁ、長男のお前に、しっかり留守を守ってほしいんやぁ」

母ちゃんが言った。

「父ちゃん、満州行くんか」

智子が襖を開け、隣の部屋から入ってきた。そして、父ちゃんの背中に抱きついた。

「父ちゃん、いつまで行くん」

「二カ月や。梅雨に入る六月の初めには帰るで」

父ちゃんは答える。

「そうか。なぁ父ちゃん、智子も連れてってな」

「智子、わがまま言ったらあかんよ。父ちゃんは遊びに行くんやないよ。体を治しにいくんよ」

母ちゃんが諫めた。

「残念やな。なあ、父ちゃん、なんていうおじさんなん」

「義武ちゅう、人や。父ちゃんの母ちゃんの弟や」

父ちゃんは説明する。父ちゃんの父と母、つまり祖父母はすでに亡くなった、と聞かされている。

「義武おじさんも、東なん」

「そうや、智子と同じ東や」

「そうなん。智子なぁ、義武おじさんに会いたいわ。でな、父ちゃんのこと、よろしくお願いします、って頼んであげるわ。なぁ、父ちゃん」

智子は、いっそう父ちゃんの背中に抱きついた。

「そうか」

父ちゃんは笑う。そして、智子を引き寄せ、膝の上に抱いた。

「智子、堪忍な。その代わり、しっかり体、治してくるからな。土産物も、買ってくるで」

父ちゃんはなだめた。

喜望は、呆気にとられていた。が、すぐに気が沈む。父ちゃんの満州行きは良いとも悪いとも判断はつかないが、五年生となり進路のことが問われ始め、そうなるといや応なしに、家族の生計に頭が向かざるを得ない。二カ月とはいえ、満州に行って大丈夫なのか、生活はどうなるのか。不安は絶えない。

四月の中旬に入ろうとしていた。

父ちゃんが、静養しに行く日がやってきた。おじさんの暮らす満州の首都新京までは、神戸から大連まで船で渡り、その後、陸路を行くそうだ。初めての大陸行きだけに、おじさんが大連まで迎えに来てくれるそうだ。工場の方は、暴行を受けるという被害者でもあるから、この際しっかり休養をとって体調を万全にし復帰せよと、休職という扱いで受け入れてくれていた。

送るのは、家族だけだ。朝十時には、礼子姉さんたちが徳之島に帰ったときと同じ港のメリケン波止場に着いた。岸壁には黒い煙をもくもくと吐く、大きな船が接岸していた。いよいよ船に乗り込む時間となった。正午前だった。空は晴天だ。国民服に脛にはゲートルを巻いている父ちゃんが、家族に別れを告げる。

「喜望、あじゃが居ないあいだ、主ぞ。あんま、智子、浩良のこと頼むんぞ。勉強も気張れ」

父ちゃんは言った。それも、なぜか島の方言を使った。

「分かった」

喜望は小さくこたえる。この現状を受け入れ、力強く返事をすることは、やはりできなかった。

父ちゃんは一人、デッキの階段を上った。

＊

父ちゃんが満州に旅立ってから、一カ月余りがたった。六時間目の授業が終わり、生徒たちは下校し始めた。

喜望は、校門を出ると同級生数人と別れ、一人帰路に就く。五年生となってから、登校は李と共にしているのだが、下校は、同じ方面に暮らす級友がいなかったので、たいてい一人だった。しばらく歩くと背後から声をかけられた。

「途中まで、帰ろうで」

黒田が、小走りに近寄ってきた。彼とは、五年生になり組も別々になったので、いっしょにしていた下校も自然と解消していた。

「ええよ」

喜望は言った。そして肩を並べ歩き始める。彼は今も話好きだ。話題は互いの進路のことになった。卒業後は中学に進学するつもりだと話すと、「ええな」とうらやましがられた。では、黒田はどうするのかと問えば、高等科を出て働くという。

「うちは貧乏だから、早く仕事して父ちゃん、母ちゃん助けなあかんわ」

「そうか。父ちゃんと同じ、荷役馬車の仕事するんか」

「馬車はもうあかん。これからはトラックの時代や。とりあえず港で働いて金ためる。そうして、自動車の免許取るつもりや」

「そうか」

喜望は感心した。この先、貨物輸送がトラックの時代になるとは、考えにも及ばない。と同時に、彼の父のことが話にのぼったので、さらに聞きたくなった。入墨の一件を聞かされて以来、一度は会ってみたいと思い続けている。

「父ちゃんは、どうしてる」

「父ちゃんか、いつも通りや。仕事が終わって帰ってきたら、酒飲んでるわ」

「そうか」

喜望は言った。彼の父が今まで通りの生活をしていると知り、やっぱり会ってみたい。

「東の父ちゃんはどうや」

「え、うちか」

喜望は、言葉をのみ込む。まさか自分の父ちゃんのことを尋ねられるとは、思いもしなかった。正直言って、あまり触れられたくなかった。母ちゃんからは、病気療養で満州に渡航したことを、めったなことで人に話してはいけないと口止めされていた。だが、仕方がない。

「うちの父ちゃん、満州行ってるわ」

「満州か。ええな」

黒田は声を張り上げた。

喜望は、彼の反応に一瞬にして気分を害した。以前、登校中に李ともその話になり説明したが、そう告げるなり、その話題は終わった。李は「満州」という言葉に敏感に反応し、黙り込んだのだ。何か含むことがあるようだったが、話が途切れ、内心安堵していた。

「何が、ええんや」

「何怒ってんのや。満州といったら、貧乏人も金持ちになれるんやろ。ええやないか」

「ちゃうで」

「ちゃうって、何がや。俺も大人になったら、満州行って、金持ちになりたいわ」

「ちゃうんや。父ちゃん、体おかしくして、病気治しに行ったんや」

喜望は強く言った。口にするなと厳禁されている父ちゃんのことを、思わず白状してしまった。

「そうか、そうなんか」

黒田は言った。一瞬詫びる表情を浮かべた。

「そうや、今日、遊ぼうや。また、おれんち来んか」

黒田は、すぐにここにこして言った。

「あかんわ。父ちゃんがおらん分、母ちゃん助けないといかんのや」

「そうか」

そうこうしているうちに、二人は家の前に着いた。

「じゃあね」

「おお。大変やと思うけど、頑張れや」

黒田は言った。

喜望は、そう励まされ嬉しくなった。同時に彼の態度に、妙に大人びたものを感じた。

家に入りランドセルを机に置くと、母ちゃんが「父ちゃんから手紙来てるわ」と言った。

喜望はそれを手にした。父ちゃんからの手紙は、これで五通目だ。満州に渡って一カ月余りだから、だいたい一週間に一度は筆を走らせていることになる。どの手紙も母ちゃんに対して書いたものだが、それでも必ず読んでおくようにと、渡される。内容はどれも、今日は何時に起床し、昼はこんな本を読み、就寝は何時だったなど、どのような一日を送っているのか、ということだった。つまり、家族への気配りが全くないと言っていい。ただ一度だけ、智子に対して書かれたものがあった。

それは三通目だった。「前、智子が義武おじさんにあいさつしたいと言っていたから、おじさんのこと教えてあげる」と書き始められていた。義武おじさんは、智子のばあ様の弟だが、ばあ様は五人きょうだいの長女、おじさんは五人目の末っ子で一回りも年が離れている。だから父ちゃんとおじさんは五歳しか違わない。子どもの頃は、よく面倒を見てくれて、お兄さんのように優しい人だという。そして、智子が会いたがっていると伝えたら、おじさんも智子に会いたいと話していたと、書かれていた。

これも、父ちゃんとおじさんのやり取りを淡々と書いたに過ぎないが、年が五歳しか違わないというのは少し驚いた。

ただ、この三通目には、義武おじさんの長男が来年にも満州の中学校を終えるが、卒業後は内地に戻り、上の学校に進学させるつもりであることが、記されていた。そうなったら、うちでも面倒をみないといけないと、書かれていた。

五通目を手にする。「検閲済み」と印が押された白の封筒から、折りたたんである便箋を取り出し、広げる。一文字一文字、丁寧にしっかりと書かれている。先日、義武おじの非番の日、おじに連れられ、新京の街めぐりをしたそうだ。途中、食堂に入り、酒とシナ料理を食べ、腹いっぱいになったと記す。やはり父ちゃんの生活だけが記される。では、シナ料理を食べて美味しかったのか、それとも口に合わなかったのかも知りたいが、一切触れない。さらには、肝心の体調はどうなのかは全くない。

　だが、淡々と何をしたのかということをしたためるだけであっても、それはそれで読んでいて面白かった。父ちゃんは人に話を聞かせることにも長けていて、いつかは父ちゃんのようになりたいと思っていたが、手紙を読むにつけ、こんな文を書けるようになりたいと思うようになっていた。

二

　喜望は六限の授業を終え、帰宅したばかりだった。家に入るなりランドセルを背負ったまま、母ちゃんから父ちゃんの手紙を受け取った。これまでの十通近くに及ぶ封書は全て目を通していたが、帰宅するなり手渡されたのは始めてだった。おやっと、不思議にもなったが、いつも通り白の封書を居間の卓袱台にのせると、一旦自室に入り、ランドセルを置いた。六月初旬のことだ。満州に静養に行った父ちゃんは、あと一週間もすれば戻ってくる。

　再び居間に戻ると、卓袱台の前に座り、封書から便箋を取り出した。万年筆だろうか、黒色のていねいな文字が連なる。

前略、かま殿

こちらに来て、早くも二カ月になろうとしております。義武おじのご親切にすがり、すっかり体を休めることもできました。自分の心持ちも大分、気丈になりました。邦宏の死はいたましく、あんな幼子を死なせてしまったことを、ただ詫びる気持ちです。しかし、いつまでもくよくよともしておられません。何といっても、国が一大事を迎えているときです。

さて、そのお国の戦ですが、戦地では神国の兵が勇敢に戦っておりますが、長期戦となることを覚悟せねばなるまいと思います。なあに、戦地の兵隊の艱難辛苦を思えば、銃後の守りなど、何の苦労がありましょうか。長期戦こそ望むところと、気概も新たにしております。

ついては、帰れるうちに島に戻っておきたいと思います。こちらは、一足先に徳之島に戻ります。そちらは、喜望、智子の学校のこともあるだろうから、夏休みに入り次第、帰島して下され。

喜望は一読したが、「一足先に戻る」の箇所の意味がのみ込めない。

「島に戻る、ってどういうことなん」

「母ちゃんにも、よく分からんのや。そいでなぁ、父ちゃんに、早速手紙書いたから、あんた、急いで見てや」

「わかった」

喜望は今度も、白の封書を受け取る。母ちゃんの手紙を読むのは初めてだ。便箋には、小さくていねいな文字がびっしりと詰まっていた。父ちゃんの文字は比較的大きくてゆったりとしているから読みやすいが、母ちゃんの文字は、目がちかちかする。

拝啓、喜通様
お体がよくなったとのこと、大変、嬉しく思います。義武叔父様には、何とお礼申し上げたらよいのかと、感謝ばかりです。ご長男様が内地に戻りましたならば、心を込めてお世話させていただきましょう。

さて、島に戻るとのことですが、詳しく教えてくだされませ。いつからいつまで、帰るのでしょうか。今月末より、仕事にも復帰する予定になっておりますが、どうされるおつもりか。上司の皆様のご厚意で、これまで休んでまいりましたが、体が丈夫になったのであれば、早速、造船所に戻りご奉公せねばなりませぬ。島に戻っている時間はないのではないですか。

長期戦が予想される今日、夏休みになったら子どもたちを連れて来いと言いますが、それも不謹慎なことです。今、物見遊山などしている時ではありません。

それとも、疎開するつもりですか。神戸でも最近、戦争の長期化を予想し、農村に移り住む人もいるそうです。ですが、それは裕福なお家のなさること。我が家のような家族は歯を食いしばってでも、神戸で暮らすしかありません。喜望は五年生、来年には中学受験も控え、大事な時期を迎えています。

何を考えているのか、詳しく報せて下されませ。そして、何より一刻も早く、こちらに帰ってきて下さいませ。

喜望は文面を読み終えたが、全体の真意は分かりかねた。疎開という言葉も耳にすることはあったが、意味を理解している訳ではない。ただ、父ちゃんは夏休みを利用して故郷の徳之島・徳和瀬に一時的に帰るが、それに合わせて家族全員で来い、と言うのだろう。一方、母ちゃんは、アメリカとの戦争で大変なときに帰島している時間はない、神戸に戻り工場に復帰してほしい、と望んでいるのだろう。そんなことだけは理解した。そして、思った。夏休みを利用して徳之島に行けるなら、ぜひそうしたい。心も躍った。

父ちゃんと母ちゃんは、父ちゃんが五歳年上ではあるが、二人とも高等小学校を卒業後、この神戸に出てきて結婚したと聞かされている。徳和瀬はその両親の故郷だ。はるか遠い南の島だ。一度は訪ねてみたい。父ちゃんの両親、祖父母はすでに死んだと聞かされているが、母ちゃん方の祖父母は徳和瀬に暮らしている。一度も会ったことのない祖父さん、祖母さんにも会いたい。そして、何より島に行けば、礼子姉さんに再会できるではないか。

「母ちゃん、父ちゃんが島に帰るなら、俺も行くで」

喜望は、はりきる。

「お前まで、何を馬鹿言ってるか」

「なんでや」

喜望は、母ちゃんが取り返した手紙で、頭を叩かれる。「なんで」と心内でくり返しつぶやくが、何も反論できなかった。

「急いで手紙を出さんとあかんから、郵便局行ってくるで」

母ちゃんはそう言うなり、家を出て行った。

＊

喜望は、李と二人、傘を差しながら学校への道を歩いていた。昨日、父ちゃんから何やら訳の分からない手紙を見せられたと思ったら、今日は梅雨に入ってしまった。梅雨は、じめじめして嫌いだった。

「なぁ、父ちゃんと母ちゃんの故里に行ったことあるか」

喜望は、それまでの話題を変えて、唐突に聞いた。手紙を読み一夜明けると、島に暮らす祖父母にぜひ会いに行きたいとの思いを、ますます強めていた。いや、祖父母を訪ねたいのではなく、島に行きたいのだ。いやもっと言えば、はるか遠い南の島へと旅をしたい。すっかり冒険心をかきたてられていた。

「ないわ」

李はあっけらかんと言う。彼には唐突な問いだったようだ。

「そうか。行ってみたくないか」

「分からへん」

「そうか」

喜望は淡々と言う。そしてすぐ続けた。

「祖父ちゃんと祖母ちゃん、半島におるんやろ。会いたくないか」

「だから、分からん」

李はむっとしたようだ。

だが、喜望はおかまいなしにたたみかける。

「なぁ、知ってるか。俺の田舎では、じいちゃんのことを『しゅ』、ばあちゃんのことを『あん』って呼ぶんや」

以前、母ちゃんから教わった島の方言を、得意気に披露した。

「なんや、けったいやな」

李は嘲る。

「なあ、半島では、じいちゃん、ばあちゃんのこと、何て呼ぶんや」

「知らんって」

李は、一変して、険しい表情を浮かべた。

そうなると、気まずい雰囲気となり、この話はそれでおしまいとなった。

そしてこの日も、六時間の授業を終え、夕刻となっていた。喜望たち家族は午後六時過ぎには、夕食をとり始めた。夕飯はたいてい夜七時ごろなのだが、夏至前後のこの時期、日の明るいうちにとるようにしていた。太陽が沈んでしまえば、電灯を点けても灯火管制のため薄暗く、それが嫌だったからだ。そして、七時前には終えた。卓袱台の周りに、家族四人全員が座った。

母ちゃんが正座して、着物の袂から一通の手紙を取り出し、卓袱台においた。

「昨日に続けて、父ちゃんから手紙が来たんや。喜望、読んでみ」

「はい」

喜望は、昨日以来の母の怒りは収まっていないと悟っていたので、神妙に言う。

「前略、かま殿」

改まった声で、読み始める。

前回の手紙では、職場のことを言い忘れました。造船所にはお前の方から、退職することを伝えてくれ。きれいな文字で文書にして、見舞いに来てくれた課長に、手渡しておくれ。その時は、在任中含め本当にお世話になったと、くれぐれも感謝を申し上げてほしい。後日、退職金が支払われるだろうから、お前の方で、しっかりと管理してくれ。

島に着いたら、土地は、人に使わせている自分持ちのものを返してもらうのと、本家に掛け合い、内地に来ている親戚筋の空いている畑を、借り受けることにします。今帰れば八月の夏植えに間に合います。牛も本家に頼み、一頭ぐらい都合してもらう予定です。

家は、お前の父さまに頼み、親戚筋の空家を貸してもらいます。草々。

追伸。大連から門司に渡り、そこから鉄道を使い鹿児島に行きます。鹿児島からは再び船です。こちらの道中は、ご心配なされぬように。この手紙が着いたころには、島に到着していると思います。


喜望は読み終えた。父ちゃんが言わんとすることが、正確につかめなかった。それで、母ちゃんの顔をうかがった。

「父ちゃん、一人で帰るんか」

智子も、意味がのみ込めないといった様子だ。当然、母ちゃんの隣に座る浩良も理解できる筈がない。

「父ちゃんは一人で徳之島に帰ったんや。ほんまに、勝手や。馬鹿や」

母は声を張り上げた。

喜望は驚いた。父ちゃんのことを馬鹿呼ばわりしたのを、初めて聞いた。自分が叱られていると思った。だから、ただ下を向くしかなかった。

「ええか、父ちゃんがこうした以上、お前たちも島に帰ることになる。ええな」

「学校はどうするん」

智子が小声で聞く。

「転校するしかない。それで、島の学校に行くんや」

「えー」

智子は大声になった。

喜望は、二人のやりとりを見つめながら、心内で、なんでと唸った。島には行ってみたい。だが、転校するとはどういうことか。つまり、もう神戸には帰ってこないということか。そうしたら、李と会えなくなる。そして、組は別々になったとは言え、登下校中にはよくばったりと見かけて目が合う、うどん屋の前田静香ともお別れということか。

「なんで。なんで、父ちゃんは島に帰る」

喜望は、溜まった物を吐き出すかのように口調を荒げる。

「母ちゃんも、分からん。何を考えているのか」

母ちゃんは、急に気弱になる。そして続ける。

「お前たちには、ほんまにすまんこっちゃ。堪忍や。島の暮らしは大変や。父ちゃんも母ちゃんも、仕事があらへんから、神戸に来たんや。そやけど、我慢するんやで。戦争が終わったら、また神戸に戻ろうな。戦争終わるまでの辛抱や」

母ちゃんは俯き、かすかに涙を流した。

「母ちゃん、泣かんといて」

智子が抱きつく。

喜望は言葉が見つからない。一人立ち上がり、自室へと入る。襖を閉めながら、ただ呆然とする。絶望とは、こういうことか。ただ、母ちゃんの「戦争が終わったら神戸に戻ろうな」の言葉に、わずかに希望を感じていた。

＊

喜望は、いつもどおり八時前には家を出て、学校に向かう。土曜日だ。途中、李と合流することになる。夏休みまで十日余りとなっていたから、今日こそは彼だけには言っておきたいと決心していた。それは島へと帰る件だ。

父ちゃんからは、その後、何通かの手紙が届いていたが、それらはすべて徳之島での生活についてだった。どうして静養先の満州で、島に戻ると思い至ったのかには全く触れられていない。満州で何があったのか、再び心を壊すような出来事にでも遭遇したのでないかと不安は尽きないが、何も書かれていない。そして島では、以前、報せてきたように、家は母ちゃんの父、つまり徳富の祖父さんの伝手《つて》を使い、徳和瀬集落の中の空家を借りたこと、また、自分持ちの土地はすでに返してもらい、年明け早々に収穫する米の苗植えの準備にとりかかっていることなどを伝えてきていた。つまり、家族を受け入れる準備は、予定通り進んでいるから、何も心配することはないという。

もうこうなっては、母ちゃんも何もできなかった。父ちゃんの言い付けに従い、造船所には退職願を出し、いくばくかの退職金を受け取っていた。また、引っ越しにともない転校する旨も、学校に伝えていた。ただし、そのことは、担任の先生が級友に知らせるはずだから、それまでは誰にも話してはいけないと厳命されていた。なぜ黙っていなければいけないのか、不思議にも思ったが理由も聞けず、一方で母ちゃんの言い付けを破る気にもなれなかった。と言うのも、この徳之島行きが、二学期には再び神戸に戻るという旅であれば心も浮き浮きとなるのだろうが、片道切符の帰路のないものであることに、心は複雑に揺れていたからだ。人に話す気も起きない。だが、李には自分の口から話しておきたい。それが友達というものだ。

いつものように、李の家に着くと、玄関口で「おはよう」と声をかけた。すぐに、彼も外に出てきた。二人は、並んで歩き始める。だが、決意とは裏腹に、すぐに言い出せない。

「なぁ、卒業したらどうするんや」

喜望は、ぐずぐずしている自分自身に、焦っていた。

「だから、俺は高等科よ。そこを出て、軍人になる学校に進む。あほか、何度も同じこと言わせんな」

「そうやな」

「東は、中学やろ。勉強進んでるか」

「うん」

喜望はうなずくとともに、急に不安に襲われた。「徳之島に帰る」との父ちゃんからの手紙が届いてから一カ月余り、島に帰る、帰りたくないで頭がいっぱいだったので、進学のことは全く考えなかった。島に帰っても、中学受験はできるのか。

だが、その不安が一気に後押しした。

「俺な、次の夏休みが来たら、島に帰ることになったんや」

「島って、お前は、たしか南の徳之島だったな」

「そうや」

「じいちゃん、ばあちゃんに会いに帰るんか」

「ちゃうねん。引っ越すんや」

「引っ越す」

「そうや。学校も転校や。お前と登校するのも、一学期の終業式までや」

喜望は、しんみりとなった。でも、ようやく帰島のことを告げることができたので、ほっともしていた。

「そうか」

李は、小さくうなずく。なにやらしょんぼりしてしまったようだ。理由も尋ねない。

「せやけど、このことは誰にも言ったらあかんで。黙っといてくれ」

二人はその後、会話が途切れてしまった。やがて学校に着くと上履きに履き替え、それぞれの教室へと向かった。

今日は土曜日なので、授業は四時間目までだ。

喜望は校門を出ると、数人の級友と別れ一人歩く。しばらくすると、前方に二人連れの女子生徒がいた。一人は鉄塔下広場近くで営業するうどん屋の娘、前田であると分かった。三年生までは同じ組であったが、今はもう別の組だ。もう一人は、同じ組になったことがないので、名前を知らないのだが、前田といつも登下校を共にしている生徒だ。距離にして一〇メートルくらい離れているだろうか、内容までは聞き取れるはずもなかったが、二人のおしゃべりは楽し気だ。

喜望は、歩く速度を緩めなどはしない。理由がないからだ。一方で二人は、時にはふざけ合いもしているから、ゆっくりだ。どんどん距離は縮まる。このまま行けば、必ず二人に、いや前田に追いつき追い越すことになる。その予想に一人、嬉し恥ずかしくなった。無論、二人は後ろの風景など、全く眼中にないようだ。それくらい、おしゃべりに夢中だ。

すると、前田が後ろを振り向いた。大きく笑っている。おしゃべりの流れの中で、振り向いたのだろう。その彼女と目が合った。緊張が走り、胸がそわそわし始める。だが、嬉しい。一方の前田は、笑い続ける。やがて、前を向いた。

なおも速度を保ったまま、歩いた。後ろにいることを知られた以上、ゆっくりになることの方が、恥ずかしいと思った。そして、ほぼ真後ろに着いた。いざ、追い越すのだ。表情はいっさい変えず、一層真顔になる。右にいる前田と並ぶ。二人はなおもおしゃべりをしている。が前田から何気に、見つめられているように思う。あっという間に追い越した。だが、前田の視線を背中に感じる。もしかしたら、声を掛けられるのではないか。鼓動が激しくなった。だがそれは、やはり妄想だった。

家に着いた。すぐに自室へと入った。ランドセルを置くと、勉強机の前に正座した。前田とのことを思い返した。じわぁっと、幸福感に包まれた。妄想かもしれないが、前田から優しい眼差しを向けられたように思う。また、こんなことがあってほしい。いや、夏休みに入れば、島に帰るのだ。こうして、登下校中に前田と会うこともできない。そう思うと居ても立っても居られなくなった。

貯金箱から一銭玉を数枚握ると、「出かけてくるで」とだけ言って、家を出た。母ちゃんからは慌てて「昼飯食べんのか」と声をかけられるが、「要らん」と振り切った。向かったのは、前田の両親が営むうどん屋だった。夏休みに転校することを、告げなければいけないとの衝動にかられたのだ。その店には、家族で行ったこともあれば、智子と二人だけで寄ったこともある。そして一人で食べに行ったこともある。つまり、常連客でもあるのだから、今日昼飯代わりに一人で立ち寄っても、何の違和感ももたれないだろう。しかし、前田を店で見たことはこれまでに一度もない。それでも、今日は、絶対に手伝いをしているに違いないと思った。

店は、昼時ということもあって、混んでいた。だが、前田はいなかった。母親から「相席でもええな」と、席へと案内される。仕事中と思われる作業着姿のおじさんたちに囲まれて、座った。いつものように、きつねうどんを注文した。「少し時間かかるけど、許してな」と、おばさんが謝った。腹はたしかに空いているが、その方がよい。きっと、これだけ混んでいるのだから、前田が手伝いに出てくるに違いない。やがて、うどんが運ばれる。だが、前田は出てこない。いつもよりゆっくりと麺をすする。そして、汁も全部飲み干した。しかし、前田はついに現れなかった。

またもや、妄想に終わってしまった。残念だった。だが、ぐずぐずしている訳にもいかないので、会計をする。きつねうどん一杯八銭だ。

「東くん、夏休みになったら、田舎に帰るんやってな」

おばさんが、代金を受け取りながら声をかけてきた。

「えっ」

喜望は、何で知ってるのだろうかと驚いた。

「あんたのお母さんから聞いたで。寂しくなるな」

「ああ、そうですね」

「田舎に帰っても、頑張るんで」

「おばちゃん、ありがとうな」

喜望は、礼を言った。そして店を出ると、帰島のことがおばさんの耳に入っているというのであれば、前田も当然知っているに違いない、そう思った。それが慰めだった。

一学期最後の登校日となった。

喜望は、李と学校へ向かう。二人は、今日渡される学期末の成績表について、あれこれとしゃべっていた。「今回は、鉄棒も跳び箱も全部できたから体育は優や」と李が言えば、「そうか、運動神経良いからな。うらやましいな」などと、応じていた。その後、転校の件は、もう無かったことのように話題にはならなかった。それも「誰にも言うな」と釘を刺したことが理由のようだった。

学校の校門を抜けた。

すると、李が言った。

「東、俺と仲良うしてくれて、ありがとうな。島に戻ってもがんばれよ。俺もがんばる。それとな、手紙出すから、引っ越し先の住所教えてなぁ」

「分かった。ありがとうな」

喜望は返事した。

三

喜望たち家族が神戸を発ったのは、八月初旬の暑い日だった。出発日は大安の日にすることとしていたが、七月の下旬にするか八月初めにするか、かなり話し合った。そして、一学期が終了してから少しは余裕を持とうと、八月初めにした。結果は大正解だった。つい一週間前には、台風が相次いでやってきて、神戸にも大雨を降らしていたのだ。

家族四人は午前十一時過ぎ、幾人かの親戚に見送られ、神戸駅にいた。そして、時刻どおり三十分発の列車が入ってきた。

「ほんなら、さいなら。後はよろしくお願いします」

「長旅、気をつけるんやで」

「ありがとう」

親戚に別れを告げ、車内へと乗り込んだ。山陽本線を使い、関門トンネルを潜り北九州の門司を目指す。途中、午後九時頃の着予定である下関辺りで、座席を寝床にして就寝することになる。門司に着く頃にはもうすでに寝入っているだろうが、鹿児島本線へと入る。鹿児島には明日朝七時に着く。そして鹿児島からは、船を乗り継ぎ徳之島に渡るという、行程だ。

喜望、智子、母ちゃんの三人は、それぞれの着替えやらが入っている背嚢を背負っている。浩良は智子に手を引かれている。背嚢を網棚に置くと、四人掛けの席に座る。母ちゃんは、首から下げる白の布にくるんだ、小さな骨壺を膝に抱いた。邦宏の骨が入っているものだ。

喜望は窓側の席に座り、吹き付ける風を受けながら、外の風景を眺める。進路は西だ。海が見えてきた。須磨の辺りのようだ。ということは、いよいよ神戸を出るのか。

穏やかな海面を見ながら、李と前田のことを思った。新居の住所の件は、先日、李の家に行って伝えた。だから、彼ともこの先、手紙を通してつながっていけるのだろう。だが、彼自身不在だったため、引っ越す前にもう一度会うことは叶わなかった。そして前田だ。終業日に目が合って以降、彼女の姿を目にすることはなかった。もう会うこともないのだと思うと、悲しかった。一方で、新しい生活への期待がない訳でもない。父ちゃんと母ちゃんが生まれ育った南の島の暮らしとは、どんなものか。今、外から吹き付ける海風を顔に受けながら、惜別と期待が入り交じる複雑な心境にあった。

向かい合って座る智子は、家から持ってきた少女向けの物語を読んでいた。転校することについて彼女は、当初戸惑っている様子だったが、そのうち迷いも吹っ切れたみたいだ。級友との別離を悲しむ様子もない。妹ながらそんなことがうらやましくもあった。同時に、一学期の成績では、智子の方が「優」の数が明らかに多いことへの妬みは、いまだ消えていない。

やがて、正午過ぎとなった。家族は、母ちゃんが作ってくれた弁当を食べることにした。握り飯に、おかずは焼いた鮭の切り身だった。日常生活とほぼ同じ食材ではあるが、列車の中で食べると、なぜか美味しかった。

喜望は、昼飯を終えてもなお、外の風景を眺めている。智子、浩良、そして母ちゃんは、食後の睡魔に誘われたのか、さっきから眠っている。列車はさらに走る。岡山を通り過ぎ、広島に入っている。もうじき呉だ。呉といえば、海軍の基地がある。そこを通るということは、あの巨大戦艦が見られるのではないか、期待が一気に膨らんだ。

列車は糸崎駅に停まった。するとアナウンスが流れ、窓と陽射し避けを完全に閉めるようにとの指示がなされた。

喜望は、心内で「え」と絶句しながら、なんで閉めるんや、と口をとがらせた。

母ちゃんが、車内アナウンスに反応し目を開けた。

「喜望、閉めぇ」

「なんで。外見られなくなるやんけ」

「外見るのが、あかんのやろう」

「なんで」

「ほら、早ようせ。車掌さん、来るやないか」

喜望は顔をあげると、車掌が車両に入ってきて、窓の状況を点検しているのが目に入る。仕方がないので、上から窓を下ろし、さらに陽射し避けを引いた。これで、外の風景は完全に遮断された。車内は暗くなる。しかも通気も遮断されたから、ただでさえ暑いのに、いっそう蒸し蒸しとなった。やがて、列車は呉を走り抜けて行った。

喜望は、さっきから無口だった。機嫌が悪いのだ。呉の軍港の景色が見られなかったからだ。

だが、夕方、食堂車に行くと、すっかり機嫌も直っていた。初めて列車の食堂に入った。

　そして夜、車内が寝台車に変身すると、もう心はわくわくしていた。二階だった。一階の一方には母ちゃんと浩良、向かい側には智子が寝た。カーテンを閉め毛布を被る。ガタゴトガタゴトと揺れが伝わる。初めての体験だ。でも、寝ている間に下に落ちないようにしないといけない。列車は揺れる。けれどすぐに目が重くなり、寝付いてしまった。もっともっと、このわくわくを感じていたかったのに。

＊

　喜望たち家族が鹿児島の駅に着いたのは、定刻通り朝七時だ。強い日が照る。駅からは市電に乗り、義秀おじさんの家に来ていた。義秀おじさんは、母ちゃんの弟であり、五人姉弟の四番目、長男になる人だ。鹿児島の鉄道学校を出た後に国鉄に入職し、現在は市内の駅舎で駅員をしているという。最近、初めての子である正光、つまり従弟が誕生していた。

　神戸の家の居間よりもはるかに広い、畳の部屋に通された。そこで、正座して「こんにちは」とあいさつした後、顔をあげた。にこにこ笑う初対面の義秀おじさんがいた。肩幅の広い大きな人だったので、少し驚いてしまった。「よくさ、来やった」と、声をかけられた。その言葉は聞きなれないもので、神戸の発音とも違い、不思議に思った。そして従弟の正光と対面した。浴衣を着て布団に寝かされている。可愛かった。その表情は額から目元にかけて、弟の邦宏に似ていると思った。

一夜明け、朝を迎えた。昨晩はさすがに旅の疲れが出て、布団に入るなりすぐ眠りについた。それだけに、目覚めは良かった。

「そいなら、喜望、智子、出かくっど」

義秀おじさんが声をかける。

「うん」

喜望と智子は、大きく返事をした。智子はもともと人懐っこい性格だから、すぐに親しくなるのだが、喜望は人見知りする。でも、義秀おじさんとは夕飯と朝食をいっしょに食べただけで、もう懐いていた。おじさんは、甥姪の来訪に合わせて今日、わざわざ非番を取り、鹿児島市内を案内してくれると言うのだ。時局がら豪勢な物見遊山はできないが、それでも折角なのだから、故郷・鹿児島の県都を見ておけと言うのだ。浩良も「行きたい」とせがんだが、彼はまだ幼く、またおじさんの負担もあるので、母ちゃんと留守番になった。出かけ際に「義秀、おぼらだれん」と母ちゃんが、礼を言った。

喜望は智子とともにおじさんに連れられ、まずは市電に乗り、港に向かった。錦江湾の岸辺だ。岸の向こうには小さな島があり、島には空に向けて黒い煙を吐く山があった。

「あれがよ、桜島じゃ」

義秀おじさんは言った。

喜望はびっくりしていた。煙を吐く山など見るのは初めてのことだったし、しかも目と鼻の先にあるのだ。

「活火山やね」

智子は声を張り上げた。

「智子は、よう知っちょっもんなぁ」

義秀おじさんは笑った。そして、この岸辺一帯は、その昔のご維新のとき、薩摩がイギリスと戦をした地だと、語ってくれる。

「薩摩ってなに」

今度は、喜望が質問する。地理の授業はすでに始まっているが、薩摩という地名は聞いたことがなかった。

「薩摩はよ、鹿児島《かごんま》の、別の呼び方じゃっと」

「へ、そうなんだ」

喜望はうなずく。そういえば、以前、ラジオから流れてきたちゃんばら劇で、「勇み立ち剣を振るう薩摩隼人」というせりふを聞いたことを思い出していたが、薩摩とはその薩摩なんだぁと、一人感心していた。

「戦はどうなったん」

智子が再び聞く。

「もちろん、薩摩の勝ちよ。みんなで心を合わせてがんばり、イギリスの軍艦を追い払ってよ」

「そうなん。みんなって、女の人も」

「そうよ。女子《おなご》も鉢巻と襷をかけて、長刀を振りかざして、戦ったちぃ。智子も薩摩おごじょ。気張れ」

「ふうん」

智子はあいまいに答えた。何かまだ、腑に落ちないことがあるようだった。

岸辺を離れると、昔、島津の殿様が暮らしていたという鶴丸城を見学し、さらに、城の背後にそびえる城山を登り始める。しばらくすると、右手に洞窟が見えた。その入口に立ち止まると、ここが西南の戦争のとき、維新の英雄、西郷隆盛さんが最後に立てこもった洞窟だと話してくれた。そして、「西郷さんは、奄美にとっても恩人ぞ」と、付け足した。

喜望は、〝西郷は奄美の恩人〟との意味はよく理解できなかったが、おじさんは歴史に詳しいんだと、感心しきりだった。こういう話は、学校の勉強にも役立つ。そして、昔話やお化け話をするのが得意な、父ちゃんと比べていた。

洞窟を見終わると、さらに坂を上った。やがて、頂上近くの広場に着く。かき氷屋があったので、そこで休憩して、ご馳走してくれた。ひさしのかかった縁台に座ると、あんこがたっぷりかかった氷を、かき取った。甘くて、とても冷たく、美味しかった。かき氷を食べ終えると、見晴台に立った。そこから鹿児島市街が一望できた。街中を走る市電やら国鉄の駅、さらには中心地をくねりながら流れる川もあった。煙を吐く桜島も見えた。

「ええ、眺めやな」

喜望は声をあげた。これが、両親の故里である鹿児島の都なのだと、誇らしかった。

すると、おじさんが
「喜望は来年は六年生じゃったな。受験はしよるか」

と、唐突に聞いてきた。

「そのつもりなんやけど。なぁ、おじちゃん、島には中学あるんか」

「大島にしか、なかなぁ」

「え、ほんまか。徳之島には、ないん」

「そうじゃゃ、喜望、こっちの中学受験したら、よか。そんときゃよ、おじさんの家に、下宿したらよか」

義秀おじさんは、淡々と言った。

「ほんま」

喜望は声を張り上げた。

「わんも下宿させてなぁ」

智子が島の方言を交えて、割り込んできた。

「よかよか、よかよ。智ちゃんは勉強が好きなんだなぁ。島の方言も使えると。感心、感心。女子《おなご》もこれからは、一生懸命学問せんとな」

義秀おじさんは笑った。

智子は、くすっと、はにかんだ。

「智子は、勉強して、何なるか」

「うん、それはね、まだ決めとらんよ」

智子は、おじさんのアクセントを真似た。

「何よ、智子。お前は市電の車掌になるんやろう」

喜望は口を尖らせる。おじさんが智子のことを褒めることが気に入らない。

「兄ちゃん、島には市電、走ってないやんか。しゃあないやろ」

智子は諭すように答える。

「そうか、そうか」

義秀おじさんは大きく笑った。

城山を下りると、駅近くの洋食屋に入り、昼ごはんにした。洋食など本当に久しぶりだ。喜望はスパゲッティを、智子はコロッケ定食を、おじさんはカツカレーを注文した。美味しかった。店を出ると、玩具屋に入った。おじさんは、そこで、おもちゃを買った。今日、留守番となった浩良への贈り物だった。そして、午後三時過ぎには家に帰り着いた。

玄関前に立つと、引き戸越しに「いまじゃった」と、おじさんは声をあげた。「はぁーい。ただいま」と中から返事がした。戸が開くと、割烹着にもんぺ姿のおばさんが現れ、「お疲れでしたな」と声をかけた。おばさんの後から、母と浩良も出迎えた。

義秀おじさんは中に入ると、

「浩ちゃん、良い子にしてたか。お土産、あげんとな」

と言って、さっき買ったおもちゃの袋を手渡した。

浩良は、どうしたらいいものかとしり込みして、横の母ちゃんに抱きつく。

「すまんこっちゃな。ほいなら、浩良、もらいな。ありがとうって、お礼言うんよ」

母ちゃんが言った。

「うん。ありがとう」

浩良はそう言うと、袋の中の物を取り出した。戦闘機のおもちゃだった。ゼンマイを巻けば走る。それに合わせて、プロペラも回るしかけだ。客間に戻ると、浩良は早速、戦闘機で遊んでいる。手に持って、飛行させている。時には急降下の爆撃攻撃もやっていた。

夕飯前となった。

喜望は、おじさんに誘われて、いっしょに風呂に入ることになった。神戸では、風呂に入るといえば浜近くの銭湯に行くしかないが、おじさんの家は、家の中にあるのだ。湯は焚き木で沸かす。頭、顔、首、手足、胸と、すっかり全部洗い終え、湯舟でおじさんと向き合っていた。

「喜望は、義徳じいちゃんと、会うのは初めてか」

「うん、そうや」

「そうか」

「じいちゃんて、どんな人。恐いか」

「恐いことなんか、あるか」

義秀おじさんは笑った。

「そうや、喜望、覚えておいてくれよ。じいちゃん、おじちゃん、それに母さんの結婚する前の名前は、徳富や」

「そうやねぇ」

喜望はうなずく。

「じゃっどん、本当はよ、徳、という一文字姓なんじゃ」

「とく」

喜望は言った。

「そうよ。手出してみ」

喜望はおじさんの言うとおり、右手を差し出し掌を広げる。するとおじさんはそこに、人差し指を使って「徳」という漢字を、ゆっくりと大きくなぞった。

「覚えておいてくれよ」

義秀おじさんは言った。

「うん、絶対、忘れんよ」

喜望は、ぎゅっと右手を握った。そして、このことは父ちゃんにも母ちゃんにも、誰にも話してはいけない秘密ごとなのだと、誓いをたてた。

＊

鹿児島のおじさんの家に着いてから、六日目の朝を迎えた。本当なら、三日目には船に乗り、島にもすでに着いているはずだったが、計画は崩れた。鹿児島から沖縄にかけての海域に、アメリカの潜水艦が来て危険だというので、船便が出ないのだ。それで足止めを食っていた。それが今日昼過ぎ、夜九時に臨時便が出航することが分かった。家族は臨時便を使うことにした。

喜望は、今晩に乗れると聞いて、ほっとしていた。この数日、雨でもあるので外に出る訳にも行かず、家の中でじっとしていなければいけなかった。それは、とても退屈な時間だった。何もすることがないのだ。一方の智子は、持ってきた児童書を、ここぞとばかり読みふけっている。妹ながらこんなに読書に集中できることに、少しばかり驚いていた。

それなら、喜望も得意課目である国語と歴史の教科書は背嚢に入れて来たのだから、勉強でもすればいいのだが、その気も起きなかった。それで、今晩の船に乗ると知り、喜んで身支度を始めていた。

義秀おじさんはこの日、午後から出勤だったので、昼食をいただいた後、丁重にお礼を言って別れた。午後四時過ぎには、おばさんと正光にお別れを告げた。家を出る時、船で食べるようにと四人分の夕食用の弁当を持たせてくれた。

徳之島へ行く船は、大きな汽船だった。この船の中で一夜を明かし、明日の朝には徳之島の亀徳という港に着く予定だ。

喜望たち家族は、汽船の客室に入った。欠航が続いたからか、大勢の人がいた。客室は板の間の上にござが敷かれている。そこに各自ごろ寝して、一夜を明かすことになる。一応、薄っぺらな敷布団と掛け布団、それに枕は用意されていた。おばさんが持たせてくれた弁当は、乗船前、港の待合室で済ませていたから、さっそく部屋の隅に場所を確保し寝床をつくり始めた。通路に背を向けて母ちゃんと浩良が、その隣に智子、そしてその隣に喜望が陣取る。背嚢はそれぞれの枕元に置く。寝る前の便所とうがいをそそくさと済ませ、寝巻き用の浴衣に着替える。船が出港する頃には掛け布団をかぶった。間もなく眠りに入った。

どれくらいの時間が経っただろうか。

喜望は、船が大きく揺れて、びっくりして目を覚ました。船内にはアナウンスが流れる。「ただいま船は錦江湾を抜けました。この先、波が荒くなることが予想されます」と告げると、船はまた、がっくんと大きく下に沈んだ。とても恐くなった。「そのため、船も大きく揺れることがありますので、ご注意下さい」と、アナウンスは続けた。

すると、「智子、大丈夫か」と呼びかける母ちゃんの声がした。向きを変えると、母ちゃんに背中をさすられた智子が手に持った桶に顔を沈め、嘔吐していた。気持ちが悪くなったのか。苦しそうに嘔吐を繰り返す。自分は何ともない。やがて「もうええか。じゃあ、便所行って、うがいしような」と母ちゃんに付き添われ、出て行った。

智子のことは気の毒だった。だけど再び睡魔が襲ってきていた。船は揺れ続けたが、どうしようもない。やがて眠りについた。

「おはようございます。ただいま朝六時でございます。本船は現在、奄美大島の名瀬に向けて航行しております。名瀬港には午前八時ごろ入港予定です。この後、午前七時からは食堂を開店いたします。どうぞ、ご利用下さいませ」

船内にアナウンスが流れる。

喜望は、このアナウンスにすっかり目も覚め、起き上がった。船の揺れは、止んでいた。隣の智子は、掛け布団を頭までかけぐったりと眠っている。浩良は起き上がり、横になっている母ちゃんの傍らで、戦闘機のおもちゃを手にしていた。

「母ちゃん、おはよう」

「おはよう。眠れたかい」

「ぐっすり眠れたで」

喜望はそう答えると、さぁっと立ち上がり、寝具をたたみ一つにまとめる。そして、浴衣を脱ぎ、服に着替えた。

「母ちゃん、海、見に行ってええか」

「あ、ええよ。浩良も連れて行ってあげておくれ。さっきから退屈しておるんよ」

「ええよ」

喜望は、浩良の前に座ると、浴衣から服に着替えさせた。

「さぁ、行こうで」

浩良の手を引くと、通路を抜け甲板へと出た。外は晴天だ。真夏の太陽の陽が注ぎ、海風がそよぐ。波は穏やかだ。進行方向に向かって左手に島が見える。山が連なる。

「見てみぃ。あれが奄美大島や」

喜望は、浩良の手をぎゅっと強く握りながら、反対の右手で島を指した。自身も初めて見る景色だが、何気に得意になっていた。

「父ちゃんのいる島か」

「ちゃうちゃう。父ちゃんは次の徳之島におるんや」

喜望は、声を張り上げる。

「兄ちゃん、魚や」

今度は浩良が叫び、海面を指さした。

「どこや」

「あそこや。ほら、また飛んだで」

「ほんまや、海の上を飛んでおる。羽が付いてるで」

二人はすっかり興奮していた。

朝七時を迎え、食堂が開いた。食欲もわかず布団にまだくるまる智子を残し、三人は朝食をすませた。そして、船は名瀬港に入った。当初の予定では、ここで一時間停まる。だが、アメリカの潜水艦がいて危険だと言うので、出港時間は延びた。そしてようやく、午後三時過ぎに出港した。

喜望は、二時間も経った頃、再び甲板に出た。今度は一人だ。奄美大島はとうに過ぎる。今度は進行方向の正面に、他の島が見えた。島には小高い山々が見える。あれが徳之島や、思わず叫んだ。

四

喜望たち家族も背嚢を背負い、大勢の乗客とともに甲板に立った。船が夕刻、亀徳の港口にようやく着いたのだ。強い西日が照りつける。目の前に、父ちゃん母ちゃんの郷里である徳之島が、小高い山々を連ねてそびえる。港には、大勢の人たちが出迎えに来ていた。それなのに、船は接岸しようとせず、停まったままだった。不思議に思った。すると、三艘の小型船が横付けにされた。その中の一艘に移ると、その船が岸まで連れて行ってくれた。

いよいよ上陸だ。島に戻った人と出迎えに来た人たちが、声を掛け合い互いに手を取り、あるいは肩を抱き喜んでいる。だけども、その会話の意味はほとんど理解できない。神戸の家でもたまに、父ちゃん母ちゃんが島の方言を使うことがあったけど、その言葉なんてものではない。これが日本語なのか。さらに、出迎えに来た人の中には裸足の人もいた。びっくりだ。

「おい」

向こうから呼び声がした。坊主刈りのがっしりした男だ。

「父ちゃん」

智子が駆け出した。そして父ちゃんに抱きついた。

「元気だったたか」

「父ちゃん」

喜望たちも駆け寄る。すると、父ちゃんは浩良を抱き上げ、自分の顔で息子の顔をなでた。

「父ちゃん、痛いよ」

浩良ははしゃいだ。

出迎えたのは十数人もいた。その中には、礼子姉さんと、元田のおじさん、ちまおばさんもいた。

「お姉さん」

喜望は声を張りあげた。

「喜っちゃん。お帰りなさい」

礼子姉さんは笑った。

「ただいま」

喜望は答える。一年数カ月ぶりの再会だ。嬉しかった。身長差も、神戸で別れた時よりも遥かに縮み、背はお姉さんの肩にまで伸びていた。

喜望たち一同は一列になり、郷里の集落、徳和瀬に向かった。先頭には父ちゃんが、次に、邦宏の骨壺を持った母ちゃんが、その後に子どもたちが続いた。港で再会したときは、誰もが喜び合ったが、今は全員、俯き加減にして黙々と歩く。そういえばと直感した。神戸で以前に見た、黒い着物を着た人たちの葬列に似ている。

しばらくすると、急な坂を上った。道路には神戸のように市電が走る訳ではない。他に行く人も見えない。一度だけ、牛をひいたおじさんとすれ違っただけだ。上に着くと右に曲がり今度は下る。左手は山だ。右手は崖となり森が茂る。さながら、絵本で見たジャングルのようだった。

やがて日が落ちた。父ちゃんを含めた数人が、持っていた竹筒に火を点けた。それが足もとを照らした。

三十分以上経った。今度は右に曲がり、山の中に入っていく。その先の道は幅がせまく、小石が転がる。周囲は森が覆い茂る。数メートル先は暗闇だ。足もとを、数本の灯りが照らすだけだ。ただ、空には星が瞬いていた。

智子が後ろから、小声で話しかけてくる。彼女は浩良の手を引いている。

「兄ちゃん、恐いな」

「しっ、黙ってろ」

喜望は叱った。今、話し声をあげることは、とても悪いことのような気がした。道の向こうからは、静かな波音がしていた。

そして、とうとう目的の場所に着いた、墓地だった。数基の墓石があった。真ん中のものは、七重にも丸石を積んだ立派なものだった。

先頭を行く父ちゃんが、真ん中から三つ隣の一番端にある墓石の前に立った。一同は、背後に横並びになる。どの石にも「東家之墓」と彫ってあるが、一番端のその石にもあった。そして父ちゃんは、墓室を開けた。今度は、父ちゃんに促された母ちゃんが横に並んだ。白の布に包んであった邦宏の骨壺を取り出し、墓室に納めた。父ちゃんが線香に火をつける。二人は掌を合わせ、目を瞑り深々と頭を下げた。

喜望は次だった。父ちゃん母ちゃんと同じように、頭を下げた。墓に行くことは、船の中ではいっさい聞かされていなかったから、ここまでの道のりは驚きと不思議の連続だった。だけども、こうして目を瞑ると、これで邦宏とも本当のお別れなのだと、知った。

「ゆっくりと眠っておくれ」

そう、心の中で話しかけた。

＊

喜望は、いつもより少し遅い八時過ぎに、目が覚めた。さすがに、疲れていたようだ。

昨日は、ほぼ一日乗っていた船からようやく降りることができたかと思ったら、今度は一時間近くも歩かされ、墓へと連れて行かれた。そして、新居となる徳和瀬の家に着いたのは、夜もだいぶ遅くなっていた。家屋は暗くてよく見えなかったが、神戸よりもかなり大きく感じた。智子と二人、畳の敷いてある部屋に寝ることになった。天井には電灯はなかった。その代わりに、父ちゃんが点けてくれたランプで灯りを取ったが、布団に入ると消した。すると真っ暗になった。薄気味悪かったが、すぐに眠りについてしまった。

そうして、徳之島の生活、二日目の朝を迎えた。父ちゃんは仕事に行ったのだろう、すでにいなかった。

喜望は朝食を終えると、妹弟たちといっしょに家の中を母に案内してもらった。部屋は三部屋あり、その一つは板の間の居間だ。食事はここでするという。畳敷きが二部屋あり、六畳と四畳半だ。六畳の部屋に通された。

するると、智子が
「母ちゃん、うちらが広い部屋使うんか」

と、聞いた。

「そうやで。浩良ももうじき、学校に上がる。そろそろ子ども部屋に寝るんやで」

母ちゃんは、浩良の頭をなでた。そして、引き戸を開けた。そこは廊下が通っている。雨戸は全て開けられていた。

「昨日の夜もランプ使ったけど、電灯はどの部屋にもないんや。これからは毎夜、灯りは石油ランプになるで」

母ちゃんが告げた。

「ほんまか」

喜望は、驚いた。つまり電気は通っていないということだ。いったい、ランプだけだと、家の中はどんなふうになるのか。やったことのない生活に期待半分、不安半分だ。

母ちゃんはさらに案内する。台所は玄関から連なる土間にある。出入り口の引き戸と真向かいに流し台、その横に竈《かまど》がある。竈の真向かいには大きな黒い壺のようなものが二つあった。

「いいかい、神戸のように水道もガスもきてないんや。だから、煮炊きは竈でする。それと、水はこの甕に入れてあるから、これを飲むんやでぇ」

喜望は、またもやびっくりした。水道もガスもない。以前、学校の同級生から、夏休みに家族でキャンプに行った話を聞かされたことがあった。山の中の湖畔でテントを張り、焚き木で火を起こし、飯ごう炊飯をしたそうだ。その風景が頭に浮かぶ。

「甕って、どれ」

智子が聞く。

「これや」

母ちゃんは、二つの壺のようなものを指した。

「智子、明日の朝から、母ちゃんといっしょに水汲みや」

「水汲み」

「そうやぁ」

「うん」

家の中の説明が一通り終わったので、庭に出た。改めて建物を見回した。やはり、大きく、どっしりとしている。屋根は、神戸でも山側の畑がある地域で何度か見かけたことがあるが、藁でできている。玄関を出て右手、つまり南側には庭が広がる。何本かの木が植えてある。その一本には、青色のバナナが生えていた。玄関先はすぐ、集落内を通る道に接していた。道と敷地内を隔てる生垣沿いを抜け、裏に回った。隅には小屋が建っている。

母ちゃんは小屋の戸を開けた。蝿も飛んでいる。

「ええか、便所はここや」

「ほんま」

喜望は言った。そこには、土の中に掘られた穴と、両脇にそれぞれ板が置かれているだけだ。

母ちゃんが戸を閉めると、

「それで、この便所の後ろの方には、絶対に行ってはいけんよ」

と、指をさして強く言った。

喜望は、便所の後方の光景をまじまじと見つめた。鬱蒼と木々が茂る藪となっていて、かつ崖とまでは言えないが、急な下り斜面だ。そして、十メートルほどの行き着く先は急峻な岩肌だ。高さは三メートル、幅は十メートルぐらいなのだが、その真ん中ほどに穴が開いていた。洞窟だった。何とも不気味だった。今にもお化けでも出てきそうだ。

「母ちゃん、あの穴なん」

智子はその光景に、興味津々なようだ。

「あれは、洞窟や」

「洞窟」

「そうや。絶対に入ったらあかんよ」

「なんで」

「ハブはおるわ、コウモリもでるで」

「ハブ、コウモリ、なんや」

「あほ。ハブに噛まれたら死ぬ。コウモリに噛まれたら血吸われる」

「えっ」

＊

　喜望たちは正午少し前、母ちゃんに連れられて、祖父ちゃん祖母ちゃんの家に行くことになった。島に戻ったのだから、あいさつに行くとのことだが、初めての対面だ。

「ええか、祖父ちゃん祖母ちゃんに会ったら、『こんにちは』と、ちゃんとあいさつするんよ」

　母ちゃんが念を押す。

「分かってるって」

　智子はつっけんどんに返事した。

　喜望たち家族は、家から道に出ると右に向かって歩き始めた。土と砂利、それに小石が転がる小道に面して、自分の家を含めて三軒が連なる。どの屋敷も生垣で囲まれ、屋根は藁葺きだ。やがて、左右に曲がれる丁字路にぶつかった。その正面の路傍に、高さ二十センチくらいか、道標のような石塔がすえられている。表面には「石巌当」と彫ってある。そして石塔の傍らに、数本の木の棒が横たえてあった。

「なんや、この棒は」

　喜望はその中の一本を、手にした。それは身長よりはるかに高く細い。

「用心棒や」

　母ちゃんが説明する。

「用心棒」

喜望は素っ頓狂な声をあげる。

「そうや。ハブを追い払うのに使うんや」

「だからハブって、何」

「ヘビよ。猛毒持ってる。噛まれたら死ぬよ。使い方はこうよ」

母ちゃんも用心棒を手に持つと、実演してみせる。まず、棒の先端を足もとの少し前の地面に何度も打ちつける。今度は両手で持ち、棒を地面に寝かせ、左右に振ってみせた。

「分かったね」

母ちゃんは言った。

「うん、分かった」

喜望は用心棒を持ったまま、丁字路を右に曲がった。しばらくすると向こうから、父ちゃんと同じ年ぐらいの男の人が歩いてくるのが目に入った。おや、と思った。とても奇妙な恰好をしているからだ。白の薄い上着を羽織り褌姿で裸足だ。浜中でも漁師のおっちゃんがちんこ丸出しで歩いているのを見たことがあるし、裸足の人は昨日見た。一本だけの緒の付いた竹編みの籠を背負っている。神戸でもそういう人を見たことがあるが、緒は二本あり、両肩に掛け、ランドセルのように背負っていた。だが、目の前の男の人は、緒を頭に掛け、籠も底が深い。どうして緒は一本だけで頭に掛けるのだろうか。籠には鎌が入れてあった。

やがて、男の人はすれ違い際に、

「きゅうがめーら」

と、軽く会釈する。

「きゅうがめーら」

母ちゃんも同じように会釈した。

喜望たちは、二つ目の丁字路に差し掛かると、また右に曲がる。すると左側に家が二軒並んでいた。同じように屋根は藁葺きだが、敷地は石灰岩にも似た白の石垣で囲われていた。その一軒目の家に入った。家から歩いた距離は、時間にして十分弱だった。

屋敷はとても広い。向こうの木が生い茂る所に祠があり、その横には池があった。家屋も大きい。玄関の引き戸を開けた。

「父ちゃん、母ちゃん、きゅうがめーら」

母ちゃんが声をあげた。

「かまねぇ」

と声が響くと、奥から小柄で色黒、着物を着た女の人が現れた。祖母ちゃんだった。

「よう戻ったとね」

祖母ちゃんは笑う。

「あぎゃ、喜望くんに智子ちゃんに浩良くんね。おかえりね」

「ほら、ごあいさつせんね」

母ちゃんが催促した。

つしない。

「祖母ちゃん、こんにちは」

喜望と智子はあいさつした。浩良は人見知りしたのか、母ちゃんにしがみつくだけで、あいさつしない。

「こんにちは。きゅうがめーら」

祖母ちゃんも言った。そして孫一人一人の頭を撫でる。

喜望はその時、祖母ちゃんの掌の甲に、黒く槍のような不思議な絵柄の文様が彫ってあることに気づいた。それは、ちょっと、不気味に思えた。

「さあさあ、上がってたもれ」

喜望たちは、畳の敷いてある広い部屋に案内される。その部屋の庭側の戸はすべて開けられていて、風が入ってくる。庭側とは反対側の隅には、木で造られた機械のようなものがあった。中央には四角い木の机が置いてあり、机に向かって男の人があぐらをかいていた。祖父ちゃんだ。父ちゃんと同じように坊主頭なのだが、顔は細長い。優しそうな人だ。家族四人は、母ちゃんを真ん中にして、祖父ちゃんの正面に正座した。

「父ちゃん、お久し振りです。昨日帰ってきました」

母ちゃんは、両手をついて頭を下げた。

「かま、よう帰ってきた」

祖父ちゃんは笑顔で言った。

母ちゃんは続けた。

「ここにいるのが、子どもたちよ。さぁ、祖父ちゃんにあいさつせんか」

「祖父ちゃん、こんにちは」

喜望、智子、そして今度は浩良も含めて、それぞれ手をつき、あいさつした。顔を上げると、祖父ちゃんの頭上に吊るしてある神棚が目に入った。

「あぎゃ、喜望、智子、浩良ね。よう帰ってきた」

祖父ちゃんは立ち上がった。その背丈はとても高い。父ちゃんよりも高いから、びっくりした。そして、こちらに来ると三人それぞれの頭をなで、最後の浩良を抱き上げた。

昼食となった。机には祖母ちゃんが作ってくれた、豚肉、ニラ、ニンジンが入った油そうめんが並んだ。

喜望は昼食を終えると、智子とともに、部屋の片隅にある機械の前で祖母ちゃんから説明を受けていた。機械は機織《はたおり》といって、糸を縦と横から組み合わせ、着物の生地を作るそうだ。祖母ちゃんが椅子に座り、ぎっこんばったんと音をたてて、機織をしてくれた。母ちゃんは祖父ちゃんとおしゃべりを続けている。浩良はじいちゃんの膝の上にいた。

そこへ、

「義徳じい、おらんね」

と、若い女が小さな男の子の手を引いて、庭に入ってきた。

「どうしたと」

祖父ちゃんは浩良を下ろして、立ち上がった。そして、縁側に移動する。

「坊の腕が真っ赤よ。治してたぼれ」

「どれ、見せてみぃ」

祖父ちゃんは、男の子の腕を見た。真っ赤に腫れあがっている。

「あぎゃ、待っとれ」

と言うと台所に消えた。そして口を大きく膨らませて戻ってくると、口の中の液体を男の子の腕に吹き付けた。そして、患部に手を当てると呪文を唱えた。その後、白い布を巻いてやった。

「これで、二、三日もすれば治るよ」

「おぼらだれん」

女の人は何度も頭を下げながら、男の子の手を引いて帰って行った。

喜望は、何かに惹きつけられるように、その光景の一部始終を黙って見届けた。

「祖母ちゃん、祖父ちゃんは医者か」

喜望は口を開いた。

祖母ちゃんは笑った。

「あぎゃ、お医者さんじゃないさぁ」

「じゃぁ、なんなん」

「祖父ちゃんは、ニライカナイにいるご先祖様の霊に、男の子の病気を早く治してたぼれちって、お願いしたと」

「ほんま」

喜望はそう言うだけで、後は口をつぐんだ。ニライカナイのご先祖様の霊とは何だろうという疑問が、頭の中をぐるんぐるんぐるんしていた。

夕方三時も過ぎた。

喜望たちは、祖父ちゃん祖母ちゃんの家を辞した。帰り道も行きと同様に、用心棒を手に持った。

第三章　徳和瀬島

一

　喜望は、玄関から何やら音がしてきたのに気づき、目を覚ました。朝六時前のことだ。まだ、布団に潜り込んでいたかったのだが、どうも水がこぼれ落ちている気配がしたので心配になり、玄関へと向かった。すると、その向かいの台所で母ちゃんと智子が、桶で汲んできた水を甕に入れていた。

「何やってんやぁ」

　喜望は聞く。

「泉から水汲んでんのよ」

　母ちゃんが答えた。

「水汲み」

喜望は素っ頓狂な声をあげる。

「そうよ。水はただでは飲めんさぁ。智子、もう一回りするよ」

「まだやるんか」

智子は不満げだ。

「そうよ。水汲みは、女子《おなご》の仕事さぁ」

母ちゃんと智子は再び天秤棒を肩に担ぎ、その両端に木桶をかけると、外に出て行った。

喜望は不思議な気持ちになった。と同時に、「泉に水を汲みに行く」との母ちゃんの言葉に興味をそそられ、浴衣姿のまま後を追う。二人は集落の山側に向かって歩く。

「母ちゃん、俺も連れて行ってや」

喜望は二人の背後から、声をかけた。

母ちゃんは立ち止まると、振り向きざまに怒鳴った。

「来ちゃいけん。男はだめさぁ」

「なんでよ」

「男はだめよ」

母ちゃんは顔をきつくし手を振って、帰れ帰れの仕草をした。

喜望は、立ち止まった。せっかく水汲みを手伝いたかったのに、どうして叱られるのか、分からない。

家に戻ると布団をあげ、着替えをした。朝食を取りたいが、まだ準備もされていないので、何もすることがない。部屋にどかんと座り、ぼんやりしていた。そうこうしているうちに、母ちゃんと智子の声が聞こえ、二人が帰ってきたことを知る。

「どうして、兄ちゃんはやらへんの。ずるいわ」

「バカ。智子よ、男を泉に入れてはだめさぁ」

喜望は、あぐらをかき腕を組んで、じっと二人の会話を聞いた。

「何でよ」

「何でも」

そして、甕へと水を移す音がしてきた。

昼食を終えると、午後一時を過ぎていた。

喜望は、智子、浩良とともに、母ちゃんに連れられ、ちま伯母ちゃんの、つまり礼子姉さんの家に向かっていた。伯母ちゃんと礼子姉さんとは港に着いた時に再会はしているが、改めて帰郷のあいさつをすることになる。自宅を出発すると、手には用心棒を持ちながら祖父ちゃんの家と同じ道を行く。そして、丁字路に着き、右へ曲がると祖父ちゃん家だけど、今度はまっすぐ歩いた。やがて、ちま伯母ちゃんの屋敷に着いた。

中に通された後、改めてちま伯母ちゃんと礼子姉さんにあいさつする。そして、神戸に居たころのように、母ちゃんはちま伯母ちゃんとおしゃべりを、子どもたちは礼子姉さんの部屋に居た。おじさんは仕事に出ていて不在だ。何でも、田畑を耕しながら港の仕事を手伝っているそうだ。今日は、畑に出ていた。

部屋には、神戸の家でも見た、椅子を使う勉強机がすえてある。畳に車座になった。

「高等科卒業したらどうするん」

喜望は聞いた。

「上の学校にさぁ、行きたいけど、戦争だからね」

礼子姉さんは答える。神戸では女学校への進学をめざし勉強もしていたが、こちらでは隣の島の奄美大島にしかない。それで、戦争中でもあるから大島に渡ることは叶わず、国民学校高等科に進んでいた。

「喜ちゃんはどうすると」

礼子姉さんは尋ねてきた。その口調は、すっかり神戸訛りは消え、島のアクセントだ。

「もちろん、中学受けるわ」

「そうねん。勉強、気張らんとね」

礼子姉さんは淡々と言う。

「中学は、大島にあるんか」

喜望が聞く。

「そうよ」

「あれ、そいじゃ、船使って通うん」

今度は智子が、声をあげた。

「船は無理さ。寮に入るんよ」

「寮って何」

「生徒たちが生活する宿舎よ。つまり、中学に進んだら寮に入り寝泊りして、学校に通うさぁ」

「え、そうなん」

智子は、分かったような、分かっていないような返事をする。

喜望は心の中で、「寮生活か」と嬉しくなる。親元を離れることに、憧れが膨らんだ。

「智子も女学校行ったら、寮に入るん」

「そうよ」

礼子姉さんは微笑んだ。

「それより、こっちの生活はどう」

「言葉がわかんない。祖父ちゃん祖母ちゃんも、何を話しているか分からん時もある。お姉ちゃんの話し方も変わった」

智子が言った。

「あれ、そうねん」

礼子姉さんは笑う。そして、こちらの言葉について説明する。

徳之島を含む奄美地方の言葉は奄美方言と称され、神戸の方言とは大きく違う、という。例えば、「父ちゃん」「母ちゃん」は、「あじゃ」「あま」という具合だ。さらに、奄美方言とは言われるが、たしかに大きな意味でみれば間違いないが、地元の人間はそうは言わず「島言葉」とか「島口」と言っている。この場合は、「島」とは集落をさす意味で使うから、「その集落で使う言葉」となり、徳和瀬なら「徳和瀬島の言葉」となる。事実、奄美地方でも各集落によって、発音が異なる場合がある。例えば「私」は、奄美の多くでは「わ」だが、この徳和瀬では「わん」も使われる。

「わんも、最初、島口って、外国語かと思った。でも、そのうち慣れるもんさ」

礼子姉さんは笑う。

「徳和瀬島についても話しておこうね」

と続けた。

徳和瀬は本来「和瀬、わせ」、島口では「わし」と呼ばれていたが、明治のご維新以降、今の呼び方になった。海岸線からなだらかな丘陵地にある集落で、だいたい周囲は一キロ四方弱になる。その島の中を網の目のように道がつらなっているから、今でも迷うことがあるそうだ。この前なんかは、浜に向かうつもりで歩いたが、いつのまにか海とは反対の山に向かっていた。

その島に、百棟ほどの世帯が暮らしている。百棟の中には、「東」を名乗る家が多くあること、そして、元田と東がそうであるように、親戚同士もいる。それと、たいていの屋敷は生垣を構えているが、石垣にしている屋敷もある。石垣の家は、その昔沖縄からやってきた人たちだと言われているのだそうだ。そういう違いはあっても、家業はほとんど、米に芋、それに砂糖黍を作る農家だ。

「島の人は、みんな良い人ばっかりさ」

礼子姉さんは言う。

「沖縄から来た人も」

智子がすかさず質問する。

「そうよ。沖縄から来た人もよ」

「ふうん」

喜望は、二人のやりとりを聞きながら、自分も礼子姉さんに聞いてみたいと思った。それは、祖母ちゃんが手の甲に入れていた、不思議な模様のことだ。あれはいったい何なのだろう。でも、とても気味が悪かった分、だからこそ逆に、聞いてはいけないような気がした。

「ああ、そうそう、一つ忘れていたよ」

礼子姉さんが言った。

「この島には、一人、恐いおじさんがおるとよ。そのおじさんには近付いてはだめさ」

「どんな、おじさんなん」

智子が聞く。

「そうねぇ、道で歩いている時なんか、独り言をぶつぶつ呟いているんよ。それでも時たま、大声を出したりもして、殴りかかってくることもある」

礼子姉さんは説明した。すると、その場に緊張が走り静まる。

喜望も、ぎょっとした。

ちま伯母ちゃんの家を辞し、自宅に着いたのは午後三時過ぎだった。

家には、朝、畑仕事に出かけた父ちゃんがいた。

「喜望、用意せんね。畑、出かけっとよ」

＊

喜望は朝七時過ぎ、畑に出るため着替えをしていた。白い芭蕉布で編んだ白い上着とズボン、足には地下足袋を履く。下着は褌一つだ。ただ、それだけのことなのだが、もう嫌で嫌で仕方がなかった。

こうして畑に出るのは、今日で五日連続となる。神戸では一度たりともやったことのない農作業に、もうすでにへこたれていたのだ。これまた神戸とは比べ物にならない炎天下の中、土にしゃがみこんで鎌で雑草を切る。汗はだらだら流れるし、のどは渇く。そして長時間、しゃがみこんだまま作業するから、足腰もくたくたになる。加えて体のあっちこっち、虫にさされていた。

だから昨夜の夕飯のとき、「もう畑仕事は嫌や」と叫んだ。そうしたら、「百姓が、はれ耕さんで、どうするか」と、もの凄い形相で一喝されてしまった。父ちゃんに、これだけ叱られたのは生まれて初めてだったから、それ以上は言い返せもしなかった。

準備を終えると、父ちゃんに連れられて畑に向かった。当然、無言のままついていく。昨日、一昨日の朝と全く同じ光景だ。ただし、今日は母ちゃんもいっしょだ。早朝には水汲みを済ませた智子は、浩良の面倒を見るため留守番をしていた。昨日までと同じように、太陽はすでに出ているというのに薄暗いジャングルを抜ける。そして小さな谷を越えると今日は、まっすぐ山側に進んだ。着いたのは、かなり広い田んぼだった。そこには、大勢の人がいた。喜望以外の家族もいるようだった。それぞれ互いが「きゅうがめーら」とあいさつを交わす。

「ここはどこや」

喜望は母ちゃんに聞いた。

「喜豊さんの家の田んぼ」

「喜豊さんちぃ、誰よ」

「東の本家さ。だからよ、親類縁者が集まって、田植えよ」

「そうねん」

喜望はそう返事するなり、口を真一文字に閉じた。

やがて一同は、田に入ると横並びになり、苗を植え始める。畦では数人が残り、太鼓を叩きながら、「はい、うねうねょー、今日ぬよかる日やょー」と唄を歌う。

喜望も母ちゃんのすぐ隣に並ぶ。上着は羽織っているが、下は褌姿だ。腰を屈め、苗を植える。一束植えつけると一歩後に下がり、また一束植える。この繰り返しだ。数分もすると疲れてきた。しかも晴天だ。唄は、軽快かつ賑やかな音調だが、歌詞は島口なので一向に理解できない。だんだんと、畦で太鼓を叩き、唄を歌い、囃し立てる人たちのことが、恨めしくなる。

どうして、他人の家族の仕事まで手伝うのだ。だいたい、この持ち主である喜豊さんは、この場に居もしない。何でも、町の重役をしており、今は役場にいるという。「どうしてここにも来ないで、役場に居るんだ」と母ちゃんにそっと聞くと、「本家の当主はそういうものだ」とだけ、言う。納得のいかない返答に、余計に不満は募ったが、黙々と苗を植えるしかなかった。「学校が始まるまでの辛抱や。そうしたら畑仕事もせんでええのや」と、心内で言い聞かせた。

田植え作業は、昼食をはさみ夕方には終わった。

喜望は、我が家の畑を見ていくと言う父ちゃんと別れ、後ろを歩く母ちゃんと二人、自宅に向かった。すっかり疲れ、言葉も出ないが、気は張っていた。なぜ、こんな理不尽な作業をせねばならぬのか。途中、十字路で右からやって来た一人の少年と交差し、目が合う。一瞬にして、気に食わぬ奴だと直感した。

「やー、東ん家の喜望か」

少年は言った。顔が長ければ、背丈も高い。彼に見下ろされているようだ。だが、恰好は同じようで、褌に足袋、そして白の薄い上着を羽織る。ただし、肩には鍬を担いでいた。

「そうよ。お前こそ、誰よ」

喜望は強気に返事した。挑発的な少年の言い方に、むかっとした。

「わんはよ、松田健一。やーの従兄弟よ」

「健一、従兄弟」

喜望は反芻する。心内では「偉そうな奴や」と苦虫を噛むが、言葉にはしなかった。

「大和帰りっちぃ。どこよ」

健一は言った。

喜望は、「大和帰り」という言い方に、何か馬鹿にされたように思った。

「神戸よ」

「神戸、どこよ」

「神戸も知らんのか。今度、教えちゃる。母ちゃん急ごうで」

喜望はそう吐き捨てると、先を急いだ。背後から「健一、またね」と声をかける母ちゃんの声がした。

少し歩くと、

「健一っち、誰ね」

と、母ちゃんに聞いた。

「父ちゃんの親戚よ。あんたと同じ年よ」

＊

喜望は、日曜日の朝、九時過ぎに起きた。昨夜、今日の農作業は休むと言われていたから、この時間まで寝ていた。すっかり疲れが溜まっていた。喉が渇いているので台所に行くと、甕には水が満たされている。母ちゃんと智子はいつもの作業をしていた。父ちゃんも畑に出かけていた。一人、遅い朝食を終えると、何もする気がせず、ぼーっとしていた。

智子は、本を読んでいた。彼女も島に戻ってからというもの、毎朝の水汲み、さらには家の掃除、家族の洗濯、食事の支度と、母ちゃんの手伝いをして、毎日忙しくしている。今日はそれも休みだというから、ここぞとばかり、日頃できない読書にのめり込んでいるようだ。

喜望は、ぼーっとしているのにも飽きた。かと言って、勉強をしたいとも思わない。学校が早く始まってほしいが、ではそれに比例して勉強意欲が高まっているかといえばそうではなかった。ぐずぐずと気持ちをもてあそばしていると、ふと、散歩に出かけようと思いついた。まだ、この徳和瀬島を、ゆっくり回ったわけではないのだ。そうだ、浩良を連れて行こう。そうすれば、母ちゃんと智子も、少しは楽になるに違いない。

そして、浩良の手を引き、片方には用心棒を持って歩き始めた。目的地は特に決めず、ただ散策する。礼子姉さんが教えてくれたように、道はくねり三叉路、丁字路、そして十字路にぶつかる。沿道にはぽつんぽつんとではあったが、民家が散在している。どの家も藁葺きの屋根、それに生垣だった。どこへ向かっているのかは分からないが、見上げてみると向こうに山が見えた。それで、海とは反対の山の方に向かっているのだと、見当をつけた。そして再び道の先を見た。

すると少し向こうで、左は藪で右は生垣なのだが、二匹のヘビが体を波打たせ、道を塞いでいるではないか。びっくりするとともに、恐くなり立ち止まった。引き返すか、否、それも癪に障る。左手でぎゅっと浩良の手を、右手で用心棒を握るとゆっくりと歩き、目の前に立った。決して大きくはないが、鱗は白くつるつるとしている。頭を右の民家に向けているのだが、さりとて生垣の中に向かうわけではなく、その場に留まり、ただ体を波打たせる。口からは、舌を突き出したかと思えばすぐ引っ込め、また突き出す。何とも不気味だ。もしや、これがハブなのか。

「兄ちゃん、ヘビやで」

浩良が足にしがみついた。

「大丈夫、心配すな」

喜望はヘビをまじまじと見つめた。いったい、どうするか。この用心棒を使い、追い払うか。でも、そんなことをしたら、襲ってきて噛み付かれるのでは――。

考えをめぐらし、決断した。そして膝を落とすと、浩良をおんぶした。

「しっかりと首をつかんどけ。よいか」

「うん」

「行くっち」

喜望は、浩良の尻を両拳でしっかり支えると、数歩後ずさりし助走をつけて突進し、ぴょんとヘビを飛び越す。そして右足で着地すると、一目散に全力で逃げる。一〇メートルも走っただろうか、立ち止まり、後ろを向いた。

よかった。ヘビは相変わらずその場で、くねくねしていた。

「もう大丈夫や」

喜望は、きょとんとする浩良を降ろし、道端にある用心棒を再び拾い、歩き始めた。三叉路にぶつかりまっすぐ行く。すると民家が途切れ、周囲には砂糖黍畑が広がった。

「兄ちゃん、海や」

浩良が、前方を指して叫ぶ。道は緩やかな下り坂になっているが、その向こうに青銅色の海原があった。

「そうやな」

喜望も見渡した。

「礼子姉さんの言ってたことはほんまやな。山に出るかと思ったら、海の方に出たわ」

するとむこうから、

「ゆっくぅ（魚）、いりみしょらんか（いりませんか）」

と声をかけながら、着物に帯をしめた女の人が裸足で向かって来る。頭に籠を載せ、その中には魚が入っている。何を言っているのか意味は分からない。

喜望は、緊張した。もしや、礼子姉さんが言っていた「恐いおじさん」かもしれない。でも、向こうから来る人は女だ。身構えた。再び浩良の手をぎゅっと握り、何かしてきたらこの用心棒でたたかうと、心に決めた。

「ゆっくぅ、いりみしょらんか」

女の人は、その言葉を繰り返しながら、去って行った。

喜望は、浩良の手を引き、歩き続けた。すると、浜辺に出た。波打ち際からかなり離れた岩場に腰掛けた。気を休めたかった。そして、ぼんやりと海を眺めた。浩良は砂遊びをしていた。

三十分もたつと、落ち着きを取り戻していた。浩良も砂遊びに飽きてきたようだった。

「浩良、今日、海に来たことは、父ちゃん母ちゃんに言ったら、あかんぞ」

喜望は強く釘を刺した。両親から、子どもだけで海には絶対に行ってはいけない、と厳命されていたのだ。

家に着き、玄関に入った。

すると母ちゃんが、

「心配した。いつまで、ほっつき歩いてんのか」

と、物凄い剣幕で怒鳴った。

喜望は、なんで叱られなければあかんのや、と納得がいかない。浩良を連れて行き、母ちゃんが少しでも休めるようにと気遣ったのにだ。

すると、畑仕事から戻っていた父ちゃんが口をはさんだ。何でも、礼子姉さんが言っていた恐いおじさんが、包丁を持ち出して集落の中をうろついていたそうなのだ。さらに、近所の家に押し入って暴れた。幸い、大勢の人が出て来て取り押さえられたから、けが人は出なかった。恐いおじさんは、家の中の檻に入れられている。

喜望は、父ちゃんの話を聞いて、またぎょっとした。この集落は、何と恐い所なのか。すると、神戸のことが思い浮かんだ。親友の李東根、うどん屋の前田静香は元気にしているのか。今すぐ神戸に帰り、二人に会いたくなった。

二

喜望は朝早く、両親と妹弟、祖父ちゃん祖母ちゃんの総勢七人で、父ちゃんの田んぼにいた。年に二回行う田植えのうち、二回目の、夏植えをすることになる。智子と浩良はさっきからはしゃいでいるが、自分は逃げ出したくて仕方がなかった。これまでの父ちゃんの手伝いで、農作業がどれだけ重労働なのかが骨身にしみていた。

それに、喜豊おじさんの田植えでは大勢の親族が集まったが、父ちゃんの田んぼには、親戚縁者の人などいない。当然、太鼓を叩き、唄を歌う人たちもいない。同じ「東」でありながら、なんでこんなに違うのかと、不満でしかたがなかった。たしかに父ちゃんの田んぼは一反余り、それに比べたら喜豊おじさんの田んぼは数倍も広い。だから大勢の人が必要かもしれないが、手伝いに行ったのだからお返しに来るのが筋だ。それで、父ちゃんと母ちゃんに、何で来ないのかを聞いても、あっちは本家だと、納得のいかない答えが返ってくるばかりだ。

「さぁ、始めるさぁ」

父ちゃんが声を上げる。

喜望はすかさず質問した。

「ヘビはおらんね」

「ヘビ、ハブ、泳いでいるかもしれんち」

父ちゃんはそう答えると、大きく笑った。

喜望はしかめっ面をした。そして声には出せないが、どうして笑えるんだ、父ちゃんは馬鹿か、ハブに噛まれたら死んでしまうでぇ、と舌打ちした。心の中であっても、父ちゃんを馬鹿呼ばわりしたのは、これが生まれて初めてだった。

「さあ、やるぞ」

父ちゃんは再び、声を張り上げた。

喜望は褌姿で、しぶしぶ水田に入る。水はけの悪い土なのか、腰まで水につかる。腰を屈めると、水面が顔に迫る。右手に持った苗を水底の土中に植え込むと、さっそく泥水が目に飛び込み、しみる。なんで……。泣きたくなるのをこらえ、次の苗を植え付けた。智子は母ちゃんから手解きを受け、やがて、何やら歓声を上げながら一人でやるようになる。浩良は祖母ちゃんといっしょにやっている。時間が経つにつれ、気温もどんどん上がる。編み笠は被っているが、汗は止まらないし、のどは渇く。足腰は疲れてくる。「何時までやるんだ」と聞けば、「今日中よ」とあいまいな返事しか返ってこないのだ。

一時間が経った。

祖母ちゃんといっしょに作業をしていた浩良が、尻餅をつき体を濡らしてしまう。慣れないことに、大声を出して泣き始めてしまった。仕方がないので、畦に上げて休ませた。そして、智子が面倒をみた。

喜望は、妹と弟のことが恨めしかった。二人はまだ幼く、いったいどれだけ役に立つのかと疑問に思っていた。が、それでも猫の手でも借りたいというのが、この田植えなのだ。

二時間も経ち、ようやく休憩となった。全員が畦に上がり、体を休める。

喜望も水筒の水を十分に飲み、黒糖を舐めた。戦争中だから、神戸では砂糖は貴重品だったが、黒糖はこの島の特産品でもあるから、手には入った。そして三十分もすると、休憩は終了した。

だけど、浩良がすっかり寝込んでしまったので、智子が付き添って家に帰ることになった。結局、最後までやるのは、俺だけやないか。

作業は途中、握り飯と豚肉の弁当をとりながらの休憩をはさみ続く。太陽が西に沈もうとしている頃になり、ようやく終わった。なだらかな坂の向こうには海がある。そこから風が吹いてきて、汗で濡れた体を冷やしてくれた。一反余りの狭い田んぼだが、青の苗も風に揺れた。

喜望は、夜、夕飯を終えると、智子と浩良といっしょに、縁側の廊下で夜風に涼んでいた。外はすっかり暗い。部屋は灯油のランプが点いていた。戸は開けっぱなしにし、蚊取り線香を焚く。真夏のこの時期、戸など閉め切ったら暑くて生活などできないのだ。神戸での、アメリカとの戦争が始まって以来、電灯にもしっかり布を巻き、戸や窓は完全に締め切り明かりが外に漏れないようにしていた生活とは、全然違う。島に来てからというもの、今、日本はアメリカと戦争をしているのだという実感が薄れていた。新聞はないし、持ってきたラジオは、電源がないからつかない。だから情報も少なくなる。それに、島の生活に日々もがいていたから、戦争を意識する余裕すらなかった。

隣では、父ちゃんが唄を歌っていた。三線という楽器を弾きながら、島口の歌詞を歌う。三線とは、神戸では三味線というのだそうだが、新開地で見かけた、髪を結い着物姿の女の人が持っていたのは白の皮だった。父ちゃんのはヘビのような皮で、少し気味が悪い。それでも、唄は、歌詞の意味は理解できないが、曲調はどことなく寂し気であり、それが疲れ切った体には心地よい。昼間の不満も解消していくようだった。

最近の父ちゃんは、満州に行く前の元気な頃の姿に戻っていた。暇を見つけては智子や浩良と遊んでやっている。神戸では昔話をしていたが、今はそれに加え、唄も歌ってくれる。ただ、満州のことには全く触れなかった。

「父ちゃん、俺にも弾かせてや」

浩良がせがむ。

「よしゃ」

父ちゃんは一たん、三線を智子に預けると、浩良を膝に抱く。そして三線を持たせた。

「弾いてみぃ」

「うん」

浩良は、見よう見真似に違いないが、細長い竹製撥《ばち》で三本の弦をそれぞれに弾く。左手は竿を持つだけで、弦を押さえることはできない。当然ぎこちない音しか出ない。曲といえるものではない。それでも弾くことを止めない。そうしているうちにだんだんと、父ちゃんの弾いていた曲に似てきたと思えた。

「浩良、なかなかや。父ちゃんに似たか」

「今度は、私にやらせてなぁ」

智子がせがむ。

「待ちょれ。もう少し、弾かせてやらんね」

父ちゃんが笑う。

喜望は、寝そべり肘枕をして、その様子を見ていた。父ちゃんは智子、浩良には優しい。でも、自分には厳しくなってきたように思った。

＊

朝十時過ぎ、畑仕事が一段落した。

喜望は籠を背負い、父ちゃんの後について、歩いていた。ただ、集落の人たちのほとんどがしているような、緒を頭にかけることは決してしなかった。そんなことを続けていたら、馬鹿になってしまう。そうしたら、中学受験に失敗するに決まっている。だから、緒が一本の籠は絶対に使わなかった。

すると向こうから、

「ゆっくぅ、いりみしょらんか」

と声をかけながら、女の人が裸足でこちらに向かってきた。

女の人は先日とは別人だが、浩良と散策に出かけた時に出くわした光景と、全く同じだ。不吉な予感がした。ぎゅっと目に力を入れると、にらみつけた。

「ゆっくぅ、いりみしょらんか」

「きゅうがめーら」

父ちゃんは、すれ違い際、声をかける。

女の人はそれに応えて、軽く会釈した。

喜望は立ち止まり、後ろを見た。女の人は相変わらず、「ゆっくぅ、いりみしょらんか」と声をあげて、去っていく。

「父ちゃん、あり、何や」

喜望は聞いた。

「魚売り。籠に入ってただろう」

「魚売り」

「そうよ。母ちゃんも、よく買ってんど」

父ちゃんは歩きながら、こたえた。

喜望は、えっと思った。あんな不気味な女の人から、母ちゃんは魚を買っているという。ということは、その魚を自分も食べているということになる。

「集落の人ね」

「違う。うちなぁちゅ。糸満か久高《くだか》よ」

「うちなぁちゅ」

喜望はびっくりした。沖縄といえば、海をはさんで、徳之島よりさらに南にある島だ。そこから魚を売りに来ていると言うのだ。ではどうやって海を越えてくるのだろう。

「うちなぁちゅ、どうやってくると」

「サバニよ」

「サバニ、何それ」

「帆を張った小舟」

「舟」

喜望は驚いた。たしかに、海を渡るには舟を使うしか手段はないことは当たり前だと気づきはした。が、それにしてもアメリカと戦争している今、よくも舟で来たものだと思った。鹿児島から徳之島に行くのも、敵の潜水艦が近郊海洋に潜んでいるとの理由で、何日も足止めを食ったのだ。それなのに、小舟でやって来たという。アメリカ軍が恐くないのか。そう思うと、急に、さっきすれ違った女の人ことが、すごい人なのだと思えた。

と同時に、妄想が広がる。丸太をくり貫いた細長い小舟に自分が乗り、大海原を走る。エンジンなどはついていない。櫓と一本の帆が張られているだけだ。真夏の太陽の下、まっすぐに走る。どこへ向かっているかは分からない。頭の中に広がるその光景に、胸が躍っていた。

「そうじゃ、喜望、今晩、夜釣りに行くど」

父ちゃんは、思いついたように言った。

喜望は夕飯後も、「今日は寝てはいけない」との言いつけに従い、布団を敷くこともなく起きていた。智子と浩良はとっくに寝付いていた。十時を過ぎた頃だった。

喜望は、布団は敷かなかったものの、居間の柱に寄りかかって、居眠りをしていた。

「行くどぉ」

と、父ちゃんに起こされた。

「うん」

もう眠くて眠くてどうしようもない。

「早うせ。島の暮らしは、自給自足よ」

父ちゃんは怒った。

「分かってる」

喜望は、ふて腐れた。そして、地下足袋を履き、父ちゃんの後をついて行く。外は海から風が吹いてきて、暑くはない。でも、月明りはあるのだけども、真っ暗だ。それに、虫が鳴く声もして不気味だ。化け物でも出そうだ。籠を背負った父ちゃんが、松明を使い足もとを照らす。片方の手には用心棒を持ち、すたすたと歩く。少しでも遅れてはいけない。父ちゃんとはぐれたら、もう家に帰ることはできないに違いない。やがて、なだらかな斜面を下ると、波の音が聞こえてきた。浜に着いたのだ。先日、浩良と来た浜辺かどうかは、暗くて確かめられなかった。

父ちゃんは、水際からかなり離れた砂浜に籠を下ろし、中から釣竿を握った。そして砂浜に少し大きめの円をかいた。

「ようね（今夜）ぬ、やどい（宿り）借らちたぼうれ」

と、海に向かって両手を合わせ祈り始めた。

喜望は、いきなり何をするのかと、呆気にとられた。

「馬鹿、お前も、わだつみ神様に拝め。祟られる」

「うん」

喜望も、父ちゃんに習って、手を合わせた。

「ようねぬ、やどい、借らちたぼうれ」

祈りが終わった。

父ちゃんは、円の中に茣蓙《ござ》を敷き、蚊取り線香をつけた。

「さぁ、寝るぞ」

「寝るって、どこに」

喜望は驚いて、聞き返した。

「ここよ」

「え」

喜望は、ぎょっとした。

父ちゃんは、さっさと茣蓙に横になった。

喜望も仕方がないので、父ちゃんの傍らに寝転んだ。こうして、父ちゃんに添い寝するのは、かなり久しぶりだった。たしか、学校に上がる前のこと以来ではないか。その時も、タバコ臭くて堪らなかったが、今日も同じだった。

＊

喜望は、父ちゃんの揺り起こす声に目を覚ました。正確な時間は分からないが、辺りはまだ暗い。月明りがまだ残っていた。このまま、寝ていたかった。

「潮が引いた。始めるぞ」

父ちゃんは言った。

「これ持って」

喜望は、柄杓のような、針金で編んだ小さな籠の柄を握った。すると、父ちゃんが、籠の中に松を入れ、火を点けた。

「足もと、気つけい」

父ちゃんは言った。右手には釣竿を、左手に銛を持っていた。

喜望は、その父ちゃんの横に付いて歩く。少しすると砂場が終わり、今度はごつごつとした岩場となった。岩はまだ水に濡れているから、足場は不安定だ。しかも、地下足袋を履いていても、痛くて仕方がなかった。

「少し、歩くさぁ」

父ちゃんは言った。

波は、もっと沖の方でたつだけで、ここまでは、やってこなかった。岩場はどこまでも広がる。決して、大きな岩がある訳ではないが、どの表面にも小さなぶつぶつが覆っていた。その岩場の中に、引き潮に置いてきぼりにされた海水が溜まり、いくつもの潮溜まりをつくっていた。潮溜りを避けながら、さらに沖に向かって歩く。

すると喜望は、地下足袋が滑り、潮溜りの中に右足を突く。そして、尻餅をついてしまった。と同時に、条件反射のように籠は持ち上げたから、灯りは無事だった。

「大丈夫か」

「うん」

喜望は、父ちゃんに助けられ、岩に上がった。

「見てみぃ」

父ちゃんはしゃがんだ。

喜望もしゃがみ、

「あ、魚や」

と、声をあげた。その潮溜りに、数尾の小さな魚が慌てたように泳ぎまわっていた。

「こういう場所で、魚を釣るわけよ。行くでぇ」

また、歩き始めた。しばらくすると、

「見てみぃ」

と、父ちゃんは再びしゃがんだ。

喜望もしゃがむ。すると、足下の少し広い潮溜まりの水底に、さっきよりも大きな魚が横たわっていた。

「え、寝てるんか」

「そうさぁ」

「へぇー」

喜望は声をあげた。よく考えてみれば、魚も生き物なのだから寝るのは当たり前だろうが、初めて見る光景に驚くばかりだった。

また、歩いた。

「ここや」

父ちゃんはそう言うと、籠を置き座った。そして竿を握り、糸を垂らした。

喜望も座り、灯りを脇に置いた。潮溜まりは、これまで見てきたものと大きさも同じように思った。どうして、ここを選んだのだろう。

そのうち、糸が引っ張られ始めた。

父ちゃんは、手際よく糸を引く。針には、目の大きな赤い鱗をした魚が食いついていた。それを取ると、籠に入れた。

「やってみぃ」

「わかった」

喜望は竿を受け取ると、糸を潮溜まりに垂らす。やがて、糸が引っ張られる。神戸に居たときも、釣りには何度か連れて行ってもらったから、そのときの感触を思い出し、釣り上げた。やはり、目の大きい赤い魚だった。嬉しかった。

「やー、続けろや」

「わかった」

喜望は言った。そして、再び、糸を垂らした。日の出にはまだ時間があったが、それでもだんだんと明るくなり周囲が見渡せるようになっていた。

「この岩のこと知っているか」

父ちゃんが、地面を叩きながら質問した。

「岩は岩や。石の大きなものじゃろ」

喜望は、そんなの当たり前だろうというふうに、少し得意気に答えた。

父ちゃんは「はぁはぁはぁ」と笑った。

「違う。これは珊瑚さぁ」

「珊瑚、珊瑚っちゅう、岩やろう」

「違う。生き物」

「生き物」

喜望は、驚いた。

「そうよ」

父ちゃんは言った。そして続けて、珊瑚とは、海の中に生きる動物であり、徳之島を含めた奄美や沖縄地方の浜辺ではよく見られる、と説明した。

喜望は、父ちゃんの話を聞きながら、また、糸を引く。同じ、目玉の大きい赤い魚だ。

「珊瑚は生き物なんか。不思議やな」

喜望は言う。

「そうよ」

父ちゃんは、笑いながらうなずく。そして、続けた。その珊瑚が群れをなしているのが目の前に広がる光景であり、それを珊瑚礁と言う。本来、海の中にあるが、今は潮が引いているため、こうして水上に出ている、と付け足した。

喜望は、感心しっぱなしだ。父ちゃんはなんでも知っていると思った。やがて、五尾目の同じ、大きい目玉の赤い魚を釣った。

「よし、家族分を釣ったわぁ。今日の夕飯のおかずは馳走やわ」

父ちゃんは言った。

「喜望、この島での暮らしは、食う物は自分たちの手で取らんとだめさぁ。よく覚えておいてたぼれ。さぁ、帰ろうや。潮も満ちてきた」

父ちゃんは優しく、問いかけるように言うと、立ち上がり、籠を担いだ。

喜望も、立ち上がった。松の灯りもすでに消え、日もかなり出ていた。そして、父ちゃんの後について、浜に向かった。砂浜に上がると立ちどまり、振り向いた。

「喜望、いいか、海には絶対に一人で来てはいかんぞ。波をなめたらいかん。ここでは、何人もの大人も死んでる。いいな」

父ちゃんは、きつく言った。

三

喜望は、父ちゃんと朝食を取りながら、あともう少しの辛抱だと、自分に言い聞かせた。八月も下旬を迎えていた。神戸なら、秋のような涼しい日も訪れる。だが、南国の徳之島では、そうはいかない。連日、うだるような暑さだ。それでも、八月が一日一日と過ぎていくことが嬉しかった。九月になれば、学校が始まる、そうすれば、日々の畑仕事から解放されるに違いないのだ。

「喜望、明日から浜下《お》りよ。今日の畑仕事は忙しいぞ」

父ちゃんが言った。

喜望は、「今日は忙しい」と釘を刺されたが、何とも思わない。これまで、散々、畑仕事の過酷さを味わってきたから、今更だ。それより、またもや、この島に帰ってきて初めて聞く言葉に、興味をひかれた。

「浜下り、って何」

「浜下りか」

父ちゃんは続けた。それは年中祭事の一つではあるが、この地方にとっては最も重要なものの一つであると言う。一期目の稲刈りが終わり一カ月余り、そして二期目の田植えが始まるこの時期に、毎年行うものだ。昔から南国の島人にとっての季節感は夏と冬であり、一期目の稲刈りが終われば一年が去ることになる。つまり、年の変わり目に行われる、とても大切な行事だ、と話す。期間は明日から三日間で、その期間中は、我が家も含め、集落の全ての人たちが畑仕事を休むことになる、と説明した。

祭りは、浜で行うから「浜下り」と言われる。集落の人々は、血族ごとに集まり、一団を作る。なので、我が家は、以前、田植えを手伝った本家を含め「東」の一族で集う。そして、食事を共にして踊り明かすことになる、と語った。

喜望は、その説明が分かったような分からないような感じだった。ただ、三日間休む分、今日は畑仕事が忙しくなるのだということは、理解した。それでも、畑仕事を三日もやらなくてよいというのは、とても嬉しい。

浜下り初日を迎えた。

喜望は、父ちゃんに連れられて、徳和瀬の浜にやってきた。浜は先日、漁をやったところだ。その時は夜だったので、浜全体の景観をたしかめることができなかったが、こうして見渡すと、白い砂が広がっている。白浜の途切れ、つまり渚からは、珊瑚礁が連なり、沖からは白波が寄せてくる。美しい。神戸・浜中界隈の、周囲に工場の建物やらがある海岸線とは、全く違った。浜には、男ばかりだったが、集落の人たちが散在し、何やら作業をしていた。右手側となる南に向かう。岩の傍で作業をする、十数人の男たちの集団に加わった。

「息子の喜望よ」

と、父ちゃんが皆に紹介した。

「きゅうがめーら」

喜望は、少しはにかみながら頭を下げた。そして、集団の頭領、本家の喜豊大叔父の前に立つ。田植えを手伝いに行ったときは、本人は不在だったから、初めての対面だ。父ちゃんのように目が細く、頭が四角い。岩に一人座り、表情を一切変えない。威厳を醸し出していた。

「ほれ、あいさつせぃ」

父ちゃんが促した。

「きゅうがめーら、神戸から帰ってきた喜望です。五年生です。よろしくお願いします」

喜望も、顔を強ばらせた。

「うん」

大叔父は、うなずくだけだった。事前に父ちゃんから、喜豊大叔父との関係について説明をされていた。大叔父は、すでに亡くなった父ちゃんの母ちゃん、つまり、めとく祖母ちゃんの弟になる。満州で世話になった義武叔父にとっては、兄になる。頭の大変良い人で、東京の大学を卒業してしばらくしてから、徳和瀬に戻った。その後は町役場に勤務し、今では重役だった。

一同は、こうしてあいさつを交わし終えると、作業に入った。今日は祭りの宿を拵えると言う。そこには、山から持ってきた、丸太と葉の付いた切り枝が用意されていた。まずは、穴を掘る。喜望もシャベルを握った。そして穴に、一本の丸太を立てた。さらに二つ目の穴を掘り、丸太を立て、最終的には四つの丸太を、長方形の四角になるように立てた。喜豊大叔父は、岩に座ったまま、作業を黙って見守るだけだ。

次に四角に立てた丸太を柱にして、上に切り枝を被せていく。こうして出来上がったのは、丸太を柱に、葉の付いた切り枝を屋根にした空間だ。高さは大人の背丈ぐらいで、広さは一畳半ぐらいだった。小屋などと言える代物ではない。その昔、明治のご維新の後ぐらいまでは、苫屋に近い物は作っていたそうだが、今ではこの程度の物しか建てないそうだ。

そうして、小屋の中の中央に、少し大きな石が三つ、置かれた。あす、竈として使われる。これで作業は終わった。正味一時間ほどだった。

喜望は、何だこれだけか、と気抜けしていた。父ちゃんから、小屋作りの手伝いをすると言われたから、身構えていたのだ。楽勝だ。明日はここで食事をすると言う。浜下りとは、畑仕事という日々の苦しい生活の中の、一服の清涼剤かもしれない。

＊

喜望は午前中、今日も農作業が休みになったので、何もすることもなく家でぶらぶらとする。嫌で仕方がない畑仕事ではあるが、二日も休むとなると、手持ち無沙汰でしょうがなかった。父ちゃんも家にいて休んでいた。

母ちゃんと智子は、何でも夕方から再開する浜下りの際に振る舞われる、食事を作っていた。夕刻、父ちゃんは酒を、母ちゃんは重箱を持ち、家族総出で浜へと下りた。昨日拵えた小屋の辺りには、親族が集まり始めていた。浜を見渡すと、同じような人の輪と小屋が、各所にあった。

二日目の行事が始まる。小屋の中の竈の前に、赤ちゃんを抱っこした女の人三人が立った。それぞれの赤ちゃんは、新着の浴衣姿だった。周囲を親族が囲む。髪を結い着物の上に薄手の羽織のような白衣をまとった、年配の女の人が三人の前に進み出た。そして、呪文を唱える。

喜望は、親族の中に交じってその呪文に耳を傾けるが、意味は全く分からなかった。呪文が終わると、親族一同が「おめでとう」と祝った。そして、三人の女の人は、赤ちゃんを抱いたまま、海辺へと向かった。

「何、これ」

喜望は横にいる母ちゃんに聞いた。

「みっくうの祝いよ」

「みっくう、って何」

「みっくうは、ゼロ才児の赤ちゃん。これからも、元気に育ちますように、って、親族のみんなで先祖の神様に祈ったのよ」

「そうねん」

喜望はうなずく。そして、珊瑚の岩礁に目をやった。三人の女の人、つまり母親たちがしゃがみこんで、それぞれの赤ちゃんに海水をかけたりしていた。すると、去年亡くなった邦宏のことが脳裏に浮かんだ。邦宏は、あの赤ちゃんたちのように、親族からお祝いされることもなくあの世に逝ってしまった。今頃、一人寂しい思いをしているのではないか。

そうして、太陽もかなり傾むきかけた頃、小屋を中心に茣蓙を敷き、親族一同がいくつかの輪を囲んだ。昨日よりも多く、三十人近くもいた。自分と同じぐらいの子どもも数人いる。竃の前には、本家の喜豊大叔父さんと、その横には呪文をあげた女の人、つまり大叔父さんの妻が座った。みんな、姓が「東」だ。各家庭から持ってきた重箱が開けられた。父ちゃんを含め大人の男の人たちは、酒を飲んだ。

喜望は、母ちゃんと兄妹、それに女の人たちで囲む輪にいた。小皿に盛られた握り飯や豚肉やらを口に運んだ。母ちゃんに聞くと、今日は集落の人たちほとんどが、この浜に下りているという。礼子姉さんの元田家の人たちは、ここからもう少し北に行った所で集まっている。ただ祖父ちゃん、祖母ちゃんの家、徳富家は、もう親族のほとんどがこの集落にいないので、この浜に集まることもやめてしまったと説明した。だから祖父ちゃん、祖母ちゃんは今頃家に居るのだろう。少し残念に思った。

隣の輪は、父ちゃんも加わる男の人たちだけだった。酒もかなり進んでいるから、おしゃべりも賑やかだ。

「〝あづま〟は、もともと〝あげれ〟よ」

喜望は、隣の輪から姓である「東」について話す声を耳にした。

「あげれ」

「そうよ、太陽が上がる場所っち、意味。だから、東よ」

喜望は、それを聞きながら、妙に納得していた。たしかに太陽は東の方角から昇ってくる。だから〝あげれ〟か。なるほど。でも、それならどうして今は〝あづま〟と呼ぶのか。

すると、「なぜ、〝あづま〟さぁ」と同じような疑問が発せられた。

「馬鹿、大和風にしたからよ」

「大和風、何それ」

「維新後、奄美も大和の国に入れられた。それで、大和風にした訳。いいか、元々、島の人間は一文字姓よ。〝元田〟なんかは、〝元〟、〝はじめ〟よ」

喜望は、えっ、と思った。元田とは礼子姉さんの名字ではないか。そういえば、鹿児島の義秀叔父さんがいっしょに風呂に入ったとき、「徳富は本当は、徳だ」と教えてくれたが、こういうことだったのか。

「でもよ、東は、薩摩世の時も、侍格よ。徳和瀬島の当主」

自慢気な声だった。

「喜望、もういらんのか」

母ちゃんから、ちゃんと食べるよう促された。

太陽も完全に西に沈んだ。松明が灯された。

喜望も箸と小皿をござの上においた。すでにお腹いっぱいだった。小屋の近くに、それぞれの姓の輪からもやって来て、大勢の人たちが集まった。男女合わせて五十人ぐらいか。父ちゃんもいた。やがて、男の人は内側に、女の人はそれを囲み外側になり、それぞれ円くなった。男の人の先頭は太鼓を持っている。太鼓が打ち鳴らされ唄が始まる。意味は分からない。そうすると、男の人たちと女の人たちが踊りはじめた。とても賑やかだ。神戸に暮らしていた時、夏に見に行った盆踊りにも似ていた。

唄は二曲目に入る。それに合わせ、踊りも変わった。三曲、四曲、五曲と続く。

喜望は、踊りを見るのも飽き始め、眠くもなってきた。智子と浩良などは、母ちゃんの膝を枕にして、もう寝ていた。踊りはまだ続いている。母ちゃんに、何時までやるのかを尋ねると、踊る人がいれば朝までやると教えてくれた。朝までと聞き、びっくりしながらも呆れもした。それで、一足先に帰ることにした。父ちゃんは、すでに踊りの輪から抜けていたけど、まだまだ、酒を飲むそうだ。

＊

喜望はいつもどおり、朝六時過ぎに目を覚ました。祭りは三日目、最終日だ。母ちゃんと智子は台所で朝食を作っていた。二つの甕にも、水が満たされていた。今日も祭りの日であるから、畑仕事は休みだ。それなのに、母ちゃん、智子には休みなどない。仕方がないことだと思いながら、少し気の毒になった。真夜中に帰ってきた父ちゃんも、まだ寝ていた。

朝食を済ませ、廊下にごろんとしていた。決して疲れが溜まっている訳ではない。浜下りが始まってからのこの二日間、畑仕事も休んでいるし、祭りも一昨日の小屋作りという軽い作業に、昨日は食事を取ったぐらいだから、疲れようもない。それでも、やる事もないのだから、だらだらとしているしか、しょうがなかった。三日目も、すでに行事は始まっているが、父ちゃんの指示で途中から参加することになっていた。

それでも、頭はフル回転していた。昨夜、隣の大人の輪から聞こえてきた言説が、気になって仕方がなかったのだ。それは、「東」は元々、「あげれ」だったが、「維新後に奄美が大和の国に入ったことから、東、あづま」と言うようになったことだ。「東」は本来、「あげれ」と呼ばれていたのは、方角の東を「あげれ」と呼ぶことからもそうなのだと納得できるが、奄美が維新後に大和に入った、とはどういうことなのだろうか。明治のご維新の前は、奄美は大和、つまり日本ではなかったということか。ではどこの国だったのか、強い関心を持った。そうだ、中学校に進んだら、そういうことを勉強してみたい。

そうこうしているうちに、時間は過ぎた。午後に入っても、父ちゃんは布団に横になっていた。喜望は、三日目の浜下りは何をしているのか、気になってしょうがなかった。さっきまで考えていた疑問の答えが、今日の浜下りにあるかもしれない。午後になれば父ちゃんに連れられて行くのだと思ったが、一向に起きてこない。それで、「浜に行ってくる」と言えば、絶対に許してくれないから、「出かけてくる」とだけ告げると、家を出た。

気が急いていて駆け足になったので、十分もしないうちに、浜に着いた。道順はさすがに覚えた。「東」の小屋の近く、昨晩、大勢の人たちが踊りをしていた辺りで、今日は、相撲が行われていた。驚いた。まさか相撲に興じているとは、考えもしなかった。浜に入ったすぐの所に座り、かなり距離をとって、その光景を眺めた。勝負をしているのは、褌姿の男の人同士だ。その周りを取り囲む大勢の人の、歓声が届いてきた。

勝負は続く。あっさりと勝敗が決まることもあれば熱戦もある。だけども、一向に面白くなれなかった。決して、相撲が嫌いな訳ではない。とうとうつまらなくなった。さっと立ち上がると、家に向かって歩き始めた。

夕飯も終え、辺りはすっかり暗くなった。

喜望は、父ちゃんに連れられ、山側にある集落の広場に向かった。そこには、昨夜のような大人数ではないが、内側に男の人たちが、外側には女の人たちが、それぞれ輪をつくっていた。今夜は、父ちゃんの後に付いて、男の人たちの輪に加わった。そして、同じように先頭の男の人が太鼓を叩き、唄を歌い始め、踊りが始まった。これまでに習ったこともないから、父ちゃんの動作を真似て、手足と腰を動かした。数曲が終わった。

するとその一団は、先頭の男の人の太鼓と唄に調子を合わせ踊りながら広場を出て、集落へと入っていく。さらに、広場近くの民家に入り、その庭で踊る。喜望もその流れの中にいる。やがて、民家の住人が庭に出てきておかゆやもち、そして豆を振る舞ってくれる。さらには、酒も出してくれた。腹が空いている訳ではないが、もちをもらった。そこの民家を出ると隣の家に、さらに次の家へと、一軒一軒を踊り巡る。とうとう我が家に入った。母ちゃんと智子が庭に立ち、食を振る舞う。

喜望はすっかり疲れてしまい、家に飛び込み水を飲んだ。それから、子ども部屋に入ると畳に寝転がった。すぐに寝入ってしまった。

朝、母ちゃんの呼び声に目を覚ました。昨晩の踊りの余韻もあり、まだ寝ていたかった。布団でぐずぐずしていると、父ちゃんに「早く起きれ。畑仕事、行くど」と一喝されてしまった。「なんで」と心内でぼやいた。

四

喜望は朝、昨日までは母ちゃんの呼ぶ声に、ぐずりながら起きていたが、今日は自発的に布団から起き上がった。年中行事の中でも最も大切なものの一つである、浜下りも終った。暦は九月だ。今日から二学期が始まる。水を飲みに台所に行くと、智子はすでに母ちゃんの食事作りの手伝いをしている。二つの甕には、並々と水が入れてあった。柄杓でくんだものを、湯飲みに注ぐと、一気に飲み干した。

部屋に戻り、ランドセルの中を確かめる。昨晩のうちに、筆箱とノートを入れたが、それらがしっかりとおさまっていることを確認した。心はうきうきとしている。この島に戻ってから二十日余り、学校が始まる今日をどれだけ待ち望んだことか。友達は何人できるだろうか。

朝食をすますと、智子とともに母ちゃんに連れられ、家を出た。島に着いた夜に港から歩いた県道を、反対側の北に向かう。左手の向こうには島のほぼ中央に位置し、標高の一番高い井之川岳が見える。前後には、同じ学校に向かっているのだろうと思われる、何人もの男子女子が裸足で歩いている。中には藁草履を履いている子もいるが、子ども用の靴を使っているのは、智子と二人だけだ。そして、どの子もランドセルではなく、風呂敷包みを袈裟懸けにしている。集落では裸足の生活は普通なことだと、父ちゃん母ちゃんから聞かされていたから、もう当たり前だと受け止めたが、誰もランドセルを背負っていないことには、驚きだった。やはり、ここは、南の島の田舎なのだ。やがて急な坂道を下ると、丁字路にぶつかる。そこを右に曲がると、校舎があった。

正門を抜けると、正面に校舎がある。木造一階建だ。その校舎前方の真ん中ほどに、奉安殿がある。白く大きな立派なもので、校舎の方がかすんでいる。ここには、国民学校初等科と高等科があった。だから、礼子姉さんも、ここで授業を受けている。職員室に入り、担任の幸《こう》先生に引き合わされた。幸先生は、若い女の先生だった。智子に連れ添う母ちゃんとは、ここで別行動となった。始業式の朝礼が校庭で始まった。全校児童・生徒が並んだ。

喜望は、五年生の列の一番後ろに立ち、奉安殿に敬礼した。校長先生からは、アメリカとの戦争の真っ最中にあって、小国民として立派にお国の役に立つよう日々の生活を送らなければいけない、との訓辞があった。その話に背筋が伸びる思いになった。島に戻って以来、新聞購読は止め、持って帰ったラジオも電波を受信せず、時局情報が入りにくかったこととともに、こちらの生活に悪戦苦闘しているので、戦争のことを忘れてしまいそうになっていた。

いよいよ五年生の授業となった。神戸と同じ、男女が別の組だ。生徒たちはざわついていた。教室には、以前、畑仕事の帰り道に出会った、親戚の松田健一もいた。

喜望は、黒板の前に立たされた。目の前にいる級友と仲良くなれるのかなどと、緊張もしている。だが、それ以上にいよいよ学校が始まるという期待が強かった。勉強ができるのだ。幸先生から「兵庫県からこの学校に転向してきた、東くんです」と紹介される。すると、「兵庫、大和人」などと、声が返ってきた。明らかに冷やかしの声だったので、一気に緊張してしまう。

自己紹介を始めた。幸先生から、学校では島の方言は使わないようにと、事前に指導されていたので標準語を使い、名前とどこから引っ越して来たのかを話す。次に、好きな科目は国語、歴史であることなどを発言すると、生徒一同から笑いが起きた。どうしてと一瞬戸惑った。が、最近、自分でも島の方言が自然に口に出るようになってきたとは感じていたが、標準語を意識すると、どうしても神戸訛りが出てしまうのだ。それが、笑われたのだ。すっかり気は動転して、発言を終えた。

二学期の初日、授業は三時間で終わった。家では、父ちゃんも畑仕事から戻っていたから、全員揃って昼食をとった。智子は、学校初日のことを、楽し気に母ちゃんに話して聞かせる。何でも、早速、親しい友人もつくったという。一人は、遠縁に当たる重田であり、もう一人は近所に暮らす友川だ。下校も二人に誘われ共に帰宅し、明日から登校もいっしょにするそうだ。

喜望は、口数も少なかった。自己紹介の時のことが、悔しかったのだ。友達もできなかった。

夕方、部屋で好きな科目の国語の教科書を読んでいると、「喜望、畑や。準備せい」と、父ちゃんから呼ばれた。

「何で、もう学校始まってるさぁ。何で行くわけ。勉強よ」

「百姓が畑仕事しないで、どうする。早くせい」

父ちゃんは一喝した。

喜望はふて腐れながら、地下足袋を履いた。

＊

昼休み後の五時間目は、国語だった。課題は、夏休みの生活を題材にして戦争への決意を、作文に書くことだった。

喜望は、机の上に広げた作文用紙に鉛筆を握り、向き合うのだが、升目には一文字も埋まっていない。作文あるいは詩を書いたりする授業は好きだったし、得意でもあった。事実、自分の書いた物が褒められ、模範となったことは何度もあった。それなのに、今日は全く、何を書いたらいいのか、思いが定まらないのだ。それというのも、ついさっき終わった昼休みに、何人かの級友から受けたいじめの傷が、まだ癒えていなかったからだ。

二学期が始まって、十日余りになろうとしている。学校に行くようになれば、必ず生活は変わる、授業を受ければ勉強も進み楽しくなるに違いない、畑仕事からも逃れられる、と信じていた。が、実際の生活は全く違った。新学期が始まってから今日まで、毎日毎日、何らかの形でいじめを受けているのだ。

先日は、学校帰りに、数人から「貸せ」と言われたからランドセルを貸してやった。すると、彼らは蔑称である「やまとむぅん、やまとむぅん」とからかい、はやし立てながら、一人から別の一人へ、さらに他の一人へとランドセルを引き回し、一向に返さない。追いかけて取り戻そうとするが、何人かに羽交い絞めに押さえつけられる。ついに一人が、ランドセルを奪ったまま、逃げてしまった。それで仕方がないので、その彼の家までわざわざ出向き、ようやく取り戻した。

そしてさっきは、昼食のことでからかわれた。弁当は、神戸の頃から使っている弁当箱に飯やらを詰めて持ってくる。しかし、級友たちは、二、三個の芋を手拭いに包むぐらいで、弁当箱など持っていない。それが妬ましいのだろう、「やまとむぅんの弁当箱や」と、馬鹿にされたのだ。だから正直言って、学校に行くことがすでに、苦痛になりかけていた。こうして用紙を目の前においている今も、悔しいし泣き出しそうにもなる。それでも、白紙で提出することはできない。島に戻ってからの日々のことを、思い浮かべた。すると、親族一同が集まった本家と、祖父ちゃん、祖母ちゃんにも手伝ってもらった我が家の田植え作業のことが頭の中に浮かんだ。それはとても辛い作業だった。その体験を書き始めた。

「ぼくは、先月の中旬に、父ちゃん母ちゃんの故郷である徳和瀬に帰ってきました。それから、本家と自分の家の田植えをしました。生まれて初めてのことでしたが、とてもつらい作業でした」

鉛筆を動かし始めると、それまで凍りついたように止まったままだったのが、ぐんぐんと進んでいった。本家の手伝いでは、畦で太鼓を鳴らし、唄を歌う人がいたことなど、田植えの様子を綴ったのに続けて、何より長時間、膝を曲げ、腰を屈める姿勢を保たなければいけなかったことが、とても苦しかったと書き加えた。

そして最後に、

「ぼくは、今、とても反省しています。田植えの苦労は、戦地でたたかう兵隊さんたちのことを思えば、とても小さなことです。兵隊さんたちは、寒い雪の中、暑いジャングルの中を、国を守るために敵とたたかっています。ぼくも、銃後を守る小国民として、立派に日々のつとめを果たしたいです」

と結んだ。それは、自然な感情として、書いたものだった。

六時間の授業を終え、帰宅したのは午後四時前だった。家に入ると、母ちゃんから「手紙が来てる」と、一通の封筒を渡された。手紙をもらうのは初めてだったので、驚いた。差出人を確かめると「李東根」とあった。李から手紙や、と心は躍った。が、すぐに畑仕事を手伝いに行かないといけない。封を開けたくてしょうがないが、とりあえず座卓の勉強机に置いた。

夕飯を終えると、縁側の廊下にランプを灯し、手紙を広げた。


東くん、こんにちは。南の島は、とても暑いそうですが、お元気ですか。神戸では、二学期が始まっていますが、島の学校も始まっていますか。学校生活はどうですか。友達はできましたか。

ぼくは、新学期が始まり、東くんが転校してしまったので、学校には一人で通っています。少し、さびしいです。教室でも二学期になってから、朝鮮人、朝鮮人、と馬鹿にされ、悔しいです。

三日前には、黒板に「世良の大ばか」と誰かが、悪口を書きました。世良くんはとても怒って、「誰が書いたんだ」と言いました。そうしたら、飯山くんが「李が書いたのを見た」と言いました。ぼくは、そんなことは絶対にしていません。それで「ぼくは書いていない。知らない」と発言しましたが、飯山くんは「李が書いたのを見た。李は朝鮮人だから、同級生の悪口を書けるんだ」と言い張るんです。ぼくは、本当に悔しかったです。そんなずるいことは、絶対にしていません。

だけども、ぼくは負けません。将来は幼年学校に入って、軍人になります。それで、天皇陛下、お国のために尽くします。神戸に来ることがあったら、また会いましょう。

喜望は、親友からの手紙を読み終えると、複雑な気持ちになった。自分も、転入した学校で、彼と同じようにひどいいじめを受けている。神戸の学校では、李が黒田からひどいいじめを受けたとき、何もできなかったことを後悔し、その後、彼を慰め励ましてきたのは自分だ。なのに、同じいじめられる側になっている。受け入れたくなかった。だけども、李が黒板に同級生の悪口を書くはずがない、と思った。彼は、そんな卑怯なことは絶対にしない。犯人扱いされたことが、許せなかった。

＊

喜望は、六時間目の授業が終わり、学校を出た。登下校をいっしょにする友人は、まだいない。クラス内にはいじめを受ける児童とは、行動をいっしょにしたくない、との雰囲気があった。だが、ここ数日は、そのいじめも影を潜めていた。李から手紙をもらい、いじめてくる同級生には、「やめろ」とはっきりと、時には怒鳴り声を張り上げもして、抵抗するようになっていたからだろう。急ぎ足になりながら、今日こそは、李への手紙を完成させるのだと、決意していた。

実は手紙をもらいながら、一週間近くも返事を出せずにいることを、申し訳なく思っていた。日々の学校と畑仕事という生活に流され、筆を持つこともできずにいるのが、本当のところだ。それでも時間をつくって、二回は便箋に向き合った。だけども、何を書けばいいのかが分からない。一回目は、あいさつから始めて一文を記したが、それ以降は何も進まなかった。二回目は、あいさつ文の「こんにちは」の一文字すらも書けない。

こんなことは初めてだった。作文、日記をはじめとして文章を書くことは好きだから、これまでは用紙に向き合えば、すらすらと何かしらのことは書けた。それが、何を書いたらいいのか、分からない。

丁字路にぶつかった。最近は、県道をやめ、丘陵地の畑道を使い登下校している。こちらの方が、平行する海を見渡せて景色も良い。右に曲がりさらに歩く。すると、向こうの三叉路の辺りに、同級生の松田健一、西田洋文、儀間慶尚の、いつもつるんでいる三人が待ち伏せしていた。健一は親戚でありながら、教室では決してかばってくれることはせず、むしろいじめの先頭に立っている男だ。先日の弁当箱の件の主謀者でもある。

喜望は身構えた。何かしかけてくるに違いない。

「喜望、待ってぃ」

健一が立ちふさがった。三人の中の親分格だ。

「何よ」

喜望は顔を上げると、頭一つ分背が高く、正面に立つ健一を睨んだ。

「靴脱げ」

健一は、強要してきた。西田、儀間の合わせて三人は裸足だ。

「断る。何で、脱がんとあかんのや」

喜望は、啖呵を切る。

実は、彼らに裸足になれと強要されるのは二度目だったのだ。先日も学校帰りに偶然三人と出くわし、いっしょに帰ることにしたが、歩き始めるとすぐに、健一は靴のことでいちゃもんをつけ始めた。「この島では、子どもはみんな裸足よ。何をかっこつけて靴なんて履くか。脱げ」とけんかを吹っかけてきた。それですっかり怖気づいて裸足になると、石の上を歩かされ、足裏に擦り傷を負ってしまったのだ。

「生意気、言うな」

「お前こそ、偉そうにするな」

喜望は言い返した。

すると、バンという鈍い音が響くと同時に、右の足下に激痛が走った。健一が、思いっきり踏みつけたのだ。

「う」

喜望は呻くと、瞼をぎゅっと閉じる。と、再び足下に激痛が起きる。二度も強く踏まれたのだ。

「何を」

喜望は歯をくいしばり、健一の胸を頭突きした。そしてそのまま倒れ込むと、仰向けになった健一に、馬乗りになった。

「靴も履けない、田舎者」

喜望は、健一の上着の襟を縛りあげる。怒りと悔しさに満ちていた。が、膝をじたばたさせ腰を上下させるので、振り落とされてしまった。そして、上半身を起こし道にあぐらをかくと、後ろを見た。健一は仰向けのままだったが、泣きじゃくっていた。

喜望は、ようやく健一たちを振り切り、家に着くと、玄関に倒れ込んだ。足の激痛に見舞われていた。

「どうした」

父ちゃんが出てきた。

「足が痛い」

「どれ」

父ちゃんは靴を脱がした。右足の親指の爪が割れ、出血していた。

「座っておけ」

父ちゃんは、桶に水を汲んでくると、親指を洗う。次に、口に含んだ酒を吹っかけた。そして、タイガーバームを塗り、最後に包帯を巻いてくれた。父ちゃんも母ちゃんも、なぜ怪我をしたのかは、まったく聞かなかった。畑仕事は当面、休むことになった。

喜望は夕飯を終えると、ランプを灯し座卓の勉強机に向かい始めた。右足の痛みはまだ続いているが、健一と一戦交えた日の夜だからこそ、李への手紙を書き上げようと決心していた。ペンを握り便箋に向き合うと、自然と今日の健一との一件が思い起こされた。怒りは、いまだに止まない。と、ペンが走り始めた。

手紙ありがとうございます。ぼくは、島に帰ってきて、一カ月が過ぎました。こちらの生活は、本当に大変です。神戸よりも暑い中、毎日毎日、父ちゃんの畑仕事を手伝っています。田んぼや砂糖きび畑に生えた草を刈ったり、牛のえさやりやふんを掃じしています。ふんの掃じは、くさくてくさくて、もう息もできません。

学校は始まりましたが、毎日毎日いじめられています。友だちもいないです。学校には、もう行きたくないです。だけども、李くんから手紙をもらい、負けちゃいけないんだと、思いました。

今日も、いじめられました。学校帰りに、同級生の松田健一に会ったとき、靴を脱げと言われました。島に帰り本当に、びっくりしたのですが、ここでは大人も子どもも、はだしで生活しています。畑仕事に行く時に、地下たびをはくぐらいです。たまに、わらぞうりをはいている人は見ますが、下駄や靴をはいている所を見たことはないです。同級生が学校に通うときも、はだしです。

松田健一もはだしだったので、ぼくに靴を脱げと、命令してきました。「いやだ」と言うと、松田健一はぼくの足を踏みつけました。とても痛かったです。つめが割れ、血が出ました。だけど、負けてはいけないと思い、頭から松田健一におもいっきりぶつかりました。ぼくは松田健一と倒れてしまい、その後、松田健一の上に乗りました。松田健一は泣き出しました。ぼくは、泣きませんでした。でも、松田健一は、ぼくに謝りませんでした。

ぼくは、がんばって、中学校に行きます。中学校は、となりの奄美大島にあります。それで、戦争に勝ったら、必ず神戸に帰ります。そうしたら、また必ず、会いましょう。

神戸と島で、学校は遠く離れていますが、ともに勉強がんばりましょう。

喜望は、ペンを走らせると、一気に手紙を書き上げた。自分の心に正直に向き合った結果、紡ぎ出した言葉だった。

便箋を折りたたみ封筒に仕舞うと、健一のことが頭に浮かんだ。仰向けのまま泣きじゃくっている。可哀想になってきた。でも、健一は、彼から絡んできたにもかかわらず、ごめんの一言もないのだ。

健一とは従兄弟同士だが、この先、仲良くなれるのだろうか。彼の母ちゃんが、うちの父ちゃんの妹だから、叔母さんだ。一度会いに行ったが、黒糖を舐めさせてくれた。優しかった。叔母さんに、とても悪いことをしたんじゃないだろうか。

第四章　戦火の受験

一

喜望は、身長よりもはるかに高い背丈の砂糖黍畑の中にしゃがみこんだ。見上げてみても、空は見えず青い葉が覆い茂る。さながら、薮の中にでも居るようだ。根元を握ると、鎌で切り落とす。今度はその茎を持ち、スパッと枝を払い落とした。一本を切り、次の黍を切る。作業はこのくりかえしだが、重労働だ。

学校終了後の夕方四時過ぎだ。父ちゃんとともに、収穫期となった砂糖黍の刈り取りに追われていた。島に戻って半年近くになる、一九四四年一月のことだ。季節は大寒だけども、ここ徳之島では暖かい。晴れた日などは二十度近くにもなり、とても冬とは思えなかった。今も、もうすっかり汗をかいている。父ちゃんは、切った茎三本を紐で結わいて、畑の隅に引きずって移している。一本の茎でもかなり重いのに、三本も束ねて運ぶのは、大人でないとできない仕事だ。

できることであれば、やりたくない。それでも砂糖黍は、家族の大事な現金収入源だから、やらない訳にはいかない。それで苛立っていた。もうじき、六年生になろうとしているのに、受験勉強に集中できないのだ。奄美群島では、隣島の大島にある中学がただ一つだから、全島から志願者が押し寄せ競争が激しいと聞いている。自分でも思うけども、このままではとても合格できるはずがない。父ちゃんも受験のことは分かっているのに、畑仕事を休むことを許してくれない。不満だらけだ。何で島に戻ってしまったのか、神戸にいれば、こんな苦労はしなかっただろう。今週中にも、卒業後の中学受験希望書を、学校に提出しなければいけなかった。

晩飯となった。石油ランプを灯した円い机を、畳に座った家族が囲んだ。机上には蒸かした芋と味噌汁、それに小魚が添えられる。

喜望は、今日もまた芋か、と少し嫌気もさしたが、一刻も早く机に向かいたかったので、黙々と食べる。智子は、食事には一切不平は言わず、ひたすら学校であった出来事を話していた。

「ご馳走さま」

喜望は箸をおいた。

すると、母ちゃんが
「受験希望書、書いておいたから、明日忘れんように」

と言った。

「分かった」

喜望は即答し、腰を上げた。

「受験はせんでもよか」

父ちゃんが、いきなり言った。呟くような小さな声だった。

「何、父ちゃん」

喜望は、聞き返した。

「だから、受験はすな」

父ちゃんは、今度は強い口調で言った。顔も真面目だった。

「受験はするなって、何。中学には試験受けないと進めんよ」

喜望も、語気を強め反論した。

「中学には、行かんでよか」

父ちゃんは、はっきりと言った。

喜望は、どかっとまた腰を下ろしたが、声が出ない。ただ、黙り込む。神戸で生活している時もそうだし、島に暮らし始めて以降も中学受験のことについて、何か言われたこともない。それなのに、急に、反対するのだ。

「あんた、何言うとる」

母ちゃんが、問いただした。

「何度も言わせな。受験は認めんよ」

「何、馬鹿なこと言うか。受験は、とうの昔、神戸にいる時から決めてたことよ」

母ちゃんは正座しながらも、声を張り上げた。

喜望は、その怒声に驚いた。こんな母ちゃんは初めて見た。智子も、箸を握ったまま、唖然とした顔つきで、父ちゃんと母ちゃんを見つめる。浩良は、父ちゃんと母ちゃんの間に座り、何事もなかったかのように芋を食べていた。

「馬鹿。百姓に学問が必要か」

「馬鹿。これからの時代、学問せんで、どうやって生きていくか。しかも、喜望は長男よ。中学は当たり前さぁ。高校、大学にも行かんでどうするか」

「だからよ、島で生きていくにはよ、畑仕事覚えることよ」

父ちゃんは言った。

「もう、いい。喜望、部屋戻って、勉強せい」

母ちゃんは言った。

喜望は子ども部屋に入ると、石油ランプを点け、机に向かった。漢字の勉強を始めた。ノートに新しく習う漢字を、一字ずつ書き取りしながら、母ちゃんのことを思った。全く予想もしなかった父ちゃんの一言に、母ちゃんがちゃんと言ってくれたことが嬉しかった。しっかりと勉強して、中学、高校、大学に入れと薦めてくれる。感謝しかない。そういえば以前、「母ちゃんも勉強したかったわけ。でも、できなかったよ。あんたたちは、しっかり勉強せい」と言っていた。それで祖母ちゃんに聞くと、「あんたらの母ちゃんは、成績も良かったよ。それで、看護婦になりたいと勉強もしてたわけ。でも、許されなかった。女子《おなご》には学問はいらないって、ね」と教えてくれた。

それにしても、父ちゃんは、どうして急に、あんなこと言い出したのだろう。中学に進むことは、もうとっくに知っていたのに。それとも、父ちゃんは島から出て行くな、と言いたいのか。そうなのか。でもそれこそ、やだ。たとえ受験に落ちたとしても、必ず島を出る。戦争に勝って、神戸に帰るんだ。

＊

喜望は最近、学校でのいじめがものすごく減ってきたと、感じていた。健一に足を踏まれた頃から、悪さをしかけられたら、必ず抗議するようになっていたし、それに、泉芳朗校長先生に朝礼で褒められたこともきっかけになった。

それは、十月中旬の朝礼だった。校長先生は、二学期の初めに書いた自分の作文を紹介し、小国民としての決心がよく分かる大変良いものになっていると評価してくれた。次の朝礼では、朝礼台に立つように指示され、高村光太郎という偉い人の詩を朗読させられた。そして、「東くんは、きれいな共通語で、読んでくれました。みなさんも、しっかりと共通語を覚えなくてはいけません」と、また評価してくれた。学校では島の方言を使うことを禁じられていたから、模範例とされたに過ぎないが、それでも嬉しかった。そんなこともあって、いじめやいじわるは、減っていた。

そして六年生となった。卒業後の進路は県立大島中学受験希望を、学校には提出した。この国民学校では、中学受験希望者は、自分を含め、たったの三人だったが、四月からは週二日間、放課後に、受験のための補習も始まっていた。今日は、その授業の日だ。

一方の父ちゃんは、受験のことは決して認めてくれなかったけれども、補習授業に出ることは黙認してくれた。だからその日は、放課後の農作業は休みとなる。きっと、母ちゃんが言ってくれたのだろう。と言うのも、母ちゃんに補習授業が始まることを話すと、きっぱりと受けなさい、と言ってくれたからだ。ただ、補習日を除いた日は、学校が終わってからの畑仕事を、決して休ませてはくれなかった。本当は、その時間も受験勉強をしていたいのだが、仕方がなかった。それにしても、どうして父ちゃんがこんな態度をとるのか、不思議でならなかった。神戸にいる頃は、中学に進むことは当たり前だ、という顔をしていたのに。

午後四時過ぎ、喜望は、村岡征治、前里良介の二人といっしょに、補習授業に出席した。課目は算数だ。

担任の田中先生が問いを出す。

「底辺が一〇ミリメートル四方、高さが一〇ミリメートルの箱の体積は何立方ミリメートルか。では、村岡」

「一〇〇〇立方ミリメートルです」

「よし」

田中先生は言った。

喜望も、当然正解した。こうして授業は、口頭試問に備えて、体積や面積、さらには長さ、時間を暗算によって答える質問が続いた。

「バケツに一〇リットルの水が入っている。そこに、新たに一〇〇デシリットルの水を足した。

バケツの水は、何デシリットルになるか」

喜望は、頭の中で計算する。一リットルは一〇デシリットルだから、加えられた水は一〇リットルだ。

「よし、東」

「はい。二〇リットルです」

「違う。質問は、何デシリットルになるかを答えよ、というものだ。だから答えは、二〇〇デシリットルだ。よいな」

「あ、そうですね」

喜望は、悔しかった。もともとバケツに入っている水が一〇リットルであったことに引きずられ、リットルに換算してしまった。

「じゃ、次の質問」

田中先生は言った。

「今度は、バケツに一五デシリットルの水が入っている。新たに、一〇リットルの水をたした。バケツには何リットルの水があるか」

喜望は、今度は引っかけられないぞ、と思う。

「よし、前里」

「はい、一一・五リットルです」

「よし正解」

田中先生は言った。

喜望も心の中で、正解と自信たっぷりにうなずく。同じ間違いは繰り返したくないし、それに、前里には負けたくなかった。

前里は受験組だけに、六年生の中でも優等生の一人だった。しかも、試験をやれば常によい点数を取るだけでなく、頭の回転も速く鋭い。五年生のとき地理の授業で、全国の都道府県名と庁舎所在地名を覚えたのだが、その全てを誰よりも速くすんなり達成していた。それがうらやましくもあり、悔しくもあった。自分は、北から五道県と庁舎所在地を頭に叩き込んで次の五県を覚えた時には、最初の五庁舎所在地は正確に言えなくなっている。そんなふうに苦労を重ねて暗唱できるようになったのだ。だから、彼とはどうも馬が合わないのだ。

それに、前里の住む井之川島と、自分の暮らす徳和瀬島はとても仲が悪い。井之川は、徳和瀬から県道を学校よりも北に向かい、坂を下った先の海岸線に広がる集落だ。坂は少し長いけれども、徳和瀬から歩いても三十分もかからない。隣同士の集落と言ってもよいのだけど、仲が悪かった。理由は知らないけど、父ちゃんがそう言う。向こうは〝ワシ野郎〟と、こっちは〝イノップ野郎〟と、罵り合うのだ。

「対角線が一〇センチと二〇センチのひし形の面積は、何平方センチメートルか」

田中先生は質問する。今度はいち早く挙手した者が解答できる。

「はい」

喜望は手をあげた。

「東」

「一〇〇平方センチメートルです」

「正解」

喜望は、得意満面になった。こうして、補習授業は終わった。勉強道具をランドセルにしまいながら、心は充実していた。補習授業には、本当に集中して勉強できたからだ。日常の授業では、途中で騒いだりする生徒もいて、よく妨害される。それに比べ補習授業は、みなが受験という目標に向かって一生懸命だった。そして、前里とは対抗意識が強かったが、もう一人の村岡とは、朝礼で詩を朗読した直後から、互いが中学進学希望であることを知り合い、仲も良くなっていた。

喜望は夜、石油ランプを灯し、一人勉強をしていた。場所は、居間兼食事部屋だ。五年生までは、智子と共用の子ども部屋で勉強していたが、六年生になると夜の勉強と寝起きは、この部屋を使うようになっていた。それは、受験に向けて遅くまで机に向かうこともあって、そうなると智子が寝ることに支障が出るし、布団に入った智子の横では勉強に集中できないだろうからと、母ちゃんがこの居間を使いなさいと言ってくれたのだ。父ちゃんは、そのことについても、何も言わなかった。

勉強の内容は、今日の補習授業の復習だった。口頭試問に備えた問いを、田中先生がわら半紙に書いてくれたので、その紙を読み、繰り返し答えを暗唱していた。それが終わると、筆記試験の対策として出された、掛け算、割り算、足し算、引き算のすべてが混じった十問の計算をやり直した。結局、ランプを消したのは十時近くだった。布団に入ると、しばらくして、隣の寝室から父ちゃんと母ちゃんが小声で話す声が聞こえた。

「いよいよ沖縄でも、戦闘の準備が始まるらしいよ」

「あぎゃ、米軍は沖縄を攻めに来るのかね」

「きっとそうよ。それなのに、喜望を船に乗せて渡航させるなんぞ、危険よ」

喜望は、父ちゃんの言葉を耳にすると、昨年五月に報道された、北海道よりさらに北にあるアッツ島で、日本軍が玉砕したというニュースを思い出していた。ラジオで聞いて、果たして日本は戦争に勝てるのか、もしかしたら危ないのではないかとの考えが脳裏をよぎった。その記憶が蘇った。父ちゃんの言い分も、もっともだ。

「何言うか。行き先は大島よ。あんた、腹くくれ」

母ちゃんの声が聞こえた。不安になった。同時に、意識は薄れ寝入ってしまった。

＊

喜望は、母ちゃん、智子、浩良の四人で朝食をとりながら、アメリカとの戦争のことを考えていた。島に戻ってからというもの、今は戦争中なのだと実感することが薄れていたのだが、新学期が始まって以降、再び戦争を強く意識するようになっていた。それと言うのも、戦局の行方が、自分の受験に大きな影響があることを感じ始めていたからだ。

級友の間でも、この先、沖縄で戦闘が始まるだろうとの噂は、ささやかれ始めていた。自分も、島に陸軍がやって来ることが決まっているから、きっとそうに違いないと思う。でも、そうなったら受験はどうなるのだろうか。アメリカ軍が来たなら、我ら徳之島島民も、同胞である沖縄を守るため、銃を持つのだと息巻く者を横目に見ながら、こう思う。

父ちゃんの言うように、船を使い大島に渡ることは、危ないに決まっている。でも、入学試験は必ず受ける。だから、母ちゃんの言うように、覚悟が必要なんだろうか――。

梅雨が明けたばかりの、六月下旬のことだ。

突如、猛烈な重低音の地響きが起きた。いや、海の方からだから、爆発の音かもしれない。何が起きたのか。

智子と浩良は二人そろって、「きゃぁー」と悲鳴を上げると、両耳をふさいだ。そして、九月にも赤ちゃんが生まれる予定の、お腹が膨らんできた母ちゃんにしがみついた。母ちゃんは、右腕で智子を、左腕で浩良を抱きかかえた。

音は、一回では終わらない。絶え間なく続いた。

喜望も恐かった。でも、何が起きたのか確かめずにはいられず、外に出た。すると、海の方角にどす黒い煙が立ち上っていた。船が沈没したに違いない。そう思うと、恐怖がさらに増した。

学校に着くと、すでにさっきの爆音のことで持ちきりになっていた。「兵隊さんを乗せた、沖縄に向かう軍艦がやられた」「やられた軍艦は富山丸だ」「やったのは米軍の潜水艦だ」「海にはたくさんの死体が浮いている。お化けも出ている」などと、まことしやかにささやかれた。

喜望は、授業が終わると、走って校門を出た。海で何が起きたのか、この目で見なければ気がすまなかった。家に帰らず、浜辺に直行するつもりでいる。背負うランドセルが揺れ、いっそう重く感じながら、息も苦しいが、走ることをやめなかった。浜につながるなだらかな丘陵の下り坂をかける。そして、父ちゃんと釣りに来る、珊瑚礁の浜に着いた。同じように、事態を確認しに来た人が何人かいた。浜も走り、波打ち際に立った。奇妙な異臭がした。

海を見た。びっくりした。水面は、男の人の死体で埋め尽くされている。顔、手足がない無残な死体も見える。しかも、海水は、すっかり血で染められている。どの死体も軍服を着ているから、兵隊さんが乗った軍艦が沈没したというのは、本当なのだろう。海には、島民が漕ぐ、何艘もの小舟が出て、死体を掬いあげ、陸に運んでいた。

喜望は、目の前に広がる光景に立ちすくみながら、ぞっとした。残酷すぎる。まるで、地獄のようだ。恐かった。もしや、受験のため大島に渡航するということは、自分もこの兵隊さんたちと同じ目にあうということではないか。戦争はいつまで続くんだ。受験日までには、日本が勝って、早く終わってほしい。

「あの煙は、何よ」

「荼毘に付している煙よ」

喜望は、近くで見守る人たちがささやく声を耳にした。隣集落である亀徳、この島に来たときに船を降りた地である港の方角に目をやった。真っ赤な炎から真っ黒な煙がたっていた。異臭も、そこからきているのだと思った。

二

喜望は夜、子ども部屋にランプを灯し、受験勉強に取り組んでいた。夏休み明けまでは、食事部屋兼用の居間を使い、勉強と寝起きをしていたのだが、先日、末弟の勇吉が生まれてから、今度は居間を智子と浩良が使用することとなった。と言うのも、居間の隣には父ちゃんと母ちゃんの部屋があり、そこに赤子である勇吉も寝ているのだが、夜泣きもするので居間では勉強に集中できないのだ。それで、智子と交代する形で自室に戻ることになったのだが、それでも、勇吉の夜泣きは容赦なく響いてくる。今夜も、ようやく今さっき、泣き叫ぶ声が止んだばかりだった。

十月中旬のことだ。入学試験まで半年を切ったが、受験勉強は思うようにははかどっていない。このままでは合格できないのではないかと、不安になるのだ。夏植え稲の田んぼと砂糖黍畑の雑草とりは、補習授業の日は免除されるものの、その他は出ないといけない。そして、勇吉が生まれてからは、彼の泣き声に勉強を邪魔されるのだ。

一方で、アメリカとの戦争に、ますます恐怖を感じるようになっていた。さっき、夕飯を食べていたとき、父ちゃんが「いよいよアメ公の戦闘機がこの島にも攻めて来た」と語っていた。何でも、今日の午後二時過ぎ、数十機の米軍戦闘機が島にやって来て、北西部にある軍の基地を攻撃していったのだと言う。そして、何軒かの民家にも弾は当たり、火事になったそうだ。米軍機が攻撃してきたのは初めてだ。父ちゃんの話を聞いて、本当に恐ろしくなった。受験のためではあるが、こんな状況の中、大島に渡航して大丈夫なのだろうか。

　喜望は、漢字の書き取りを終えた。今度は、算数の復習をすることにしている。教科書を取ろうと、ランドセルを開けた。今日の授業で使った、理科、歴史やらの教科書とノートが入っていた。その中から算数の教科書を引き抜こうと思ったのだが、それがなかった。おかしいと思いながら、もう一度、一冊ずつ確認した。やはりない。それで、全ての教科書とノートを取り出して机に置き、再度確認した。やはり、なかった。学校に置き忘れたのだろうか。最後の六時間目の国語の授業が終わり、机の中に入れてあった教科書とノートはちゃんとランドセルにしまったと思ったのだけれども、ない。仕方がないので、ノートを開いて、今日の授業の復習をした。

　喜望は朝、いつもよりもかなり早く、家を出た。算数の教科書が昨夜から見当たらないことが、気が気でしょうがなかった。教室の机の中に置き忘れたのならよいのだが、もし無かったら、一大事だ。一刻も早く、確認しなければいけない。そして、教室には一番乗りで入った。ランドセルを置くと、自分の机の教科書入れの中に手を入れまさぐる。が、何の感触もない。それで、今度は頭を下げて、直接中を見た。やはり空っぽだった。驚くと共に焦った。どこに置き忘れたんだろう。いや、昨日は確かに机の中に入れておいたはずだ。盗まれたのか。と同時に、咄嗟に浮かんだ考えを、すぐ行動に移した。それは、教室にある全ての机の中を見ることだった。他の生徒はまだ誰もいない。急いで、見て回った。だけども、無かった。自分の席に座ると、泣き出しそうになった。

「おはよう」

と、池田と亀岡は入ってきた。

「早かね」

二人は、声をかけてきた。

喜望は、

「うん」

とだけ、小さな声で返事をした。

授業が始まる。一時間目は、こともあろうに算数だった。教科書を無くしたとは言えないので、家に忘れてきたと担任の田中先生に申し出て、隣席の西田から見せてもらった。板書をノートに取りながら、悔しさがこみ上げてしょうがなかった。それで、授業にも集中できなかった。

喜望は、昼食を食べ終えると、職員室に向かった。算数の教科書を必ず見つけ出さないといけない、と決心していた。そして、田中先生に打ち明けた。先生からは「家とか学校のどこかに置き忘れたとか、そういうことはないか」と問われ、「絶対ないです」と断言した。田中先生は、調査を約束してくれた。

最終の六時間目が終わった。

「これから、君たちみんなに、机の上に両手を置いて、その上に顔を伏せてもらう。そして、質問するから、知っていれば静かに手をあげるように。いいね」

田中先生は言った。

「では、両手を置いて顔を伏せる。はい、ちゃんと顔を伏せて。目を閉じて。じゃあ、質問するぞ。東の、算数の教科書が、昨日からどこかに行ってしまっている。心当たりのある人は、静かに手をあげるように。——はい、分かった。いいよ」

それから二日が過ぎた昼食後、喜望は職員室に来ていた。そして、田中先生から、算数の教科書を返されるとともに、この件の説明を受けていた。一昨日、顔を伏せさて全員に質問した後、数人の生徒に聞き取りをしたという。そして、教室の後ろにある掃除道具を入れる収納庫の天井から、教科書が見つかった。やったのは、受験組の前里であった。前里には、昨日、職員室に呼び、二度とこういうことはしてはいけないと、十分に注意しておいた、と報告してくれた。そして、明日の補習授業が始まる前に、前里が謝ることを約束してくれた、とのことだった。

＊

喜望は、受験勉強の追い込みに懸命だった。

いよいよ入学試験が実施される、一九四五年三月となった。試験日は、今月の二十日からだから、あと二週間余りだ。科目は、国語、算数、歴史、地理、理科の五科目だ。それに加え面接が行われる。島の三月は、砂糖黍の収穫時期であり、また、一期目の田植えにも追われる。だから、農作業も忙しい時期ではあるが、新年を迎えてからは、受験に集中するため畑仕事も免除されていた。

しかしここに来ても、心の中は揺れ続けている。試験には必ず合格したい、その一念でいる。

だけども、船に乗ったとき、もし敵の戦闘機に攻撃されたらどうなるのか、不安を拭いきれない。実際問題、奄美大島に渡る定期船は、昨年六月の軍輸送船富山丸の沈没、さらには十月の米軍機来襲を受け、運行が中断状況になっていた。また、沖縄本島での戦いがじきに始まると噂もされている。それでも、中学に進めばきっと今より良い方向に向かうに違いないと、期待感も沸いていた。

いよいよ入試日まで十日となった。しかし、船が出る予定はまったくなかった。

喜望はそうなると、船が出ないことに一番頭を悩ませるようになった。やはり、ここまできて、試験を受けられないということほど悔しいものはない。そして、一週間前となった。担任の田中先生から、三日後の十六日に奄美大島行きの船が出るから、受験生は午後六時に亀徳港に集合するようにとの指示を受けた。またその際は、徳之島に戻る便も不定期であるから、長期に滞在できる準備をするよう言い渡された。

船が出る十六日となった。

喜望は、その前日までに、東の本家、徳富の祖父ちゃん、祖母ちゃん、元田のおじさん、おばさん、そして何より礼子姉さんにあいさつしに行き、受験のため島を出る旨を報告していた。本家では、頑張ってこい、と淡々と言われるだけだったが、祖父ちゃん、祖母ちゃんからは、本当に行くのかと念押しされ、くれぐれも気をつけるようにと、心配された。そして礼子姉さんは、一生懸命勉強してきたのだから必ず合格する、頑張って、と励ましてくれた。もちろん、礼子姉さんのはなむけの言葉が一番心にしみた。それでも、この先、礼子姉さんとも会えなくなると思うと、寂しかった。

奄美大島に渡る準備も前日までにすませていた。田中先生の指示通り、長期滞在となることも予想し、背嚢は受験科目の教科書だけではなく、何枚かの服と下着も詰め、満杯にした。

そして今、家族とともに少し早めの夕飯をとっている。

「兄ちゃん、いよいよね」

智子が言った。やがて五年生になろうとする妹は、もうすでに少女へと成長し始めている。その姿は、礼子姉さんにも似てきたように思えた。やはり、従姉妹同士なのだ。

「そうよ」

喜望は、淡々と答えた。

「兄ちゃん、もしこっちに帰れなくなったら、手紙書いてよ」

「うん」

「兄ちゃんが羨ましいよ。戦争がなければ、わんも女学校行きたかったよ」

智子は、寂しげにぽつりとつぶやいた。

喜望は、その言葉に戸惑い、何も返事できなかった。この一年余り、自分のことで精一杯で智子のことを思いやる余裕はなかった。だけどもよく考えてみれば、自分がそう希望したように、智子だって女学校を受験したいと思うのは当然なのだ。父ちゃんも母ちゃんも黙っているだけだ。

やがて母ちゃんが立ち上がり、隣の寝室に出て行った。しばらくして戻ってくると、再び正座し、机の上に封筒を差し出した。

「喜望、こん中に、百円が入っている。受験が終わっても、こっちに戻れなかった時のためのお金よ。大金よ、無くしたらだめよ。大切に使うんよ」

「わかった」

喜望はそう返事すると、封筒を背嚢のポケットにしまった。

いよいよ出発の時間となった。港までは、母ちゃんは勇吉の面倒があり、智子と浩良も歩くには距離があるので、父ちゃん一人が見送りに来てくれることになっていた。学帽を被り、紺の学童服姿で、玄関口に立った。背が低いにもかかわらず、背中には大きく膨らんだ背嚢を背負った。肩紐がどっしりとのしかかり、とても重かった。

「母ちゃん、行ってきます」

「気をつけて」

「うん」

喜望は、父ちゃんと二人、家を出発した。母ちゃんとも妹弟たちとも、しばらくは会えないのだと思うと、寂しくなる。それでも、港に向かって歩き出した。時間は午後五時過ぎで、外はまだ明るい。

港には、この島から受験をする三十数人の生徒たちと、両親らが集まった。その中には、奄美高等女学校を受験する、女子生徒も数人いた。それに加え、他校ではあったが二人の男性教員がいた。中学校と女学校がある奄美大島の名瀬まで、生徒たちを引率するのだそうだ。岸壁には、三隻の漁船が停泊している。いずれも小型船ではあるが、エンジンをつけている。どうして漁船を使うことになったのか、理由は聞かされなかったが、一行は三隻に分乗し、敵機に見つからぬよう夜陰に紛れ、奄美大島をめざすことになっている。

午後七時を過ぎた。日も落ち暗くなってきた。いよいよ漁船に乗る時刻となった。

「父ちゃん、行くよ」

「喜望、いよいよぞ。もう一踏ん張り、気張れ」

「うん」

喜望は、父ちゃんの見送りの言葉が意外だったので驚きながらも、嬉しかった。父ちゃんの顔を見ると、寂しそうで、今にも泣き出しそうだった。

*

喜望は、同級生の村岡征治、前里良介ら十数人と、二隻目の漁船に乗った。敵機に発見されないために、会話は厳禁とされていたから、口は固く閉ざしていた。

船は中央部分に操縦席となる船室があるほかは、野ざらし状態だ。生徒たちは、甲板の後方で円陣に座り、各自、胸の前に背嚢袋を置き、抱きかかえた。太陽はとっくに沈み、すでに真っ暗になる中、漁船はいよいよ出港した。亀徳港から中学のある奄美大島の名瀬までは、定期船便であれば、約三時間の航路だが、今日はゆっくりと進むので、到着は深夜午前零時ごろになるという。

喜望は、背嚢袋を両腕で抱きかかえた。不安だらけだ。もし、敵機に見つかったらどうなるのか。空を見上げると、晴れているから星ぼしが輝く。それでも心の動揺は鎮まらない。波は穏やかだが、いまだ冷たい海風に晒され、体が震えた。その分、背嚢袋を強く抱きかかえる。そして顔を預けると、やがて眠りについていた。

一体何時なのかも分からないが、「起きろ」との掛け声に、目を覚ました。周囲は、まだ真っ暗だ。漁船は、どこかの港に着いていたのだが、そこで降ろされた。そして、近くの国民学校まで歩かされた。学校では、引率の教員が、宿直の用務員の男性と交渉し、一同、教室に入れさせてもらった。そこで、引率の教員が説明する。ここは奄美大島の最南端にある古仁屋という地域であり、訳があって漁船はこれ以上進むことができなくなったという。名瀬は、古仁屋からさらに北上した地点にあるが、予定を変え、今晩はこの学校に泊まり、明日歩いて向かう、とのことだった。時刻は夜十時をとっくに過ぎていた。

生徒たちは、三つの教室に分かれ、それぞれぴったりとくっ付けた机に寝ることになった。数人の女子は一つにまとめられたが、男子と別々とはいかなかった。

喜望は机の上に体を丸め、背嚢袋を抱きかかえた。不安も恐怖も感じなくなっていた。ただ、一刻も早く眠りにつきたかった。

生徒たちは、朝七時過ぎには、古仁屋を出発した。

喜望も、重い背嚢を背負い、ひたすら歩く。道は奄美大島の幹線道だそうだが、しかし険しい。坂を下ったかと思ったら、またすぐ坂を上る。奄美大島は、群島の中でも一番大きな島であることは知っているけれども、その分、山も多いようだ。天候も良いから、汗だくになる。だけども今が真夏ではなく、三月の春であることは救いだ。

昼は、峠を下ったところにある海岸で休んだ。何という地名かは、分からない。引率の教員が言うには、名瀬までだいだい三分の一ほどの地点だそうだ。正直、驚いた。こんなに苦労して歩いているのに、まだ中間地点にも着いていない。

午後、再び歩き始める。黙々と歩く。すでに疲労困憊している。こんなんで、試験を受けても良い点数を取れるのだろうかと、不安になった。やがて、太陽も沈んでいく。今日中に名瀬に着くのか。いや、無理なように思う。それならどこに宿泊するのか。今、峠に向かう道をのぼっているが、集落、いや民家自体がすでにない。

ようやく峠に着いた。周囲は木々で覆われ、しかも日没は進み、辺りは暗くなり始めている。このまま山道を行くのだろうか。

「よし、全員止まれ。今日は、ここで野宿し、明日、名瀬に着くことになる。昨夜と同じ、それぞれの教室同士で組をつくって、休むように」

引率の教員が発言した。生徒たちからは、どよめきが起きた。不平と不満だった。だが、それでもどうしようもなかった。

喜望は、昨日、就寝を共にした十数人と、木の幹の近くに座った。古仁屋を出発したとき、学校周辺の住民が三個の握り飯を届けてくれたのだが、その中の最後を頬張った。

一行は、朝、七時前には、名前も分からぬ峠を出発した。

喜望も歩き始める。もはや、苦行と言うしかない。それでも、自分を含め生徒の誰一人、体調不良を訴える者はいない。何としてでも、名瀬に辿り着いてみせる、その根性だ。そして頭の中では、神戸に居る時にラジオで聴いた『麦畑』という流行歌の歌詞が浮かんだ。それは、中国の大地を敵地めざし、道無き道を雨が降ろうとも進んでいく、軍の姿を讃えている。今、兵隊さんたちと、同じ境遇なんだ。

二時間ほど歩いた。標高の高い峠に立った。これほどの高さの峠は、昨日から数えて三つ目だ。ここで休憩した後、また、歩く。一時間も行くと、やがて平野部に入るとともに、県道の周囲には家屋が立ち並ぶ。さらに行くと、民家だけでなく商店もある。一方で、田畑は見えない。間違いない、名瀬に着いたのだ。すれ違う人たちも、誰も裸足なんて人はいない。

それからさらに進み、指定された民宿にようやく着いた。民宿は木造家屋だけども、その向こうにある建物は、神戸にもあったビルディングと同じだ。

三

喜望は、三日目の試験に臨んでいた。神戸で買った、五つボタンの学童服姿だ。

大島中学校は、名瀬の中心地を走る県道の東に流れる新川を、安勝橋、通称大中橋で渡った先にある。北から時計回りに南まで、小高い山に囲まれた、その麓に位置した。試験会場は、その校舎の二階の一室だ。

今日は、面接試験だった。五人の受験生とともに、廊下に並べられた椅子に座って待機している。初日の一昨日、二日目の昨日は、各教科の試験だったが、どれも概ね解答できたように思った。これならいける、との思いを抱きはしていた。それでも、これから行われる面接に緊張する。もちろん、補習授業で模擬面接も行い、礼の仕方や着席方法、さらには答え方も教わった。それを、頭の中で反すうしていた。面接を終えた受験生が、廊下に出てきた。

「次の者」

教室の中から呼ばれた。

「はい」

喜望は大きな声で返事をして立ち上がり、教室入り口前に立った。そして扉を叩く。

「よし、入りなさい」

「はい、入ります」

喜望は扉を開けると、学帽を脱ぎ一礼した。中に入り扉を閉めると、その場に直立不動になる。

「座りなさい」

「はい」

喜望は受験生用の椅子の前に進んだ。そして、

「失礼します」

と、再び一礼して着席し、二人の男の面接官と向き合った。両手はそれぞれの膝の上に置き、軽く拳を握る。緊張はしている。だけども、ここまでは失敗もなく、順調にこなしていると感じた。

「最初に、名前、出身地、出身学校、階層を述べなさい」

「はい。名前はアヅマ・ヨシモチです。出身地は、鹿児島県大島郡亀津町徳和瀬です。出身学校は、町立神之嶺国民学校初等科です。階層は平民です」

喜望は、一語一語しっかりと、かつ、はきはきと言葉を紡いだ。

「次に、本校の志望動機を述べなさい」

「はい。将来、天皇陛下とお国のために役立つ、立派な臣民になりたいと思います。そのため、この大島中学校でしっかりと勉強をしなければいけないと考えたからです」

喜望は、よどみなく答えた。

「では、好きな科目は何か、その理由も述べなさい」

「はい。国語です」

喜望は答える。さらに続けようとした。

そこに、空襲警報のけたたましいサイレン音が鳴り響いた。同時に、「退避、退避」との叫び声も飛んできた。

二人の面接官は「椅子に座って待って」と指示した上で、廊下に出た。そして、「指定された防空壕に直ちに退避しなさい」と声を張り上げた。校庭の隅に造られた防空壕のどれに逃げるかは、予め受験番号によって決められていた。受験生たちが、いっせいに逃げ出す足音が響いた。

だが喜望は、身動きせず座り続けた。面接官から「待機せよ」と命令されたのだから、退避する訳にはいかない。足音は、いっそう激しくなった。一気に恐怖に包まれた。防空壕へ逃げたい。だが、次の指示はまだない。だから椅子から離れてはいけないのだ。やがて、足音もだんだんと遠のき、教室のある二階からは、ほとんどの受験生が一階へ下りて行ったことが分かった。

すると、教室の扉が強く開けられた。

「馬鹿、何をしている。さっさと、退避せよ」

と一人の試験官が怒鳴った。

「はい、分かりました」

喜望は、立ち上がると学帽を被り、走り出した。昇降口を出て、立ち止まった。すでに大方の受験生は、防空壕に逃げ、ここに居るのは逃げ遅れた数人だ。米軍機が攻める爆音が響く。恐怖でいっぱいだった。しかし、戦闘機そのものは見えない。躊躇している暇はない。校舎とは対面にある防空壕に向かって、校庭を突き抜けた。そして、最も短い距離にある一号防空壕に辿り着いた。

入り口にいた教官が聞いた。

「受験番号は何番だ」

「はい。三百四十五番です」

喜望は再び直立不動になり答えた。

「馬鹿。お前の防空壕は三号だ。そっちに行け」

教官は怒鳴り散らし、さらに先にある三号防空壕を指差した。

「はい」

喜望は返事した。体は震え、泣き出しそうになった。だが、移動しなければいけない。再び走り出した。

　すると、後方から、戦闘機が追っかけてくる爆音がした。振り返ると、すぐそこの頭上に戦闘機があり、パイロットの顔もしっかり見えた。アメ公は真顔だ。と同時につまずき、地面にうつ伏せに倒れ込んだ。咄嗟に頭を抱え込むと、米軍機が射撃する〝ドドド〟との機関銃の爆音がした。もうだめだ、と思った。が、米軍機は頭上を越え、飛び去って行った。再び立ち上がり、駆け出した。三号防空壕に着いた。

「受験番号を言え」

「はい。三百四十五番です」

「よし、入れ」

　喜望は防空壕に転がり込んだ。

　こうして、入学試験の全てが終了した。

　喜望は、村岡と前里と共に、学校近くの宿に戻ったが、ほとんど口を開かなかった。米軍機に襲われた恐怖がまだ続いていたことと、防空壕を間違えたことに落胆していた。防空壕を間違えたのは致命的だった。それが理由となり、入学試験は受からないに違いない。そうであれば、いっそ米軍機に撃たれてもよかったのだ。

＊

喜望は、受験に晴れて合格し、念願であった中学生となった。大島中学は一学年五組、約三百人が在籍するが、その一年三組だった。国民学校の同級生、村岡と前里も合格していた。

面接試験の最中に、米軍の空襲を受け退避命令が出されたが、指定されていたのとは違う壕に駆け込んだことで、すっかり不合格になるだろうと思いこんでいた。だから、五日後の合格発表を見に行くのも気が重かったが、掲示板に「３４５番」の受験番号を見つけたときは、本当に嬉しかった。それで、一刻も早く両親と家族に報せたかったが、徳之島に行く船は結局、出ることはなかった。

それで民宿に留まりながら、自分一人で入学手続きや制服の調達やらを行った。不安ではあったが、どういう手続きが必要かは中学校の教員が指示してくれたので、従った。そして一つ一つ処理していくうちに、いよいよ大人へ成長しているのだと、実感もできた。

一方、手続きの合間には時間をつくって、散策にも出かけた。名瀬の街は、島の中央部の西側に位置し、海に面している。海岸線はかなり深い入り江となっていて、この地のシンボルでもある立神と言われる大きな立岩もあり、景色は良かった。その湾曲する海岸線の根もとに広がるのが名瀬だ。奄美群島の中では最も開けていて、郡都ともいうべき役割を持つ。裁判所や検察といった国や鹿児島県の機関がある。また、飲食店やら映画館といった娯楽施設もあった。散策の結果、さながら神戸を思い出し、胸も躍った。

新学期が始まった今は、寮に入り、そこで生活を送っている。

しかし授業は、米軍が頻繁に襲ってくるようになり、ほとんど行われていない。何でも沖縄本島で、いよいよ日本軍とアメリカ軍の戦いが始まったことが影響しているらしい。奄美大島には、先日、この島に上陸した古仁屋に、海軍の基地があるとのことで、沖縄戦を戦う米軍にとっては、基地のあるこの島も攻撃する必要があるというのだ。中学に進学し、この名瀬に暮らし始めたことは嬉しいが、戦争の恐怖は増していた。

受験の時は、実際に米軍の機銃掃射に遭い、九死に一生を得た思いだが、今度は弾が実際に当たるかもしれない。そして先日、その基地の通信部隊を補助するために、大島中学の二年生五十人が志願し、赴任して行った。であれば、一年生の自分もこの先、軍隊の仕事に就かされるかもしれない。

寮の生活も大変だった。戦争が始まってから卒業が繰り上げとなり、四年生が最高学年だ。四年生は、下級生には常に威圧的態度で臨み、絶対的存在だ。逆らうことなどできない。食事などは、ただでさえ食材が欠乏しているから、四年生から取り始め、最後の一年生の時には、ほとんど何も残っていない状況だ。だから、自分たちで山に行き食材を調達する必要があった。

四月下旬となった。学校はとうとう休校になってしまい、寮生にも帰宅指示が出た。だけども、船は相変わらず止まったままだから、奄美大島ではない、他の島から入学した生徒は寮に残るしかなかった。

喜望は、前里と二人で県道を歩き、山に入っていた。そこは竹藪だったが、竹の子掘りをしていた。土から少し芽を出したばかりのものを見つけては、根から掘りだす。それを食材とするのだけども、芋などといっしょに煮物にすれば美味しい。竹の子は、神戸の頃から食卓によく出されたが、好きな食材であった。二時間も竹の子掘りに集中し、それなりの成果を得た。学校で借りた竹籠を背負い、藪を出て県道に入った。すると、一人の男が木の根元に座り込み、タバコを吸って休憩していた。年は四十代ぐらいだ。

「お前ら、何やってる」

男は、びっくりした様子だ。急に目の前に二人男子が現れたので、驚いたのだろう。

「何って、竹の子掘りよ」

喜望は言った。

「お前ら、大中生か」

男は、喜望たちの被る学帽を見つめていた。

「そうよ」

「大中生が、何で竹の子掘りよ」

「食べるためよ。わんら、一年生よ。寮では四年生から食事したら、一年生には何もねぇ。で、わんらで、食料も調達せんとだめ」

喜望は言った。

「そうか。難儀なことや」

男は、同情するかのような口ぶりで言った。

「おっちゃんは、何してんの」

「家に帰る途中で、疲れたから休憩さぁ」

「家はどこ」

　喜望は質問した。

「県道をまっすぐ行って、名瀬の隣の小宿ちゅう島よ」

「そうねん。で、どこ行ってたの」

「徳之島よ」

「え、徳之島っち」

　喜望と前里は、二人して声をあげた。

「何、驚いてんのよ」

「驚くのは、当たり前よ。船にどうやって乗った」

　喜望は詰問した。

「それは、言えねぇ」

　男は黙った。

「おっちゃん、教えてなぁ。頼む」

　喜望は頭を下げ、続ける。学校が休校となったが、定期航路が止まっている中、徳之島出身の自分らは家に帰りたくても帰れず困っていると、語る。そしてまた、頭を下げ、この竹の子を分けてもよいと言った。

「わかった、わかった」

　男はタバコをもみ消すと、続ける。徳之島に行ったのは軍に徴用されたからで、そこで飛行場建設をやらされたという。それで、徴用期間が終わり帰って来たが、徳之島から古仁屋まで、軍が用意した船で戻った、と説明した。ただ、船に乗っていたのは軍人の他には、自分らのように徴用された者だけだと言った。

「分かったか。だから、お前たち中学生が行っても乗れんよ。気の毒だが、しばらく名瀬で様子見ろ。それによ、軍の船だから、いつ攻撃されるかも分からんっち」

男は言った。

「そうか。でもよ、名瀬に居ても、アメ公の空襲があっと」

喜望は反論する。

「それもそうや。後は、おまんらで決め」

男は言った。

「わかった」

「それとよ、今話したことは、絶対に誰にも言ってはだめよ。徳之島で飛行場を造っていたとか、軍の船で海を渡ったとか、絶対だめよ」

男は、そうきつく念を押すと、さっと立ち上がり、一人すたすたと名瀬に向かって、県道を下って行った。

喜望と前里はその場に残り、腰を下ろした。

「どうするね」

喜望は質問した。

「うん」

前里は、唸るだけだ。

「古仁屋、行こうや。寮に残っても、米軍の空襲がひどくなるだけよ。良介が残るって言うならよ、わんはよ、一人でも行くよ」

喜望は、きっぱり言った。

「分かったよ」

前里も同意した。

＊

喜望は夜七時、県道が山に入る地点である、与儀又に来ていた。そこに、前里ら二十数人が集まっていた。

一昨日、竹の子掘りをしていた際、たまたま徳之島に戻る手段を知ったのだが、そのことを一昨日、昨日の二日間かけて、徳之島出身の大島中生と奄美高女生に、可能な限り声をかけた。その結果、古仁屋に向かう決心をした者が、今、ここに集まった。

みなには軍のことは出さず、「古仁屋に行けば徳之島に行く船に乗れる手段が見つかった。だけども、古仁屋に行ってみないと、確実に乗れるかどうかは分からない。それでも行くなら、今日の午後六時三十分に与儀又に集まってほしい。そして、徳之島出身の生徒がいたら、誘ってほしい」と伝えた。あくまで、秘密裏の声掛けだ。その結果の二十数人だった。

だが、親友の村岡征治は居なかった。彼は、寮ではなく下宿生活をしているのだが、その下宿に何度か訪ねたが、いずれも不在で会うことができなかったのだ。

夜七時となった。日の入りもとっくに過ぎ、暗くなっている。一行は、古仁屋に向けて歩き出した。この時間の出発となったのは、前里ともよく相談し、軍の船に乗るまでは、どうしても秘密裏に事を進めなければいけないと、決めたからだ。歩くのは夜、昼は極力休むことにしているから、行程は山中で二泊野宿するという、かなりの強行となる。だが、弱音を吐く者もいなかった。

出発してから三日目の朝を迎えた。一行はようやく、古仁屋に着いた。ここを拠点にして、軍と仲介する人物を手分けして探さなければいけない。そのためにはまず、宿を確保する必要があった。それで、先月この古仁屋に着いた時に建物自体を見て記憶していたのだが、「元」という民宿があることを知っていた。

喜望は前里と共に、宿泊の交渉役となった。玄関口に入り申し入れると、宿屋の主人は両親といっしょなのかなどと、訝しげに聞いてきた。それで、軍の船が出るということは伏せたが、近いうちに古仁屋から徳之島に向かう定期航路が再開すると聞いたので、それを待ちたいのだと、正直に話した。

「分かりました。だけども、定期便が運航を再開するという話は、全く聞いたことがない。本当の話ですか」

「名瀬で、ある人から教えてもらったのです」

「そうですか」

「もし、定期航路が再開しなければ、漁船に乗ることはできないものですか」

喜望は切り込んだ。

「それなら、直接、漁師たちに聞くしかない」

「そうですか。これは噂ですが、軍の船に乗せてもらうことができる、と聞いたのですが、知りませんか」

「知らん、知らん」

主人は強く否定した。

だけども一行はこうして、民宿に泊まることができた。早速、軍との仲介者が必ずいるに違いないからと、そういう人物を探し始めた。漁師、行商人、さらには畑仕事をしている農夫と、手当たりしだい聞きまわった。だが、何の情報も得られなかった。

一週間が過ぎた。一通の封書が一行の元に届いた。封書には「大中生のみな様」と宛名が書かれているだけで、差し出し人はなかった。中から便箋を取り出すと、「明日夜十時、X浜から徳之島に向け、船舶出港」とだけ書いてあった。

一行は賛否両論、喧々ごうごうの議論を始めた。

「この手紙こそは、探していた仲介者からのものだ」

「どうもおかしい。信用できるのか。浜に行ったら警察がいて、逮捕なんてことだってある」

もちろん大声は出せないが、意見をさんざん交わした。そして「信用できない者はさらに留まるか、名瀬に帰ればよい。この手紙にかけようと決心した者は、あす発つ」と、まとまった。

生徒たちは結局、全員、浜へと向かった。午後九時過ぎ、着いた。やはり、あった。浜の波打ち際に一隻の船が停泊していた。船室はなく、前方と後方に機関銃が装着されている。間違いなく軍の船だ。船には、生徒全員を含め三十人以上が乗った。そして、暗闇に紛れ出港する。操縦するのは、軍服姿の兵隊だった。

四

喜望たちは、徳之島北部の集落、山の浜に朝四時過ぎに着いた。昨晩十時過ぎに古仁屋を出発して、暗闇の中をゆっくりと航行した。偵察と思われる、はるか上空を飛ぶ敵機を見つければ、こちらの存在を気づかれぬよう、エンジンを止めた。すると、黒潮にたちまち流され、後戻りしてしまう。そういうことをくり返しながら六時間余りかけて、ようやく到着したのだった。

集落の海岸線には、埠頭などの港湾設備はない。それで船は、直に砂浜に乗り上げた。何でも、敵地に上陸するための船なので、こうしたことはお手の物なのだそうだ。エンジンが停止すると、艦首の鋼板がぱたりと倒れ、開いた。

喜望は、その船首から浜へと降り立った。感無量だった。これで、家に帰ることができる、家族に会えるのだと、希望が湧いた。だけども、この山から徳和瀬まで、道のりは遠い。海沿いを通る県道を、ひたすら南に下らなければいけないのだ。十キロ、いやそんなものではすまない、二十キロはあるのではないか。前里を含めた数人と共に歩き始めた。

道は上り下りを繰り返す。休憩も度々とった。途中、日の出も迎えた。帰宅中に日がすっかり落ち、暗くなったことはあるが、夜明けを越えるのは初めてだ。そして、共に歩いてきた学友とも別れ、県道を左に曲がり母校の国民学校にぶつかる。始業時間はとっくに過ぎたが、授業をしている気配は感じられない。学校を抜けると、かつての通学路に入った。左手に海が見える。さらに進むと、いよいよ徳和瀬に入った。奄美大島に渡り一カ月半余りしかたっていないけれども、懐かしかった。次の丁字路を右に曲がりまっすぐ行けば、我が家だ。

「母ちゃん」

喜望は玄関戸を開け、声を張り上げた。

だが、何も返事がない。

「母ちゃん」

もう一度叫び、靴を脱ぎ家に上がる。居間に入るが誰もいない。そういえば、これだけ大声をあげたのだから、勇吉が泣き叫んでもよさそうだが、何の反応も示さない。子ども部屋にも誰もいない。背嚢袋を置くと台所を探す。再び居間に戻った。家は空っぽなのだと、理解した。

みんなはどこに行ったのだろう。父ちゃんは、畑仕事に行っているに違い。智子と国民学校一年生となった浩良は学校だ。じゃあ、母ちゃんと勇吉はどこにいるのか。急に不安になった。円い食卓の前にあぐらをかき、腕組みをして考え込む。そうだ、洞窟に逃げ込んでいるに違いない。集落の山側にある洞窟は、防空壕代わりになっている。米軍の空襲が来て、そこに逃げているに違いない。

喜望は、集落の西側にある山に入り、道を上った。頭上は熱帯樹林で覆われ、左右は崖だ。左は頂へとそそり立ち、右は麓へ落ちる。気が急いているから、急ぎ足だ。やがて、墓の前に着いた。その裏手に回った。頭の高さほどの崖の表面に穴が空いていた。ここが、防空壕代わりの洞窟だった。よじ登った。中は暗くてよく見えない。入口は、背丈の半分ほどの高さだ。

「母ちゃん」

喜望は小さく声をかける。

「誰よ」

女の人のささやく声が届く。

「喜望よ」

「喜望か」

「ようよ」

「こっちよ」

喜望は、その声に引かれ、両手両膝を地面につけ四つん這いで中へと進む。すると、勇吉を紐で負ぶった母ちゃんがいた。

「生きていたか」

喜望は、母ちゃんに抱き寄せられる。母ちゃんは泣いた。傍らには、智子、浩良もいた。何でも、今日の朝、学校に登校しようとしていたとき、米軍が襲ってきたそうだ。それはこれまでになく、かなりの時間、この徳和瀬集落を空襲していったので、また米軍機が来るに違いないと、隣近所でここに逃げ込んだそうだ。奥には近所の住民がいる。父ちゃんはいなかった。二週間程前に軍に徴集され、島の北西部にある基地で働いているという。

「兄ちゃん、生きててよかった」

智子も、再会を喜んだ。

「手紙も来ないから、心配してたよ。中学は受かったんよね」

「そうよ。受かったよ。大中生よ」

「兄ちゃん、偉いな」

智子は抱きついてきた。

「こっちは、毎日毎日、空襲があって、大変よ。兄ちゃんが大島に行った後に始まった沖縄での戦闘ではさぁ、爆弾の音が響いてくるわけ。米軍の艦砲射撃らしいのよ。本当に恐いよ」

するると、勇吉がぐずり始めた。

＊

喜望は、兵舎に鳴り響く起床ラッパの音で起き上がった。島の西北部にある基地で、四日目となる軍事教練が始まろうとしている。徳之島に戻ってから、大中が休校となった代替として、国民学校の高等科に通っていた。校舎はこの三月に卒業した、初等科といっしょだった。その高等科の授業の一つとして、約五十人の男子生徒を対象とした軍事教練が五日間の日程で行われているのだ。梅雨に入って間もない五月下旬のことだ。沖縄での激戦は続いているが、米軍は次はこの島にやってくるに違いないと、囁かれていた。

軍事教練は、島の基地に配属されている下士官が教官となり、「一億玉砕の精神をもって、鬼畜米英を迎え撃つ」との訓示のもと始まった。この三日間、木銃を使った銃の構え方と撃ち方、ほふく前進の訓練があった。さらには、三八式銃の訓練もした。

喜望は、三八式銃を担ぎ、ほふく前進する訓練が、最もきつかった。ほふく前進とは、歩兵部隊が敵陣地に攻め込む際などにとる姿勢のことだ。地面に腹這いになり、手足を使い進む。小柄な自分には銃はあまりにも重く、持つのに精一杯だ。実際にこんなんで弾を撃ったとしても、敵兵に当てることはできないのではないかと思ったぐらいだ。だが歯を食いしばった。士官は「銃の構えがなっていない」「頭が高すぎる」などと、容赦なく罵声を浴びせる。しかも、時にはビンタを食らわすのだ。恐怖以外の何ものでもない。

喜望たちは、今日も体操着姿となって、基地近くの山の中の広場にいた。そこには、長い塹壕《ざんごう》があった。今日の訓練は手榴弾の使い方だ。塹壕に全員横一列に並び、しゃがんだ。小ぶりの芋大の、ゴム製模擬手榴弾を持つと、教官の手本どおり、弾頭の安全ピンを抜いてから地面に叩きつける。そして、一、二の三のタイミングで下から上空に向かって放り投げた。目標は、より遠くに飛ばすことだ。

喜望は、放物線を描く手榴弾の軌跡を見る。左側にそれながら距離も伸びなかった。咄嗟に、まずい、と思った。教官から怒鳴られる。だが、「弾拾え」と教官は命令した。再び手榴弾を拾うと、塹壕に戻り、安全ピンを入れなおし放り投げた。こうして訓練は続いた。途中、梅雨時ならではの、じとじとした雨が降っていた。

雨は止むことなく降り続いた。午後は、基地近くでの訓練だ。その県道には、等間隔に掘られた蛸壺壕が並んでいる。蛸壺壕は、肩幅強の直径に深さは大人の肩ほどで、人一人が入る壕だ。釣り道具の蛸壺に似ていることから、そう言われている。

生徒たちは順番に一人ずつすっぽり入り、円筒の形をした木製模擬爆弾を腹に抱え込む。壕のすぐ前には、米軍の戦車に見立てた軍のジープが停めてある。後方には、腹這いになった兵士が銃を構えていた。教官が「突撃」と命令する。すると、蛸壺壕に入っていた生徒が、模擬爆弾を抱えたまま飛び出し、ジープの車体中央に据え付けられているマットに体当たりした。

喜望は、自分の番を待つ。学友たちの姿を見つめながら、この訓練は弾とともに命を捨てる肉弾攻撃なのだと理解していた。雨にすっかり濡れているから、体も冷える。恐怖で震えも起きる。だが、決して教官に悟られてはいけない。

「次」

「はい」

喜望は、蛸壺壕に入り、模擬爆弾を抱える。

「突撃」

「うぉー」

喜望は叫んだ。雄叫びだ。そしてジープのマットに体当たりした。

「ばか者。立て」

教官は叫ぶ。

「はい」

喜望は立ち上がり、直立不動になる。

「叫び声をあげるとは何事だ。敵に発見される。歯をくいしばれ」

「はい」

喜望は、ビンタを一発食らった。


梅雨も明けた、七月中旬のことだ。

喜望は、母ちゃんと妹弟たちと、山にある洞窟に逃げ込んでいた。肩を寄せて口を固く閉ざす。朝から米軍機が相次いで島にやって来て、爆弾を落としたのだ。その数は、これまでにない大規模なものだった。六月下旬には、沖縄の日本軍は苦戦をしいられていると報らされていたが、いよいよ米軍はこの島を攻めに来る、この空襲はその前触れだと、慄《おのの》いた。

洞窟の外からは、米軍機のけたたましいエンジン音と機銃掃射の爆音が響いてくる。誰もが息を殺していた。

すると、母ちゃんに負ぶさった勇吉が、鳴き声をあげ始めた。母ちゃんは、紐を解き勇吉を下ろすと、無言で胸に強く抱いた。だが、勇吉は泣き止まない。今度は、揺りかごのごとくに揺すった。だが、鳴き声はひどくなった。

「静かにさせ」

他の家族の一人が言った。

「そうさ。米兵に聞かれたら大変よ。この洞窟見つけられてしまうさ」

と、また別の家族の一人が続けた。

すると、「そうよ」「そうね」との相槌が広がる。

だが、勇吉は泣き止むどころか、母ちゃんの腕の中で暴れ始めた。

「泣き止まないなら、黙らせんか」

また、誰かが言った。再び「そうよ、黙らせんか」との相槌が広がった。「黙らせろ」とは、泣き止まぬなら息根を止めろとの隠語だった。

母ちゃんは、一度、ぎゅっと勇吉を抱きしめると、横にいる智子に渡した。それで、自分の手を引いて、みなの前に出た。

「どうか、みなさん。許してたぼれ。ここにいるのは、赤子の兄の喜望。喜望は、将来、みなさんの役に立つことを念願して、中学に入り勉強している。その喜望も、弟が死んでは、もう生きていけないよ。どうか、許してたぼれ」

母ちゃんは、ひざまずき頭を下げ、ひたすらもみ手を繰り返した。やがて、勇吉の鳴き声が止み、他の家族たちも静まった。

＊

喜望は、軍の仕事の任期を終えた父ちゃんと、農作業に追われていた。八月も中旬に入り、二期作目の田植えが始まっていたのだ。それも二人きりだ。昨年、一昨年は、家族総出となり一日仕事で片付けたが、今年は米軍の空襲を考え、日数はかかるが最少人数でやるしかなかったのだ。

戦局悪化は明らかだった。何でも今月に入ってから、内地の広島、長崎に新型爆弾というものが落とされ、大勢の人が亡くなったらしい。さらに何と言っても、沖縄を占領した米軍が、いつ攻めて来るかも分からないのだ。この島の上空を朝と昼の二回、戦隊を組んで内地へと飛んでいく米軍は、沖縄から飛んでくるに違いないが、そいつらがいつ徳之島を攻撃して来るかもしれない。だから年中行事の浜下りも、今年は中止せざるを得なかった。

喜望は屈みながら苗を植えつけると、顔の汗を拭った。そろそろ午前の仕事を終える時刻だ。真夏の太陽の下では、昼は作業を休み、夕方からまた再開することになる。

そこへ、南の沖縄の方角から戦闘機が飛んできた。米軍機だ。すぐに父ちゃんと二人、木陰に隠れた。だが、米軍機は、機銃掃射もいっさいしてこない。先月、洞窟の中で勇吉が大泣きした日の大きな空襲を境に、米軍の空襲は止まっていたのだが、今日も攻撃をする様子がないのだ。代わって、何やら白い紙のようなものをばら撒いていた。

喜望は、米軍機が去っていくのとは反対に、ひらひらと舞い降りてくる白い紙を手にした。ざら紙だった。そこには「日本の皆様」と題名が書かれていた。

「ばか、喜望。米軍が落としていった物を拾う奴があるか。捨てろ」

父ちゃんが怒鳴った。

喜望は、びっくりして、ざら紙を捨てた。すると父ちゃんが、田んぼの水に落ちたそのざら紙を踏んづけた。

集落の人たちは、午後一時に、県道沿いにある広場に集められた。八月十五日だった。なんでも、役所から大事な報告があるというのだ。

喜望も、父ちゃん母ちゃんと三人で、広場にいた。妹弟たちは家で待機している。一体、どんな報告があると言うのか。もしかしたら、いよいよ米軍が攻めて来るから、決戦に備えるようにということか。そうなったら、自分たちも少年兵として戦地に行かなくてはいけないのか。不安が募った。午後一時を二十分も過ぎただろうか、ようやく役場の人間が到着した。

「皆さん、大変に残念ではありますが、日本はポツダム宣言を受け入れ、負けたのです。天皇陛下のご聖断が下ったのです。これにより、戦争は終わったのです」

役人は、必要最低限のことだけを報告した。

喜望は、あ然となった。戦争は終わったのだ。良かった、と思った。だけども、日本は敗れた。

家に着くと、全員が居間に集まった。そして父ちゃんが改めて、日本が敗れて戦争が終わったことを報告した。続けて、この先、どうなっていくかは見当もつかないが、役所からの情報を注視するよう話した。

「母ちゃん、死なんで良かったね」

智子が、表情を晴れやかにして、言った。

「そうよ」

母ちゃんも、優しく言った。

戦争が終わり、二週間が経った。島民の間では、沖縄の米軍がやって来て、男も女も奴隷にされてしまうのだと、まことしやかに囁かれてもいる。

喜望は、そんな噂にはほとんど無頓着であり、大島中学からの学校再開の報せを、今か今かと待っていた。もうすぐ月が変わるが、通常であれば九月から二学期は始まる。だが、戦争終了後の混乱が続き、知らせが届くまで待機せよとの指示が出されていた。

昼食をとった後、家で休んでいた。八月下旬とはいえ、南国はまだ真夏だ。父ちゃんは、やり残した作業を片付けるため、畑に出ていた。すると、「こんにちは」と玄関口から声がした。

喜望が出た。

そこに立っているのは和服姿の若い女の人だ。見慣れない顔だ。下駄を履いている。この徳和瀬集落の住人ではないと思った。

「こんにちは。東さんのお宅ですね」

最初のあいさつではあったが、その話しぶりは、ぎこちないと感じた。島でもなければ内地の発音とも違う。

「そうだけど」

「お父さん、いらっしゃる」

女の人は、父ちゃんを訪ねて来たようだった。だけども、畑仕事に出ていて、帰りも遅くなると告げた。そうしたら、残念そうな顔をしながら、「また出直す」と言って帰って行った。

しばらくして、祖母ちゃんの家から帰ってきた母ちゃんに、女の人のことを告げた。母ちゃんも、まったく聞き覚えのない人だと訝った。

一週間が経った。学校からの授業再開の連絡は、まだきていない。一方で、この一週間で、「東の喜通の家に、ピーヤンがやって来た」と、集落の中で噂になっていた。

喜望も、それを耳にし、自分の父ちゃんのことなので、無関心ではいられなかった。ピーヤンとは、先日訪ねて来た女の人のことなのだろうと察しながら、どうも良くない人なのだろうと思っていた。当の父ちゃんは、知らぬ顔だ。

しばらくして、また、例の女の人の声がした。幸か不幸か、またもや父ちゃんも母ちゃんも不在だった。

喜望は、玄関に立った。

「お前は誰よ。何しに来た」

「私は、お父さんに、大変、お世話になった者なんです。それで、もうじき島を去るので、一言、御礼を言いたいんです」

女の人は、落ち着いている。

「嘘つけ。父ちゃんはおらん。帰れ」

喜望は怒鳴った。そして土間に下りると、女の人をにらんだ。

「そうですか。分かりました」

女の人は、体を反対側に向けると、出て行った。

喜望も玄関の外に立ち、後ろ姿を追った。女の人のことが憎かった。それで、小石を握ると投げつけた。小石は地面に一度ぶつかるとまた跳ね上がり、女の人の腰に当たった。

女の人はよろけ、しゃがみ込んだ。そして右手を腰に当てた。しばらくすると立ち上がり、また歩き出した。

第五章　思惟の峠

一

　喜望は、大島高校の一年生として、英語の授業を受けていた。内容は英文で書かれた随想を和訳するものだったが、教員が一文一文を日本語に直していくのを、聞き漏らすまいと、必死にノートをとっていた。英語という課目は苦手であったから、逆に、授業には集中していた。

　時は、一九五〇年の二月だった。戦争が終わり五年になろうとしている。国内では、アメリカを中心とした占領のもと、主権在民と恒久平和を理念とした新憲法の制定を根幹とする、一連の民主化が進められた。その一環として学校制度も変わった。それまでの男尊女卑の精神を否定し、誰もが教育を受ける機会を平等としたのだ。小学校六年、中学校三年が義務教育、さらに高校が三年、大学は四年となった。この新しい学制は本土では、一九四七年四月から始められていたが、この南の離島である奄美群島では、一年遅れて一九四八年の四月からだった。ただし、中学校から高校への移行は本土と同時期におこなわれ、一九四九年四月、新制大島高校が発足した。来年度には、女子生徒が入学してくるという。

喜望は、こうした一連の措置を、当然、歓迎していた。特に、新憲法によって戦争放棄がうたわれたことは大賛成だ。これで、戦争にいくことが無くなったのだ。米英との戦いが始まった時は、欧米列強に支配されるアジア諸国を解放する正しい戦だと信じていた。だが、一九四四年の夏に徳之島沖で輸送船が撃沈され、多数の死体が浮いた光景を目の当たりにし、さらには自分自身が米軍の機銃掃射を受けもして、戦争とは残酷で恐ろしいものだという観念を抱くようになっていたのだ。だから、自分が戦争で死ぬことはもう無いのだということは、率直な悦びだった。だが、個人的な生活を振り返ると、こうした社会の動きに反して、この五年の月日は苦難の連続だったと思わざるを得なかった。中学の授業に復帰できたのは、戦争終了から二カ月余り後の十月だった。授業自体は九月に再開していたのだが、戦後の混乱から、徳之島に帰郷していた生徒への復学指示が出されたのが、十月だったのだ。どの科目も小学校の頃に比べ数段に難しくなり、遅れを取り戻すのは大変なことだった。特に、中学から新たな科目となった英語には大変苦労させられた。基礎中の基礎である、アルファベットすら、理解できない。それで、補講授業をやってもらい、何とか遅れを取り戻しはしていた。

そして、学校生活の中でも最も苦痛を味わわされたのは、寮生活だった。世の中は一連の民主化によって変わっていたが、寮は旧態依然、上級生絶対の封建社会のままだった。掃除洗濯はもっぱら下級生の仕事、水団《すいとん》、芋、豆ぐらいの粗末な食事も上級生からとり、一年生などはそれこそ残りかすしか食せなかった。だから、いつも空腹状態であった。

それで、二年生となった四月の中旬に、授業を受けている最中に倒れてしまい、病院に担ぎ込まれたのだ。原因は栄養失調だった。確かに、体重も減り、痩せ衰えていたし、目にも影響が現れていた。黒板の文字が霞んで読めないのだ。結果、医師からは半年余りの休養を命じられた。そしてこの診断を担任教員に相談すると、半年間、授業を休むとなると単位が不足する恐れもあるから、思い切ってこの一年間休学した方が良いと指導された。

喜望は、休学という言葉を初めて聞かされたが、一瞬意味がのみ込めず、聞き返していた。それで、この一年は学校を休み、来年の四月に再び二年生として復帰するということを理解したのだが、不思議と焦りや不安はそれ程、感じなかった。と言うのも、年齢は一つ上だが、中学受験に一度失敗し高等小学校に通いながら、二度目で合格した同級生もいたからだ。

そして、学校に休学届を出し、両親と妹弟の暮らす徳之島の実家に戻ったのだ。一九四六年の五月のことだった。療養生活の日々は家で大半を過ごした。本当に穏やかなものだったが、それは何と言っても、父が最大限に協力してくれたからだ。中学受験にはあれほど反対したが、今度は、必ず体を治して学校に戻れと、励ましてくれる。だから、実際に田畑に出たとしても、この体力では何の役にも立たなかっただろうが、農作業は免除された。さらに、食事面では、特に気を使ってくれた。毎日の食事には、自分には決まって卵が出される。これには妹弟から不平がしばしば出されたのだが、「兄ちゃんは、病気や」と言い聞かせてもくれた。また、時には夜に近くの川に行き、遡上するウナギを捕まえてきては、食べさせてもくれた。

こうして、療養生活を送ったが、大きな不安もなかった。いや、そうではない。一九四六年二月二日に出された宣言により、沖縄などと共に奄美群島が日本本土から分離され、米軍によって直接の占領下におかれたことは、とても心配であった。直接占領とは、つまり米軍による軍政のことだった。従って、宣言の一カ月後には、大島に米軍人がやって来て、名瀬にある県の支庁舎には「北部南西諸島米国海軍軍政府」が設置され星条旗が翻った。直ちに布告が出され、島民に対し軍令を絶対に順守するよう強制した。通貨も「B円軍票」に切り替えたし、本土との自由な往来も禁止された。つまり、奄美は日本ではないということになった。

だからだろう、一九四六年六月に実施した、二十歳以上の男女に投票権が認められた衆院議員選挙には、奄美群島の人々には参政権が与えられなかったのだ。この選挙は、新しい憲法を審議する国会議員を選ぶものでもあったから、結局、奄美群島の島民は、新しい憲法をつくる代表者を選んでいないことになる。それに、本土より一年遅れて新しい学制に移行したのも、米軍の占領下に置かれた影響に違いない。

しかし、喜望は、衆院議員の選挙権が与えられず、学制が一年遅れたことは、そんなに気にならなかった。一方、自由な往来が禁止されたことには、心底危惧していた。本土に渡りたくても渡れないという状況では、中学を卒業した後、上の学校に進学したくてもできない、ということを意味する。中学より上の学校は、奄美群島にはなかった。

こんな風に、軍政の動向には敏感にならざるを得なかったが、一方では楽観もしていた。島民の間では、この措置も日本全体が占領されている間の暫定的なものであり、国の独立が回復されたならば、奄美も沖縄も日本国に復帰するに決まっている、と噂されていたからだ。

そして喜望は、一九四七年四月に、中学二年生として復学した。ただし、上級生が絶対である寮生活はやめた。栄養失調になったのも、この生活が影響しているに違いなかったし、同い年である人間を先輩と敬うことに抵抗があった。それで、再出発となる二年生春からは、下宿生活に替えていた。

*

喜望は放課後、文芸部の月一回の定例合評会に参加していた。今日の課題作品は、芥川龍之介の「羅生門」だ。

高等学校に進学すると、かねてからの希望であった、文芸部に加入していた。小学校高学年、中学校を通して、授業科目である国語は好きだったし、成績が良かったこともあるが、一年の休学中、日記をつけることを自らに課したことが、大きかった。「療養中の気力を保つのに役立つ」と、担任教員が薦めてくれたので、書き始めた。

最初の頃は、とにかく日記帳に向き合い、その日の出来事を時系列に書き並べるだけだった。だから、どちらかと言えば義務的だった。が、やがて、病に対する自身の心の動きやら、家族の何気ない気遣いや振る舞いなども記すようになった。そうなると、日記をつけるのが楽しくなったのだ。それで、高校生になったら文芸部に入りたい、いやそれだけではなく、将来、文章を書くことを職業にできないか、漠然とそんなことも思い始めていた。

合評会は、報告者が作品内容や自身の意見を述べたうえで、各自が自由に発言する、という形式で進められる。今回の報告者は、久留俊平だ。彼は現在二年生であり、部長を務めている。合評会の出席者は、一年から三年までの総勢十七人のうち六人の部員だった。

俊平は「羅生門」の題材となった、今昔物語の「羅城門」と比較しながら、作品を読み解いていく。「羅城門」は、もともと盗賊の男が京の都に夜盗に入るという説話である一方、芥川の「羅生門」の主人公の下男は、もともと善悪の区別を持ち、悪は悪として憎んでいたと説明する。しかし、下人は店を解雇され明日の生きる糧も乏しく、謂わば、極限状態に追い込まれていくのだが、そういう状況の中で次第に悪へと染まっていく心理をていねいに描いたものだ、と指摘。それは、現代に生きる人間が表現されているのであり、さらに、現在の奄美人の姿そのものだと、結論付けた。

「奄美は群島外の本土や沖縄との往来が禁止されてよ、島民の生活は困窮を極めている。それで、若者たちが、密航船に乗り沖縄に渡ってもよ、その多くが戦果隊という盗賊団に加わり、女たちの中にはパンパンになった者もいるよ。だけど、彼らは、そんなふうになりたくてなったわけではなか。生きていくために、仕方なく悪の道に入ったわけね」

俊平は、最後は興奮気味になって話を結んだ。

喜望は、考えさせられた。俊平は、「羅生門」の下男の姿に、彼自身の近未来を想像しているに違いないのだ。いや、それは自分自身のことでもあるかもしれない。

戦果隊とは、新聞の記事にもなるが、焼け野原となった沖縄で、仕事を失った若者たちが徒党を組み、米軍基地に、生活品や医薬品、日常雑貨などを盗みに入る盗賊のことだ。つまり、盗賊とならなければ生きていけない青年たちであり、その中に奄美の若者たちが多く加わっているというのだ。

確かに、奄美の現状は、窮乏を極めている。戦争が終わり、これでようやく自由になれると思ったのもつかの間、米軍の指令によって、本土あるいは沖縄との往来が禁止された。そうなると、生活物資の流入も激減し、欠乏してくる。今では米軍の配給なしには、島民の生活は維持できない。つまり、奄美の経済は混乱した。だいたい、こんな南の離島では、本土と沖縄との交流なくしては、成り立たないのだ。

その中でも労働問題は特に深刻な打撃を受けた。主産業である農漁業の他に、役所、学校、郵便、土建ぐらいしかない産業の中で、それらにあぶれたなら本土や沖縄に向かい、職を探すしか生きる道はない。だからこれまで、奄美の人たちは、そうやって生きてきた。実際、自分の父も母も、徳和瀬での農業には限界があると知り、神戸に出たのだ。

だが、渡航が禁止となり、生きていく糧である就労の場に就けないのだ。そうなると、多くの若者が職を失った。しかも、本土からの引き揚げ者も加わるから、問題は深刻であった。それで生きていくために止むに止まれぬ手段として、密航をする。密航は、その名の通り米軍令に反する、違法手段だ。だから、警察や軍に見つかれば、投獄される。しかし、生きるためには危険を犯してでも渡らざるを得ない。

そして、本土に渡りついたなら、何らかの職に就けるかもしれない。しかし一方の沖縄は、甘くないのだ。戦前から、沖縄に渡り、職に就く奄美の人々は多くいたが、戦後は様相が一変していた。つまり、地上戦によって荒廃した沖縄に渡っても、仕事がないのだ。それで、戦果隊という盗賊になってしまうのだった。

喜望は、俊平がその戦果隊に入ってしまう、などと考えている訳ではない。だいたい、彼は学内にあっては成績上位者で、東京、それが無理なら九州の旧帝大に進学する希望を持っていた。だが、本土との行き来ができなくなった今、大学受験そのものの道が閉ざされていた。当初は、日本が主権を回復したなら、戦前と同じように奄美も日本に戻れる、と噂されてもいたが、どうもその見通しも立たないのだ。そればかりか、米軍は日本復帰を口にすることさえも厳禁にしている。実際、この高等学校にも、頻繁にジープに乗った米軍がやってくるが、それも復帰の声が生徒たちから広がらぬように監視しに来ていると言われていた。大学に進学できないのなら、卒業後、一体彼は何をするのだろうか。

その問いは、翻って、自分自身に向けられる。戦争が終わったなら、必ず神戸に帰る。親友の李、うどん屋の娘前田静香と再会したい、その一念で中学受験もした。だが、現状では、上の学校へ進みたくても進めない、島を出たくても出られない。それでは、徳和瀬に戻り、農業を継ぐのか。絶望としか言いようがなかった。

合評会は終わった。各々の部員は雑談にふける。とは言っても、最近の話題は、この春からこの大島高校にも女子が入ってくるということがもっぱらだった。新三年生、二年生は編入者を、新一年生は大高の受験者として入ってくるのだ。

「喜望、新学期になったら、文芸部にも女子が入部するよう、勧誘しないといかんな」

　俊平は言った。

「何を馬鹿言うか」

　喜望は口を尖らせる。俊平とは、文芸部に入り面識を持ち親しくなったが、一学年上の先輩なので敬語を使う必要がある。だが、そもそも入学は同じだから、対等の付き合いでよいと断ってきた。彼は学内に残る、上級生絶対の封建的学風を忌み嫌っていた。だからだろうか、この大高が共学となることにも前向きであり、我が文芸部にもぜひとも女子生徒を迎え入れたいと念願していたのだ。

「何で、女子を入れる必要があるか」

　喜望は反対だった。やはり、抵抗があったのだ。教育を男女とも平等にすることは反対ではない。だが、学校を一緒にする必要がどこにあるのか。旧制でも高等女子学校があるのだから、それを女子中学、女子高等学校とすればよいのだ。

「まだ、そんなこと言うか。だいたいよ、紫式部とか清少納言とか、日本文学の大家には女がいっぱいさぁ。女子を迎えないでどうする。それによ、男も女から生まれくる。お前だってよ、母ちゃんのあそこから、出てきたんぞ」

「何を馬鹿、言うか」

　喜望は、はき捨てるように言った。だが、本音では、女子が入ってくることに、無関心ではいられなかった。

＊

喜望は、妹の智子から、彼女自身のことや家族のことなどを綴った手紙を、折に触れ受けとっていた。それによって、弟たちの様子も知ることができた。

次男の浩良は、この春に小学六年生となる。中学進学について、「兄貴は中学で名瀬に出た。自分も名瀬に行かせろ」とせがむと言う。名瀬は、群島内で一番開けているから、それに憧れてのことのようだ。

たしかに、自分が中学に入学した時には、電気、水道が通っていたぐらいだから、名瀬は家族の暮らす徳和瀬に比べれば、都会であることには違いない。実際、敗戦直後は空襲によって焼け野原となったが、今は、復興も著しい。飲食店やら映画館を備える繁華街も再建された。とくにこの名瀬では、いくつもの劇場が建てられ、どこも盛況のうちに演劇が上演されていた。浩良も神戸で生まれて、大都会の生活の一端を体験している。その記憶が蘇るのだろう。その気持ちは理解できるし、もっと言えば憧れよりも徳和瀬という田舎を飛び出したいのだ。だけども、両親は同じ町内に新しく中学ができたのだから、そこに進むのが当然だとして、請け合わないとのことだ。

三男の勇吉もこの四月、小学校に進学する。彼は末っ子だけあって、姉の目から見ても甘えん坊に育っているという。両親も滅多に叱らないものだから、わがままだ。逆に兄の浩良が、なぜ面倒を見ないのだと叱られることもしばしばで、気の毒に思うと書いてきた。ただ、そうであるからか、浩良は口数は少ないが忍耐強くなっていること、それは時には頑固ともとれる性格なのだそうだ。

こんなふうな手紙を、これまでにも寄こしてきていた。

喜望は、智子が書いて寄こした最新の封書を開いた。

兄ちゃん、私も、この三月には、中学を卒業します。そうしたら、高校に進みたい。それもも っと本音を言えば、兄ちゃんの通う大島高校を受験したいのです。せっかく、この四月からは、女子も通えることになったのだから、ぜひ挑戦したい。ですから、もっと、学校の様子を知らせて下さい。

でも、大高は無理でしょう。それは分かっています。何と言っても、家は貧乏ですから。だけども、高校には絶対に進学したい。昨年の春には、亀津に徳之島高校も開校しています。大高とは言いません。ですが、徳高に進学したいのです。

礼子姉さんも、苦労はしたけれども、三月には編入学した徳之島高校を卒業し、そして、沖縄に渡るそうです。沖縄には、教員の資格をとれる学校があり、そこに通うそうです。今、その準備に忙しいそうです。お姉さんも、こうして自分の夢を叶えるため、頑張っているのです。

私も、高校に行きたい。そうして、高校を卒業したら神戸に帰り、大学に行きたい。それが夢です。

ですけども父ちゃんは、高校進学など認めない、女に学問はいらぬ、の一点張りです。母ちゃんは、初めの頃ははっきりとは言いませんでしたが、今では、お前が望むならそうしろ、と話します。なので、後は父ちゃんがうんと言えばいいのです。

それでお願いですが、兄ちゃんからも父ちゃんを説得してください。お願いします。私は、このまま徳和瀬で一生を送るなど、絶対に嫌です。よろしくお願いします。

智子の手紙を読み終えた。女子が男子と同じ教育を受けるとは、どういうことなのか、考えさせられた。彼女が大高を受験したいと書いていたことには、正直、何をたわ言を言うのか、と腹も立った。確かに来年度からは、女子も入学できるが、やはり、大高は男子校でなければいけないのだ。それは男女平等などということ以前の問題だ。それなのに、自分の妹が受験するなどとは、論外のことだ。

一方で、教員になりたいとの夢に向かって精一杯に努力している礼子姉さんのことは、嬉しくて仕方がなかった。いや、それは嘘で、一点だけ、沖縄に渡ることに、不安を抱いてしまう。渡航は以前よりも随分緩和され、許可を受ければ合法的に行けるから、何も密航ということではない。だから、その点は心配ない。戦果隊という盗賊も、男たちのことで、礼子姉さんには関係ない。つまり、パンパンという問題だ。彼女らは、米兵相手に、いやらしいことをして金を儲ける女たちのことであり、奄美から渡った青年女子たちもかなり関係している、との理解はあった。だから、その点が不安なのだ。無論、礼子姉さんに限って、そんなことがある訳がない、と断言するが、やはり心配だ。

そうであれば、智子の大高に進みたい、との願いを素直に受け入れられないのか。高校自体に進学したいとの希望は、もっともだと思うのだ。であれば、大高受験も認めるのが筋だ。だが、感情が許さない。智子は確かに、学校の成績は良い。小学校の高学年の頃には、自分よりも「優」の数は多かったし、中学でも学年の上位五人には入っていると、母からも聞かされていた。だから、大高も合格するに違いないと思う。

しかし、それは兄としては、妬ましい出来事であるには違いなかった。兄妹の中で、長男である自分自身が、常に成績も最優秀であることが求められるし、そうありたかったからだ。それに、大高にやってきて、良い成績を残せば、さらに自分の立場は狭くなる。でもどこかで、妹が賢いということが、自慢でもあった。

喜望は、考えに考えた末に、返事を書いた。自分自身のことで精一杯だから、父を説得することはできないが、徳之島高校の受験は頑張ってほしい、と淡々と文書をしたためた。智子がこれを読んだならどう反応するか。きっと、失望するに違いない。

二

喜望は放課後、文芸部の部室にいた。部長であり一年先輩の久留俊平と、部の運営についての話し合いを終えたところだった。

決めたことは、新学期となった四月も中旬を迎え新入生が部活動に加わってくることになるが、その際、新入部員の歓迎の意を込め、演劇を鑑賞するというものだ。演目は、戦争が終わった後に奄美の人たちによって旗揚げした劇団が演じる、「犬田布一揆」だ。これは最近、この名瀬で好評を博し長丁場の公演となっている、人気演目だった。奄美の歴史上の事件を題材とした創作作品でもあるから、文芸部員なら観ておく必要もあるだろうとなったのだ。

提案したのは俊平ではあったが、当然、大賛成だった。演劇を観ることは、神戸に居た時も体験のないことであったから、胸が躍った。しかも、演目の「犬田布」とは、両親の暮らす徳之島にある地名のことでもあるから、いっそう興味がそそられていた。

「じゃよ、鑑賞会の件は良いね」

俊平は、再度、確認してきた。

「おお、そうね。楽しみよ」

喜望も声を弾ませた。

「でよ、話は変わるけどよ、五月の上旬に前期の自治会役員選挙があるよね」

「おお、そうね。俊平、また立候補するねん」

　喜望は、彼は必ずそうするだろうし、またそうしてもほしいと考えているから、念押しするつもりで聞いた。自治会とは生徒組織であり、本土の高校ではすでに生徒会と呼称を改めている学校もあるが、バンカラ気風の残るこの学校では旧制中学以来の呼称を、そのまま使っていた。彼はその自治会の副委員長なのだ。

「おお、そうよ。それでよ、喜望、お前も立候補せんか」

「何よ、急に。自治会役員なんて考えたこともない」

　喜望は笑った。実際、俊平は日頃、文芸部の活動では、自治会活動のことを話したことはない。だからだろうか、自分には役員選挙のことなど他人事だった。

「まあ、そうだろう。だけどよ、自治会は、もっと変わる必要がある。だからよ、前期は無理でも、後期は考えておいてくれ」

「わかった。そんな恐い顔すんな」

　喜望は、少しにやける。自治会をもっと変える必要があると熱弁されても、一体どういう意味なのか、理解できないのだ。話題を変えたかった。

「それより、卒業後はどうする」

　自治会のことも大事だろうが、三年生となった彼にとって、進路はそれ以上に重要なことだと思う。翻って、自分自身の問題でもあった。

「考え中」

俊平は、気分を害したのか、むすりとなった。

「そうか」

喜望は、彼の表情をうかがいながら、悪いことを聞いたかと、後悔した。実は、どんな返事がくるかは、だいたい予想できていたのだ。それなのに、咄嗟の思いつきで、無遠慮なことをしてしまった。

俊平は、学年の中でも成績上位者だ。だから本当なら東京か、それが無理なら九州の旧帝大を受験するつもりでいた。だが、奄美が米軍の直接占領化に置かれた今、本土への渡航が厳禁となり、受験そのものができなくなってしまったのだ。それでも諦めきれないのであれば、密航をするしかない。が、密航は米軍令に反するものだから、成功すればよいが、発覚すれば懲役刑は免れない。だから、本土の大学受験を断念するか、さもなくば、密航を決断するかのどちらかだ。

さらに、大学受験を諦めるなら、島に残ることになる。その場合、彼の父親はこの名瀬市の役人だから、農家、漁師のように家業を継ぐということはできない。採る道は、父のように公務の職に就くか、あるいは代用教員にでもなるかだ。

進路の選択肢は、既に限られている。だが、そのどれもが、彼の意に反するのだ。だから答えなど易々と出せないことは、よく理解している。にもかかわらず、つい質問してしまった。心底申し訳なく思った。

が、俊平は、

「沖縄に行こうかと思う」

と、返してきた。その口ぶりは冷静だった。

「何よ、沖縄って」

喜望は、逆に、しかめっ面になった。

奄美と同じ直接の米軍占領下にある沖縄には、軍政府の許可をとれば渡航はできる。実際、現在までにも、仕事を失った奄美の多くの人たちが仕事を求め渡っている。しかも、今年に入ってから、基地建設の仕事も増えた分、許可も緩和され渡航しやすくなっているそうだ。

だが、沖縄での奄美の人たちの暮らしは、大変だと聞かされている。基地建設の仕事に就いても給料はスズメの涙だそうだ。それで、生きるためには仕方がなく、男は窃盗団に、女は〝パンパン〟に手を染める者も少なくないのだ。だから、この春に沖縄に行った従姉の礼子姉さんのことが心配でたまらない。目的は教員資格を得るための学校に入ることだから、応援はしている、でも心配なのだ。できるなら、今すぐにでも呼び戻しに行きたいとも思う。その沖縄に、俊平は渡ると言う。

「知ってるか、沖縄によ、この春、大学ができるさぁ。そこに進もうかと考えてる」

「大学ができる、本当か」

「本当よ」

俊平は静かにこたえた。

「沖縄は奄美とは兄弟島よ。俺の親戚も、那覇でずっと暮らしている。その親戚の厄介になりながら、大学行こうと思うわけよ。本当は、東京、行きたいけどよ、仕方ない」

「そうか」

喜望も静かにうなずく。嬉しくなった。きっと礼子姉さんも、新しくできる大学を目指しているに違いない。それならば、安心だ。

それともう一つ、卒業後、自分もその沖縄の大学に進学するのも良いのではないかと、思いついた。二年生となった今、実は俊平と同様に、卒業後のことは大変、悩んでいる。本当なら中学を卒業したならば、神戸に帰るつもりでいた。そして、神戸に戻り、上の学校に進みたかった。だが、密航をしなければ、もうできない。では、そうするかと問われれば、決心はできないのだ。さらに、島を出られないのであれば、父の農業を継ぐしかないのか。いや、百姓になるのは絶対嫌だ。結局、八方塞がりなのだ。

そこへ、沖縄に大学ができるという報せだ。何も渡沖は本望ではない。だが、島に残るよりも大学に進学したいに決まっている。

喜望は下宿に戻ってきた。智子からの手紙がきていた。彼女は、彼女自身の信念を貫き、徳之島の高校へと、この春、進学していた。粘り強く、父を説得したのだ。便せんには高校生となった、新鮮な心の有り様が、生き生きと表現されていた。自分も嬉しくなった。

＊

喜望は、文芸部の部員と共に、文化劇場に来ていた。参加者は、部長の俊平、在校生の大山恒夫、それに新入部員の福山幸吉、西とみ子、吉川洋子だった。五月初めの日曜日のことだ。歓迎会を込めた、演劇「犬田布騒動記」の鑑賞日を迎えたのだ。

文化劇場は名瀬中心地の少し外れにあった。建物は、屋根はこけら葺き、壁は板打ちの平屋、つまり掘っ立て小屋そのものだ。劇場内も簡易なものだ。床などない。土間の上に、ほんの短い脚を付けた、木製の長い板が数十本、舞台に対して平行に渡してある。それが席であり、観客は中腰状態で、木の板に横並びに座る。客席は満員だ。誰もが立てた膝を抱え、隣とは肩を密着させていた。そして、蒸し暑かった。

喜望は、建物自体は粗末ではあるが、生まれて初めて入った劇場に、やはり興奮していた。窓は無いから、場内は暗い。その正面には舞台があり、そこには、むしろを代用しているのだろうが幕がある。そして、何よりも熱気が凄い。同時に、意図せぬものだったが、隣には新入部員の吉川洋子が座り、肩がくっつく。素知らぬ顔をしているが、どぎまぎしている。だからなおのこと、意識を舞台に集中させようとした。

拍子木が打ち鳴らされ、幕が開く。舞台には、一人の粗末な着物姿の農夫が登場し、スポットライトに照らされた。「皆さん、私は今から八十八年前、農民一揆であるとお咎めを受け、他島に流され、この世を終えました、徳之島犬田布の百姓、喜美武でございます」と客席に語りかける。芝居がいよいよ始まった。

農夫、すなわち喜美武は続ける。江戸幕府成立の数年後、奄美は薩摩の植民地的支配を受けるようになり、島民は重い年貢の取り立てに苦しめられたという、悲劇的歴史を打ち明ける。「男女、十五歳から六十歳まで、島津にへつらう島役人や一部を除いて、すべて藩の宝の砂糖の生産増強への強制ふ役の割当」「牛や馬に等しい働きを要求される奴隷の毎日になったのでございます」

喜望は、舞台に視線を送りながら、え、そうなのかと、目から鱗だった。事前に、俊平からこの芝居は、歴史的事実を題材にしていると聞かされていたが、そうすると、奄美は薩摩の植民地的島であったというのも本当なのだろう。初めて知ったことだ。つまり、俺の曾祖父母は、江戸時代に生まれているが、奴隷だったということか。

芝居は、島民たちが薩摩から受けた過酷な年貢取りたての実態を演じながら、終盤へと入る。薩摩の役人が、私腹を肥やすため、年貢の一部を着服するという謀略を企てる。それを隠ぺいするため、農夫の義盛が年貢を横領した、という事件を捏造する。でっち上げの罪を白状せよと、義盛は、拷問の一つ、石責を受ける。両腕を後ろ手で縛られたうえで、正座させられる。腿の上に、長方形に切られた数枚の石が重ねられた。「義盛、返答はどうだ」「か、変わりません。たとえ殺されようとも、変わりません」

喜望は、舞台の義盛の叫びに、釘付けだ。膝に積まれた石の重みが伝わり、両掌を握る。でっち上げ事件に、決して屈しない。その姿に、勇気をもらっていた。

そして、拷問に耐え抜く義盛に励まされた、喜美武たち仲間数人がついに立ち上がる。怒りに震え、取調場の義盛を、力づくで奪還した。さらに、この報せが島全域に行きわたると、百人を超す島民集会の成功へと実を結ぶ。結果、義盛と彼を奪還した喜美武たち数人の仲間は、本来、死罪となるべきところを、遠島に減刑され、事件は終結する。つまり、島民たちの正義が、薩摩の役人の悪を打ち負かしたのだ。

喜望は、もう感動しっぱなしだ。目頭も熱い。舞台では、登壇者が島の民謡である「よいすら節」を合唱する。いつか、父が三線を弾きながら歌っていた、物哀しい曲だ。それが、いっそう涙腺を緩ませる。だが、堪える。涙はこぼさない。幕が引いた。くり返し、くり返し、拍手を送った。

＊

「では俊平、この作品が描かれた歴史の背景を紹介して下さい」

喜望は文芸部の部会の司会者として、口火を切った。二日前に鑑賞した演劇「犬田布騒動記」について意見や感想を出し合う、合評会を開始した。参加者は演劇を鑑賞した六人だ。狭い部室の中央にある机を取り囲み、椅子に座っていた。

「それじゃ、本土では近世と言われる、徳川幕府が成立した辺りから、奄美の歴史を報告します」

俊平も着席したまま、切り出した。まず、奄美は、江戸時代初頭、九州の南部を支配していた大名の島津家によって、その領地の一部に組み込まれた、と説明する。それまでは、琉球王国の支配下にあったが、一六〇九年に薩摩藩が軍隊を派兵し、琉球は従属国となり、一方の奄美は、今日でいうところの植民地支配を受けるに至った、と話した。

「薩摩は、奄美を支配下におくと、農作物の生産を、米作から徐々に、砂糖黍栽培へと、強制的に移行させた。砂糖黍は熱帯地方に育つ作物だから、奄美でも栽培可能な訳だ。それで、黍から作る黒糖に重税をかける。島の農民は本当に苦しめられた。黒糖は、本土では生産することのできない珍しい甘味として重宝がられ、高値で取り引きされる。薩摩の重要な財源になるわけよ」

喜望は、他の者もそうだが、俊平の報告にすっかり釘付けだ。これは決して人ごとではない、自分の家の歴史そのものなのだ。実際、徳之島の我が家は米作りもしているが、それは家族が食するためのものぐらいだ。現金収入の大半は、砂糖黍による。その理由が、彼の報告の中にあったということだ。

俊平も、ますます熱を増しながら、先を続ける。税の取り立ては、苛酷極まりない。例えば、幼子が悪気はまったくなく、わずか一切れの黒糖を口にしてしまう。それもあまりにも腹を空かせていたためだ。それでも役人に見つかれば、容赦なくお咎めを受ける。死罪だってあった訳ね、と語る。また、砂糖黍が凶作であっても、重税は変わらない。それで、度々、島民は飢餓に苦しめられた。中には、税を払えなくて、やんちゅ、という奴隷の身分になった者もいるくらいだ、と説明した。

喜望は、そうなのかと、また納得した。「やんちゅ」という言葉は、父が以前、ふと口にしたことがあるので、知ってはいた。そして、貧乏のどん底にある者の代名詞なのだろうと理解していたが、その真相を知ったのだ。つまり、税が払えず、奴隷となったのだ。

「でもよ、やんちゅだけではないよ。島の人間全員が、薩摩の奴隷になったのと、同じよ」

俊平は言った。薩摩は、不満が爆発し一揆となることを防ぐため、島外に出ることはもちろんのこと、島民の移動を厳しく制限した、と説明する。だから結婚は、同じ集落内に生活する男女間でしか認められず、どんなに好きになっても他集落の者であれば、夫婦になることはできなかった。

「だから、自然と、近親婚も増えるわけよ。近親婚は、頭の悪い子どもが生まれる確率が高いわけ」

俊平は言った。

喜望は、もしやと思った。近親婚という言葉は初耳だったから、意味は理解できない。しかし、悪いことであるだろうことは、察しがついた。であれば、両親は一体、どうなのだろう。父母の結婚した経緯など知る由もないが、同じ徳和瀬という島で生まれ育ったことは間違いない。親戚の中には、父の縁戚であり、かつ母の縁戚でもあるという人もいる。

「それによ、薩摩の役人は、島に赴任すると、妾を必ずつくったわけ。それは、女の方に旦那が居たとしても気に入られたら、離婚をさせてでも妾にするわけね。芝居の中のまづるも、薩摩の役人から強要されるでしょ。それはそういう意味さぁ。でもよ、まづるは、断固拒否したでしょ。偉いよね」

俊平は続けた。そして、当時の島の行政機構を説明する。奄美群島の各島々には薩摩の代官が設置されるとともに、各集落では島の人間から村役人を選ばせた。薩摩の支配体制を守るためだ。それは横目と言われる役人たちだ。無論、彼らも農民であることにはかわりない。だから、集落の人々の生活を守るため、薩摩の圧政の防波堤になった者もいる。一方で、薩摩の手下となり、島民をいじめ、自らの利益を貪る卑怯者もいた、と話した。

喜望は、またも考え込んだ。横目衆という在郷役人がいたことは知っていた。と言うのも、東の本家の喜豊大叔父の家は、明治になるまで、徳和瀬の、つまり当時は和瀬島の横目だったのだ。では、自分の祖先でもある横目役は、集落の人々の味方であったのか。薩摩の悪政に毅然と対峙したのか。それとも、薩摩に媚びへつらう下っ端だったのか。

「島全体が、奴隷にされたわけだけど、薩摩の税の取り立ては、幕末、明治維新を迎える頃になると、いよいよ厳しくなった。つまり、倒幕運動の先頭にいた薩摩にとって、出費はかさむ。それで、惜しみなく戦費を捻出するために、奄美にはいっそうの重税が課せられた。つまりさぁ、明治維新は、奄美の犠牲の上に行われたということよ」

俊平は断言した。

喜望も、納得した。同時に、神戸から徳之島に帰る途中、鹿児島の義秀叔父が「西郷隆盛は奄美にとっても恩人」と呟いたことが、頭の中に蘇った。西郷といえば薩摩の武将であり、明治維新の功労者だ。俊平が言うように、維新の際、薩摩が奄美を犠牲にしたとするなら、その大将ともいうべき西郷は、なぜ「恩人」と言えるのか。逆に、恨んでも止まない人ではないか。

俊平は、話を少し止めると、持ってきたわら半紙を両手に持ち、広げた。それは、彼が書いた物であろうが、徳之島の地図だ。そこには、「幕政時代の徳之島行政図」と題名が書かれ、芋のような形をした島が、「東間切」「面南和間切」「西目間切」の三つに分けられている。

「間切とは、当時の行政単位で、今でいう町村ね。犬田布は、面南和間切の中にある、集落よ」

俊平は、地図の中の犬田布を指す。島の南西部に位置し、海岸線に沿った集落だ。

「あの戦艦大和はよ、この村の沖合いの彼方で沈没したらしいけど、その犬田布で、幕末の一八六四年に、実際に起きた事件だ」

　俊平は一旦、言葉を切る。そして続けた。舞台では、黒糖横領の罪をなすり付けられた農夫は義盛と言ったが、実際、濡れ衣を着せられたのも義盛という人だ、と話す。そして、農民百五十人程が暴動を起こし、拷問を受けていた義盛を奪還し、七日間も、森に逃げ篭城した。

「その結果、薩摩の役人も、態度を軟化せざるを得なかった。舞台の通り、義盛ら首謀者は、磔の刑を免れ、島流しになった。それと、この一件が奄美群島全域に伝わり、年貢の取り立ても、かなり緩められた。奄美の勝利で終わった」

　俊平は言った。

「最後に付け足すが、今の奄美の状況は、犬田布騒動の時期と、同じではないだろうか。薩摩が、米軍に替わっただけよ。それで、我ら奄美は、本土から切り離され、本土への渡航も禁止された。しかも、薩摩支配以来、島民の間にある、長い物には巻かれろ、という貧乏根性も全く同じよ。米軍の言うことには、何でもはいはいさぁ。こんなんで良いのか」

　俊平は力強く発言を結んだ。

「詳しい報告でした。ありがとう。大変、勉強になりました。では、討論に移ります。各自から感想、意見を出して下さい」

　喜望が、彼の発言を引き取った。

三

「では、どうぞ。最初に自己紹介したうえで、意見や感想を発言して下さい」

喜望は少し不機嫌になりながら、文芸部部会である「犬田布騒動記」の合評会で、最初に手を挙げた吉川洋子を指した。

「私は今年の春、大島高校二年生に編入しました。大高に入れたなら、文芸部に入りたいと希望していました」

吉川は切り出した。セーラー服姿の彼女は、二年生に編入学してきた三人の女子のうちの一人だった。

喜望は、目をいっそう強ばらせる。いまだに、この大高が共学となり女子生徒が入ってきたことが、どうしても許せないのだ。そもそも旧制度の時から中学、高校は男子が学ぶ学校だったのであり、それをどうして女子と机を並べなければいけないのか。大高は、伝統どおり男子の学校であるべきなのだ。幸い、女子の誰とも同じ組にならなかったことは、せめてもの救いだった。

「私は、登場人物の一人で若い女という設定の、まづるの態度に、大変共鳴しました」

吉川が続ける。劇中で「まづる」は、同じ集落に暮らす「義武」という若い農夫と恋仲であり、将来を約束している。そんな器量良しの彼女に、薩摩の役人が横恋慕し妾になることを強要するが、毅然とこれを拒否したのだ。そして、年貢の横領という捏造をかけられた義盛の事件では、薩摩役人に屈することなく、最後まで仲間と共に闘った。

「島の女だって、不正には決してひざまずかない、しかも、自分の信じた愛を貫くわけよね。とても感動したよ。これからの時代の、女性の生き方よね」

吉川は、遠慮することもなく、いや、溌剌と語った。

「私は、女学校時代も、文芸部に入っていたけど、こういう作品を読み鑑賞し、それでよ、男子とも熱く意見を交わしたかった訳さぁ。終わります」

「はい、分かりました」

喜望は、彼女の発言を引き取った。無論、それ以上は口にはしなかったが、「男子とも熱く意見を交わしたい」などとは生意気な奴だと、苦虫を噛んだ。

「次は、俺ね」

新入部員の福山幸吉が手を挙げる。

「今年入学した一年生よ。と言っても、年は部長の俊平、それに喜望と同じなわけね。だから、二人のことも、兄、とは呼ばないよ」

幸吉は体躯《たいく》は小柄であり、顔は整い利発そうではあるが、童顔だ。しかし、発言は威勢がよい。

奄美大島の龍郷出身で、国民学校高等科から新制中学を卒業したうえで、大高に進学してきた。

「俺もよ、大変、感動した。将来、演劇のこと、特に脚本の勉強をしたくてよ、親には無理言って、大高に入ったわけ。入学早々に、こういう芝居を観れたのは良かった」

幸吉は、得意満面だ。

「でよ、本音言うと、将来は本土に出て、芝居の仕事に就きたいのよ。でも、俊平が言うように、米軍政府によって、渡航が禁止されているでしょ。それは、おかしなことと思うわけ」

　幸吉は発言を結ぶ。

　喜望は、彼のその利発な顔立ちの奥に、とても強い意志があるに違いないと直感した。

「新入生の西とみ子です。名瀬出身です」

　西が発言した。セーラー服の彼女は、控えめに俯く。丸い瞳とすらっと高い鼻筋が通る面差しであった。

「大高にはとても憧れてました。でも、受験したいとは自分から言えず、悶々としてたんです。そうしたら、担任の先生が、成績は足りてるから受けてみろ、と後押ししてくれました。高校では、とにかく勉強したい」

　西は、相変わらず顔を俯き加減にしていた。そして、誰とも目を合わせないようにしている。

　喜望は、吉川には対抗意識むき出しにしたが、不思議と西への意識は違った。名字は違えども、東と西、方角を表す言葉であるという点では同じだ。そんなことが気になったのか、それとも口実か、流し目でその表情を何度も盗み見ていた。

「それで、さっきの俊平兄の講義は、知らないことばかりで、とても勉強になりました。私の名前は西といいますが、この一文字姓は、薩摩支配の影響があったと聞かされたことがあります。今日の話は、私自身のことなんだと思いました」

　西は、発言を終えると顔を上げ、俊平に視線を送った。

喜望は、急に、心中複雑になった。

「大山恒夫です。沖永良部島出身の二年生で、喜望と同学年です。でも、高等科を卒業して大中に入りなおしたから、年齢は一つ上よ。だから、この中では最年長者になるね。それと、編入学した洋子とは同じ組です。まさか、文芸部に入るとは思わなかったけど、よろしく」

恒夫は笑顔で、吉川に軽く会釈した。

喜望はそんな姿に、吉川を前に何をにやけているのかと、憤った。とにかく大男の彼は、室内なのに学帽を被る。しかも、つばを上向きにして、恰好つける。詰襟は第二釦まで外した、バンカラの硬派野郎に違いないのだ。事実、この前までは、「大高は男子校であるべし」と二人して気炎を吐いていた。それが、なんだ、その顔は。

「俺も、この芝居では、まづる、もうし、の二人の女子《おなご》が登場するが、二人とも意志が強く感動した。奄美の女子は、もともとそういうものかも知れんね。それと、俺はよ、数学は得意だから、分かんないことがあったら、何でも聞いてよ」

恒夫は発言を終えた。

喜望は、また、不快になった。彼は確かに、数学の成績は良い。だから、何度か、試験前に助けてもらったこともあるのも事実だ。ただ、数学だけでなく他の教科含め、成績は優秀なのだ。何を、鼻の下を長くするか。そう悔しくなると、黙っていられなくなった。

「俺も、西と同じ方角を意味する東よね」

喜望は、切り出した。本当は、名前の「とみ子」と呼びたかったができない。

「それで、母は、旧姓、徳富、っていう。だけど、本当は、徳、という一文字姓よ。これも、薩摩の影響さ」

喜望は、咄嗟に、鹿児島の義秀叔父から、秘密ごとを打ち明けるように教えられたことを思い出し、つい口にしてしまった。だけど、徳が徳富になったのが、薩摩支配の影響があったのかは、知らなかったのだ。だが、西の視線が自分の横顔に向けられたと感じ、優越感も抱いた。

「でも、喜望のあんまの徳は、もともとの一文字姓が二文字姓になっているでしょ。そういうのは、明治以降のことよ」

吉川が、すかさず反論した。

喜望は、徳富姓にいつなったのか知らない。なので彼女の言い分に反論できず、逆にしかめ面をした。

だが、吉川の発言を皮切りに、各出席者から様々な感想や意見が出され、議論は盛り上がった。

そして、俊平がまとめた。

「文芸部は、こんなふうに、合評会中心にやっていきます。みんな、よろしく。最後だけど、俺は、今の奄美の状況は、犬田布騒動の時期と同じ、薩摩が、米軍に替わっただけ、と発言した。幸吉は、米軍政府によって、渡航が禁止されているのはおかしい、と言った。でもよ、これは部室で話してもいいけど、外では絶対だめよ」

「もう少し、詳しく」

喜望は、促した。

「米軍政府は、島民が少しでも本土復帰の話をすることを、嫌ってる。だから、危ないわけ。実際、この学校にも米軍のジープがよくやって来るけど、それも監視なわけ。それに、復帰と言っていると、アカちっ、思われる」

俊平は、声を落として言った。

＊

喜望は、放課後、部長の久留俊平と、文芸部の部屋で雑談をしていた。他の部員はまだ誰も来ていない。暦は、二学期が始まったばかりの九月初めだ。

「俊平、朝鮮戦争はどうなると思う」

喜望は、それまでの話題が途切れたので、最近、一番関心を寄せている問題を聞いた。

二カ月余り前の六月二十五日、北朝鮮が、韓国を攻め、朝鮮半島で再び戦争が始まった。新聞を見て知ったのだが、本当に驚きだった。

朝鮮は、日本の敗北後、長年の植民地支配から解放された。その時に、脳裏に浮かんだのは、神戸の親友、李東根のことだった。彼もきっと、喜んでいるに違いない。しかし、米ソという両大国の思惑から、北緯三八度を境に、北側にはソ連、中国の支援を受け共産圏に入る北朝鮮が、一方の南側には米国の支援を受ける資本主義陣営の韓国が、それぞれ建国された。せっかく独立をしたのに、国が分断されてしまっては、独立の意義も半減してしまうと思う。それでも、戦争も終わり平和になったのだから、それで何とかやっていくしかないのだろうと、妥協気味に自分を納得させていた。

それなのに、再び戦争が始まったのだ。やはり、真っ先に心配になったのは、李のことだった。彼とは、徳之島に移住した年の秋に、一度だけ手紙のやりとりをし合ったが、その後は音信不通だった。神戸も度々空襲にあい、かなり焼かれたというが、大丈夫だっただろうか。いや彼のことだから、生きている筈だが、では、朝鮮独立後はどうしているのか。帰国したのか。そうであれば、半島のどこの出身かまでは知らないが、この戦争に巻き込まれているのは間違いない。いやそればかりではなく、彼は軍人になることを目標にしていたから、兵士として戦場に立っているかもしれないではないか。気が気ではいられなかった。

そして、朝鮮戦争は自分自身へも、深刻な問いを投げかけていた。つまり、今度は自分が兵士として戦場に送られるのではないか、ということだった。韓国はアメリカに支援を受けている。そのアメリカは近々、朝鮮戦争に参戦する見込みなのだから、そうなったら、アメリカの占領下にある日本にも、参戦を求めてくるのではないか。せっかく、米英との大戦が終わり新憲法も制定され、これで死ぬこともなくなったと安心していたが、目算は狂ってしまった。

「近いうちに、アメリカが参戦し、反攻が始まるらしい」

俊平は言った。

「日本も参戦するんではないか」

喜望はさらに突っ込む。

「分からない。だけど、日本は新しい憲法を決め、戦争を放棄している。だから、できないと思うさ」

俊平は言った。

「そうか」

喜望は、少しは安心した。

「それより、朝鮮戦争が始まったことで、アメリカは講和条約を結ぶことを急ぎ始めているらしい。でもよ、それは、奄美を日本から分離するものらしいわけ。そうなったら、本当に、本土への渡航ができなくなる」

俊平は言った。

「本当か」

喜望は声を強くした。

「信憑性はある」

俊平も、声を太くする。

「それでよ、喜望、俺ら高校生ももう黙っていてはだめさ」

「黙る、って、何がよ」

「本土復帰の声をあげるときよ」

俊平は声を低くしたが、熱は十分に込めてた。

「本土復帰の声」

喜望は反芻する。が、真意は理解できない。本土復帰は、自分にとっての強い願いだ。だけども、米軍政府によって、復帰を口にすることすら厳禁となっている。実際、秘密裏に復帰を求める運動を進めていた活動家が、逮捕され投獄されている。それなのに、どうやってあげるのか。

「そう。だけど、二人だけでやるんじゃないよ。大高生、全員であげるのよ。そのために、自治会の役員になってほしい」

俊平はまた熱を込める。

「自治会、そういえば、前に言ってたな」

喜望は答える。以前も、部室の中で、唐突に切り出され、意味が理解できなかった。今回もいきなりの申し出ではあるが、真意は分かった。が、即答はできなかった。「それでは、考えてほしい」と言われた。そして、一冊の雑誌を渡され、熟慮する際に、必ず読んでほしい、と念を押された。

＊

下宿部屋に帰ると、電灯を点け座卓机の前に座ると、早速、俊平が貸してくれた雑誌を手にした。それは、名瀬市内の青年団が発行する『新青年』という題名の、一九五〇年八月号だ。青年団発行だが、内容的には、政治、経済、社会、文化を扱う総合雑誌なのだそうだ。頁を開くと、「憲法の精神を死守せよ」との、巻頭記事が目に飛び込んできた。ガリ版刷りではなく活版印刷であるから、文字も読みやすい。記事はまず、新しい憲法の特徴について述べる。

「世界平和の確立と人類の発展のために、『再び戦争の惨禍が起こらないように』と決意し『国権の発動による戦争』を放棄すると言ったのは、ポツダム宣言の趣旨に基づいて改正された新憲法の基本精神の一つである」
「一切の軍備を永久に保持しないというところまで徹底的に永久平和の決意をした憲法は、この新憲法の他に例を知らない」

喜望は、なるほどと思った。知的興奮というのか、新鮮な発見だ。思わず赤鉛筆を握ると、線を引いてしまった。新憲法が、米英との戦争に敗れたことを受け、戦争放棄を規定したことは知っていた。だから、陸軍、海軍、つまりいっさいの軍隊を持たないし、持つ必要はないのは、理屈としても正しい。逆に、軍隊を持っていれば、いつか必ず、戦争をしたくなるのではないか。さらに諸外国でも、侵略戦争や国家政策としての戦争を放棄した憲法はあるが、軍隊そのものを持たないと決意したのは、今度の新憲法しかないのではないか、と指摘するのだ。そうなのか、世界的に類を見ない憲法なのだ。

一方で、釈然としない思いも湧いていた。新憲法は、一九四六年十月に国会の審議を経て可決している。その国会の代表者、つまり衆院議員は、その年の四月十日に実施された選挙で選ばれている。だが、奄美の島民には選挙権を与えられていないのだ。だから、奄美は、新憲法を制定した、自分たちの代表者を国会に送っていないことになる。これはおかしなことだ。不平等だ。

新たな疑問が生じながら、先を読み進める。

「ところが最近における吉田亡国政府は、明きらかに新憲法の精神をじゅうりんし破壊しつつある。国際情勢が動乱するや、日本の再軍備を狙っている」

やはり、と思った。「国際情勢が動乱」とは、朝鮮戦争のことを指すに違いないし、その中で、日本の再軍備が狙われている。そうであれば再び徴兵制が復活し、すでに十八歳となった自分は対象者となる。恐ろしかった。

「一方の日本国民の間では『戦争の永久放棄』と『国際的紛争への日本国の介入反対』の世論がほうはいとして巻き起こり、既に積極的に行動化されつつある、と伝えている」

これだ。この道しかないのだ。琴線を揺さぶられた。思わず、赤鉛筆で太い線を引いた。戦争に再び駆り出されると慄《おのの》いてばかりいるだけでは駄目だ。それを防ぐために、行動しないといけないのだ。それこそ、犬田布の農民たちの教えではないか。

でも、と思う。行動しなければいけないと急きたてられるが、では、具体的には何をするのか。頁をめくる。「大島民主化と青年団の役割」という論考が掲載されている。

「従って、吾々奄美大島二十万余同ほうに課せられた、使命と任務もやはりその基本的なものに於いて、日本国の場合と異なるべき筈がない。すなわち、吾々奄美人民の歴史的使命として、世界民主主義諸国から与えられた任務また、ポツダム宣言に基づく大島の民主化という一大目標に向って、万難を排除して前進することに他ならない」

それは、そうだと思った。日本は、ポツダム宣言を受け入れて、戦争を終結させた。ポツダム宣言は、日本を民主化すること、つまり、軍国主義をなくし平和国家をつくることを求め、その結果として新しい憲法も制定された。ならば、日本の中の一地方である奄美も、ポツダム宣言に従い民主化されなければいけないし、その結論として新しい憲法も適用されなければいけない。

頁をめくると、また、論文が載っている。論文続きで少し疲れたので、飛ばした。数頁先へ進むと、「島の横顔」と題した人物評記事があった。紹介されているのは、軍政下の奄美群島知事の中江實孝と副知事の笠井純一だ。二人の経歴を読むと、中江は大中卒、つまり自分の先輩だ。そして鹿児島の七高を経て東大を出ている。一方の、笠井も東京の私学、法政大学を卒業している。やはり、出世するには大学に、それも東京の大学に進むしかないのか。大学には進学したい。でも、出世するために、大学で学ぶのか。自問自答した。

再び、頁をめくる。すると、文芸欄があり、四編の詩があった。さっと目を通し、また、頁をめくる、すると巻末に、「水脈」という題名の小説があった。え、小説も載っているのかと感心しながら、さっそく読んだ。

作品は幼子をかかえるが、今日食べる米にも困る、どん底にいる夫婦の物語だ。夫婦はわずか一枚の田を持っていたが、それをも借金のかたに取られてしまう。すると、夫は酒びたりになり、まともに仕事もしなくなり、生活はいよいよどん底状態になる。そんな夫に見切りをつけた妻は、生きていくために、沖縄に渡り、〝パンパン〟になる決心をするところで、第一回は終わる。面白かった。この先どうなるのか、続きが楽しみだ。そして、沖縄に渡った礼子姉さんのことを想った。不安になった。

ふと、ぜんまい式目覚まし時計を見ると、すでに午前零時を過ぎていた。目も疲れているし、普段ならもう布団に入っているのだが、今夜は雑誌読みを止められない。前の頁へとめくり返す。さっきは飛ばした、「名瀬市連合青年団運動概要」という論文を読み始める。難解なので、なかなか内容が頭に入らない。

「今や再び、生活の破壊を招くむぼうな世界戦争の危機に直面し、国際情勢は予測を許さぬ段階に達しつつあります。我々再び歴史の誤ちを繰り返さぬよう、客観情勢の正しい分析と、郷土の社会状勢の正しい把握の上にたち、われわれの最高目標である民主化大島の確立に、奮闘しなければならない」

論文の結論だった。頭の中の霧が晴れた。自分が再び戦争に動員されないためには、新しい憲法の平和条項を守ることだ。だから、奄美にも憲法が適用され、民主化されることがどうしても必要だ。そのためには、奄美が本土に復帰しなければいけないのだ。戦争への道を止めさせること、新憲法を実施すること、そして本土に復帰するという三つの問題が繋がったのだ。根っこは全部同じだ。心がざわついた。もう一つの論文「対日講和に備えよ—大島帰属問題私見—」を、気合を入れ直して読み始める。

「もしも、帰島運動をしたり、領土問題を論じたりすることを軍政違反行為であるという者がいるときは、その者こそ歴史の正しい発展をきらい、『必ずや帰属する』というこの真実を故意に隠ぺいする歴史的な反動であることをよく認識して、これらのデマに絶対に迷わされないようにしなければいけない。戦後六島に出された布告の中で、帰属運動をすれば軍政違反になるという布告は、一つもないのである。人民の意志を誰にも、はばかることなく堂々と連合国に訴えなければならない。青年の純心、正義、情熱は一切の障害物を取り除き、勇敢に人民の意志を発表するだろう」

喜望は、静かに雑誌を閉じた。すっかり、決意は固まった。外は、すでに日の出を迎えている。

四

「他に意見はありますか。なければ、これで終わります」

喜望は、議事進行役として、部会の終了を告げた。部会では、今後の部の運営方針を議論したのだが、来月十月末日を締め切り日として原稿を提出してもらい、二学期中に部としての文芸誌を発行することを決めた。併せて、各部員からは、どんなテーマで原稿を書くか、つまり小説、詩、あるいは戯曲か、または、手記か評論か、提出する作品の分野と内容を発言してもらい、意見交流した。

「部会はこれで終わるけど、ぜひ話したいことがあるので、時間よいか」

喜望は続けた。

部室の中央に置かれた机を囲んで座る出席部員は、総勢八人だが、反対する者はいなかった。

「では、続けます。断っておくが、ここからは部会ではなく、有志の会議になる。そのつもりで居てくれ。では、俊平、お願いします」

「じゃあ、俺から、話させてもらうさ」

久留俊平は立ち上がった。

「十月の中旬に、後期の自治会役員選挙があるのは知っていると思う。実は、これからみんなによ、話したいのは、このことだ」

俊平はそう切り出すと、簡単に自治会機構について触れる。大島高校自治会とは、在籍する生徒の自主的組織であり、各部へ支給される活動費を決定するなどの権限を持つ、と話す。執行体制は、各組で選ぶ学級委員、学級副委員の二人の計三十人と、選挙によって選出される会長、副会長、書記長らの数人の役員によって構成されている。役員は、全生徒の投票による、春と秋の年二回実施される選挙で選出される。選挙では、候補者による演説会や政策ポスターなどが校内に掲示される。役員任期は半年だ。

「この自治会役員の選挙に、ここにいる部員の君たちによ、ぜひ、立候補してほしいんだ」

俊平は力を込める。そして、理由を語る。第一に、朝鮮戦争勃発のもと、アメリカは対日講和条約の締結に向け動き始めているが、条約を結ぶ際には、現在米軍直接占領下におかれている奄美が、本土に復帰することがどうしても必要だ。そうでないと、アメリカに組み込まれてしまう可能性もある。実際、講和条約の内容はまだ公表されていないが、奄美は分離されたままアメリカの施政権に組み込まれるのではとの話も出されていると、説明した。

「もし、そんなことになったら、どうなる。俺たち高校生は、もう本土の大学なんて行けないよ。それればかりでなく、奄美はアメリカの植民地になってしまう。薩摩の時代に逆戻りよ」

ここで、言葉を切った。

「俺は、来年の春には卒業。だから、奄美は日本に帰る必要が、どうしてもある。その運動に力を貸してほしい」

そして、頭を下げた。

「じゃあ、俺からも補足させてくれ」

喜望は、俊平が着席するのと同時に、立ち上がった。中学二年時に栄養失調になったからか、それとも血筋なのか、背は低い。長身の俊平とは、対照的だ。

「俺も個人的に、役員になってほしいと要望されていたが、決心を固めた。もちろん、すぐには返事できず十分考えた結果、決めた。思いは、俊平と同じ。俺は兵庫県の神戸で生まれ、戦争中に島に戻った。戦争が終わったのだから、卒業後は、神戸に戻りたいんだ。そして、大学に行きたい。だから、奄美を日本に復帰させることに、協力しようと決めた」

喜望も雄弁に話す。

「それに、朝鮮戦争が始まり、日本の再軍備が言われ始めて、実際、警察予備隊もできた。だけども、日本には戦争の放棄を決めた憲法がある。だから、日本に帰る必要があるんだ。もし、奄美がアメリカの一部になったら、また、俺たちは兵隊に引っ張られる」

雑誌『新青年』を読み、そして考えに考え抜き、導き出した自分の思想を語った。

「それで、やるよと、返事したんだ。で、その時、この話を、文芸部の部員全員にすべきだと言った。そしたら、今度は俊平が、考えさせてくれと、ためらったんだ」

ここで一旦、言葉を切り、着席する七人の部員の顔を、ぐるっと見つめた。出席者は大山恒夫、福山幸吉、兼山喜三郎、平健太郎、吉川洋子、西とみ子だ。そして、俊平がためらった訳を語る。

「文芸部の活動を一年いっしょにやって信頼もし、年も同じ喜望だからこそ頼めた、と言うんだ。それに、他の部員には話をしても説得できる自信はない、と。それで、逆に、部員を信頼しなきゃだめだ、協力者は多ければ多い方がいい、ぜひ、話をしてくれ、部の仲間を信じてくれと説得した。それで、こういう場を持ったんだ」

喜望は、再び口を結び、全員を見つめた。そして、今日この場で、結論を出してくれとは言わないから、よく考えて、後日、答えを聞かせてほしいと話す。さらにこのことは、絶対に口外しないよう念を押し、発言を結んだ。

するると、一年生の福山幸吉が立ち上がった。彼も、小柄だ。

「わーは、米軍がよ、許せんわけ。俊平と喜望といっしょにやるよ。決めた」

即答する。晴れやかな表情を浮かべ、着席した。

「幸吉、もっと考えろ」

大山恒夫が、たしなめる。

「恒夫兄ぃ、何でよ」

「いいか幸吉、この奄美では、米軍に逆らったら刑務所行き。実際、復帰運動の活動家が何人も捕まり、刑務所に入っている。それより、学生の俺たちは今、学問こそすべき時よ」

恒夫も、少し興奮したようだ。

「二人とも、落ち着いてくれ」

俊平が立ち上がった。

「幸吉が決意してくれたのは嬉しいし、大山の言い分も理解できるわけ。もしも、この中の部員が捕まったら、どう責任とればいいのか。俺にも分からない。それで、悩んだのよ。だから、みんなも悩んでくれ。それで、断るなら、それでよか。でもよ、学問をすることが本分の俺たちだから、こうして復帰のことを真剣に考えるのも、学問の実践よ」

有志の会合は終わった。兼山、平、さらに女子部員である吉川、西は、一切発言しなかった。

＊

喜望は夕飯を済ませると、下宿部屋で一人、座卓机に向かいながら、一人考え込んでいた。

それは、先日、文芸部の有志で話し合った、自治会役員選挙の件だ。自分はすでに、立候補することを約束しているが、しかし、その時、大山恒夫の「米軍に逆らえば刑務所行き」との問いかけが、胸に引っかかっていたのだ。復帰運動を起こそうと、秘密裏に動いていた活動家たちが、逮捕、投獄されたことは、話に聞いていた。だから、恐ろしいと思ったのだが、俊平から借りた雑誌『新青年』の中の論文に記された、米軍政府は復帰運動を行ったり帰属問題を議論することを禁じる布告を出していない、との一文に納得し、決心をした。

しかし、思想は揺れ動いた。やはり、米軍に捕まることへの恐怖を、払拭しきれない。それなのに明日は、有志による自治会問題の議論の結論を出す日なのだ。そこでは、恒夫を説得する立場に立たなければいけない。だけれども、一体、何を語ればいいのか。結論は出ない。考えることにも疲れたので、雑誌『新青年』の最新号を手にした。俊平に借りた日は徹夜して熟読したが、それぐらいこの雑誌を気に入り、早速、定期購読し始めていた。

最新号である九月号をめくると、「十月公選の意義と人民の使命」との論文があった。奄美群島では、この十月下旬に、知事と群島議会議員を選ぶ選挙が行われる。これまで、知事は米軍政府によって任命されていたから、選挙は初めての実施だ。論文はなかなか難しく、読むのに苦労する。それでも、今度の選挙は、奄美の民主化にとって画期的な意義を持つから、島民は我がことして受け止め、こぞって積極的に参加しなければいけない、と主張しているのだと理解した。もっともだ。翻って、同じく今月に実施される大高自治会選挙も、自らの問題であるのだ。

さらに頁をめくると、泉芳朗作「ひとつの星」という自由詩が掲載されている。さっと一読した。だいたいの意味は理解した。すると、どうしてなのか、もう一回読もうと思った。それも、声を出して読みたい。

「星くずという／その星々の中から／ちいさいひとつの星の名を知った」

その作品は、一人こもる部屋から夜空を見上げると、幾つもの輝く星の中に小さな星を見つけ、その星を見つめ対話し、かつ、自分の心の中とも向き合う。そんな詩だった。感動した。今の自分のことが詩に表されている、そんなふうに共感した。

さらに頁をめくると、自分紹介の欄があった。そこでは、前頁の詩を書いた泉芳朗が取り上げられている。記事を読み始める。すると、「そうなのか」と、とても驚いてしまった。それというのも、泉芳朗という詩人は、徳之島で通った小学校の校長先生、その人ではないか。かれこれ七年前に小学校に転入した頃、同級生からひどいいじめを受けた。そんなとき、泉先生が朝礼で自分の作文をとても評価してくれた。それが力ともなり、いじめを乗り越えることができたのだ。だから、恩人のような先生でもある。

先を読み進める。泉先生は、現在、退路を断つ思いで教職を辞し、政治活動に全身全霊を傾けておられると、紹介する。それも、この奄美の民主化の実現が故だ。「ひとつの星」という詩は、そんな先生の偽ざる心の有り様に違いない。

琴線を揺さぶられた。

文芸部員有志の会合は部室で、放課後にもたれた。場所は、他にできる部屋がなかったので部室としたが、しかし、会議のことは先日出席した八人のみに知らせるだけであり、その八人には他言することを禁じた。他の部員には、今日の放課後は所用のため部活動自体、休みにすると告げ、部室にも行くことも厳禁にした。内容が漏れないよう、秘密結社のごとき対応をしたのだ。しかし、二人の男子部員が来ていない。

「では、有志の会議を再開します。最初に俊平から何かあるか」

喜望が再び、議事進行役となり、可能な限り声を押し殺した。部室は、出入り口の扉には鍵をかけ、電灯も点けなかった。

「最初に出席状況を説明する」

俊平も座ったまま、小声で発言する。そして事前に、兼山喜三郎からは、断りの返事をもらったと述べる。彼は、健康状態が良くなく学校も休みがちだ。だから、立候補はできないが、俊平の意見には大賛成なので縁の下の力持ちとして、頑張ると約束してくれた。また、平健太郎からは、一切返事はない。恐らく、立候補の決意はできなかったのだろう。

「それと、今日、こういう形式の会議にしたのは、幸吉の提案を採用したものなんだ。やはり、復帰問題を正面から問うのだから、慎重には慎重を重ねる必要がある。戦う前から敵に掌の中をさらす必要はない。俺からは以上です。後は、各自から発言してくれ」

　喜望は後を引き取り、

「ありがとう。各自に発言してもらう前に、一言、俺から言わせてくれ」

と、切り出す。そして、続ける。先日の会議で、復帰運動をすれば米軍に捕まることもあるがいいのか、との恒夫の発言に触れる。

「覚悟はあるのか、問われたと思い、あれから考え抜いた。それで、この雑誌も読み、答えを探した」

　机の上に用意してある『新青年』九月号を手に取り、泉芳朗作「ひとつの星」を読み上げた。そして、泉と、いじめにあったかつての自分との関係を紹介しながら、校長先生であった泉は恩人と言った。そして、恩人である泉が奄美の民主化のために立ち上がった今こそ、先生の恩に報いるときだと言い切った。

「それは、俊平が言う、学生の本分は学問であり復帰問題は学問の実践だ、との発言と同じことだ」

　喜望は、続ける。

「俺の意見は、以上です。では、みんなから発言して下さい」

　吉川洋子が、それに応えて手を挙げた。

　喜望は驚いた。そして口を挟んでしまう。

「洋子か、ちょっと待ってくれ。発言する前に確認するが、女は立候補できないんじゃないか」

　依然として、男女共学になったことが受け入れられないのに、自治会の役員に女子が名乗りを挙げるなど、もってのほかなのだ。

「なら、なんで、私ととみ子さんを呼んだわけ。おかしいでしょ」

洋子はすぐに抗議した。

「事の成り行きよ。仕方ない」

喜望も反論する。そもそも洋子とは反りが合わないのだ。

「まぁ待て、静かに」

大山恒夫が割って入る。

「自治会規則を読んできたが、立候補する権利も投票する権利も大高生全員にあると定めている。男子だけにあって女子にはないとか、逆に女子にはあって男子にはない、とも書かれていないよ。だから、洋子は立候補できる」

理路整然と説明した。

「分かった。なら、洋子、発言せい」

喜望は、へそを曲げた。恒夫と洋子は、日頃から仲が良いのは噂になっているが、それも含めて妬ましかった。

「俊平兄ぃの意見に賛成よ。私も高校を卒業したら、本土の大学に行き、勉強続けたい。だから立候補する」

洋子ははっきりと、断言した。そして続けた。

「編入学してから半年たったけど、いまだに『女が男の学校に入るなど生意気だ』『女は女らしく裁縫や料理ならえ』と、陰口を叩かれる。机の中に、蛙の死骸を入れられたこともある。許せん。だけど文芸部の男子は違う。大高は奄美の中で一番頭の良い学校だけど、どうして女が一生懸命勉強して、トップになってはいけないわけ。私は、闘うよ。だから、恒夫もいっしょにやってほしい」

正面に座る恒夫の顔をしっかりと見つめた。

喜望は、洋子の発言に驚いていた。共学は反対だが、蛙の死骸は明らかにやり過ぎだ。そういう奴らの卑怯さが許せなかった。

「私も、俊平兄ぃに賛成です」

とみ子が自発的に発言する。

「私は、大高を卒業しても、名瀬に残るけれども、奄美は日本に復帰しなければいけない。でも、立候補はできない。洋子姉みたいに強くなれない。でも、応援はする」

とみ子は、端的に発言した。

喜望は、一回だけ無言で頷くと、斜め前にいる恒夫に視線を送った。

「俺もよ、熟慮したよ」

恒夫は、口を開いた。いつものように学帽を被り、詰襟の上二つの釦を開けている。

喜望は期待した。同級であり、かつ成績優秀者の彼には、ぜひともいっしょに名乗りをあげてほしいのだ。

「俺は、今回は立候補できない。久留さんの言い分は、正しいと思う。奄美は、薩摩の支配に下ったときから、日本に入った。だから、日本に帰るのが、一番だ。でも、復帰運動をやって逮捕され、高校退学などということは、絶対にできない」

恒夫は正面の洋子を見つめ、発言する。

「俺の家は、狭い土地しか持たず、貧乏だ。だから、最初は高等科しか行けなかったけど、学校制度が変わって、それで、どうしても高校に進学したくて、無理を承知で両親に頼み込んだ。それで、何とか認めてくれた。だけど、弟と妹たちが進学する金なんて、もうない。その分、俺はしっかり勉強して、卒業後は教員か役場勤めをしたいわけ。そうじゃないと、家族に申しわけが立たない。だから、米軍に捕まって退学というのだけは、絶対だめ」

胸の奥にある憂いを、吐き出しているかのようだ。

「それに、俺の中にも、上の者には媚びへつらう奴隷根性がしみついている。奄美は琉球、薩摩、大和、そして今は米軍の支配を受け、島民は絶えず抑圧されてきたけど、ただただ黙って耐え忍んできたのが、本当の歴史よ。犬田布のような一揆なんて、例外よ。事実、米軍の直接占領下に入っても、ほとんどの島民は、黙って耐えている。でも、君たちの応援はしっかりやらせてもらう」

はっきりと断言した。

＊

喜望は、十数人の候補者の一人として、講堂の檀上にいた。立候補に当たっての、決意を表明する演説をするためだ。聴衆席には、七百人を超す全校生徒が耳を傾けている。大高の自治会役員選挙は十月の初旬におこなわれた。結局、文芸部からは四人が名乗りを上げ、自分が書記長に、俊平は会長、洋子と幸吉は執行委員の選挙に出た。

立会演説が始まる。最初は、二人が名乗りを上げた会長選からおこなう。

俊平が演壇に立った。まず、琉球、薩摩、大和、そしてアメリカと、奄美の時代が移る中で、島民は知らず知らずのうちに、役人には絶対従う島国根性を身につけてしまったと語る。そして、然るに、学生はそれを拒否するために、日々学問に励んでいると訴える。演説に大きな拍手が起きる。

さらに、講和問題が間近に迫る中、奄美の帰属も切実な問題として、提起されていると語る。だからこそ、未来に向け生きる我ら高校生は、民主奄美の建設に無関心ではいらないと、強調した。そして、我ら高校生は今こそ、教室で学んだことを力に、島国根性をいっさい拒否しようではないか、民主的奄美の建設にまい進しようと、訴えた。会場から大きな拍手が寄せられる。

喜望は、同じ壇上に並ぶ椅子に座りながら、大きな拍手を送った。それにしても、俊平はどうしてこんなにも、政治と社会の動向に詳しいのか。家では新聞を購読していて、毎日必ず読むそうだ。ラジオも持っており、ニュースも日々、聴いている。さらに、市の職員である父とは、定期的に時事問題について意見交換するそうだ。つまり、政治、社会動向に詳しいのは、彼自身の努力の賜物といえる。が、それができる環境にいることが、羨ましかった。

選挙の結果、文芸部員の四人のうち、三人は当選した。洋子は残念ではあるが、落選だった。

しかし、その演説は、聴衆席からの野次に負けず、女子生徒の学ぶ環境の向上、さらには女性全体の地位向上を訴える、堂々とした感動的な訴えだった。そして票数も、全学の女子生徒の票数は獲得したに違いなかった。

十一月の最初の日曜日、大高の運動会が開催された。この日は、後期自治会の初仕事の日でもあった。それは、運動会の恒例企画でもあり、希望者によって行われる仮装行列に、自治会として参加することだった。運動会後に、全校生徒の投票によって優秀賞が授与されることもあり、人気の演目でもあった。

仮装行列は、午後の部の一番最初だった。校庭入口には、参加者がずらっと並ぶ。今、トラックを歩いているのは、五人組の男子生徒の演目だ。五人は、全員、サングラスをかけ軍帽に軍服姿だ。中にはちょび髭をつけている者もいる。きっと、米軍人に扮しているに違いない。その中の一人は、火は点いていないが本物のパイプをくわえて偉ぶる。米軍の最高責任者、マッカーサー役だ。あとの四人は、紙で作った銃を、観客席に向け、突き出しては引っ込め、また突き出すことを繰り返し、威嚇する。風刺の効いた演目だ。

次は、三人組の男子だ。全員、頭にはスカーフを被り、ワンピースの洋服の、若い女性に扮する。胸には、球をいれ膨らみを作っている。そして、各自、おしりを振ってみたり、会場に、ウインクや投げキッスを送る。その演技が、かなりいやらしく、そしてとても滑稽だった。観客席からは爆笑が起きていた。

自治会の順番がきた。

喜望は、俊平と共に、手拭いを頬被りし、着物にすててこをはき、裸足で歩く。演劇「犬田布騒動記」になぞらえ、貧乏な百姓姿となった。そして横断幕を掲げた。そこには、「日本国憲法／思想、信仰、言論の自由」と、墨字で堂々と書いた。「本土復帰実現を」などのスローガンでは、危険だ。一方で、そのことを暗喩的に示そうと、試行錯誤した結果、こうなった。

二人の前には、幸吉が羽織袴を着て頭には手製のちょん髷かつらを被る。薩摩の役人役だ。その横には、洋子が「犬田布騒動記」のまづるに扮する。二人は掛け合いでコントを演じる。「まづる、わしの妻になれやい」「え、あんたの妻にだって」と洋子は少し駆け出し止まると、幸吉に振り向く。そして「やーだよ」とあっかんべーをした。会場から笑いが起きた。そして、幸吉が「何を言うか」と、刀を振り上げ切ってしまう。洋子は「きゃあー」と悲鳴をあげ、その場にしゃがみ込む。「ざまあみろ、生意気な女子《おなご》め」。が、洋子はすっくと立ち上がり、両手を広げ首を左右に振る。「なんともないよ」とおどけ、幸吉をからかう。また笑いが起きた。話が先へ進むと、横断幕のスローガンに感心する声も届いた。

この演目は好評だった。

第六章　若き狼煙

一

喜望は文芸部が発行する「南風」の編集長として、部員から出された作品の読み込みに追われていた。部の機関誌である「南風」は、本当は、昨年十月いっぱいで原稿を締め切り、二学期中には発行する予定だった。しかし、自分もその中の一人ではあったが、十月、さらに十一月を過ぎても集まらず、結局、二学期の末になりようやく主要部員から提出されたのだ。そして、部長の久留俊平から「発行を急げ」との号令もかかり、今月一月中には必ず出すと部で決め、大慌ての作業に入っていた。

今月中の発行を決心したのは、俊平がこの三月に卒業するということと共に、対日講和をめぐり動向が急変し、奄美の帰属問題が重大な局面に入ったからだった。つまり、昨年の十一月下旬に、アメリカが対日講和の七原則を発表した。その中で、奄美について、条約締結後、米軍の直接統治は終了するものの日本に復帰するのではなく、国連の信託国として、米国の統治下におかれることになる、というものだった。

さらに、特命大使のダレスは先日の一月二十五日にも来日し、その際、対日講話条約の方針が白日のもとに晒された。それを受け奄美では、帰属問題、つまり日本本土への復帰を求める声が、いわば公然と、ほうはいと起きたのだ。本土でも、平和条約締結後も米軍が日本に居座ることへの反対、またソ連、中国を排除するのではなく交戦国すべてとの全面講和を求める声が起きた。

文芸部でも、国連信託統治をめぐって活発に意見が交わされた。最初、国連信託統治という用語の意味が理解できない部員も大勢いた。「国連信託」というのだから、米軍の直接統治から日本に復帰するため、一度、国連の統治下に入り、そのうえで本土復帰するという、いわば暫定的措置ではないか、など好意的な意見もあった。そんな中、俊平、さらには、自治会役員は、大山恒夫が最新の理論的知見を情報提供する形で、議論を進めた。そして、信託を受けるのは米国であり、奄美は形式的には独立国となるが、その米国によって統治監督される、との認識を共通にしていった。

すると「統治、監督とは、実質的には植民地になることだ」「これでは、薩摩の時代への逆戻りだ」「講和条約を結ぶに当たって、是が非でも本土に復帰しなければいけない」と、声があがった。そして、来月の初めにも、奄美の本土復帰を求める協議会が結成されるとの情報も入り、それに呼応し、わが文芸部では機関誌「南風」を必ずや発行し、復帰運動の烽火とすることを確認したのだ。

喜望も当然、原稿を提出した。「神戸の親友、李くんのこと」と題する短編小説だ。かつて、李東根がどんなにひどい虐《いじ》めを受けたかを告発するとともに、音信不通となっている彼に一刻も早く再会したい、との趣旨の作品だ。つまり、主題はもちろん復帰なのだが、それを暗喩的に表現したのだ。

俊平からは「我が学徒の道」との一文が提出された。旧制中学に入学して以来の、大学に進学したいとの志をどんな困難があっても貫くとの、情感を込めた随想だ。恒夫からは、彼が理論リーダとなった問題を、政治論考「国連信託統治とは何か」との一文にまとめ、提出されていた。こうして、赤字入れを終えた原稿は、他の部員に回し、ガリ版に文字を刻む作業に当たらせていた。

そして、今、最後の原稿である吉川洋子の作品を読み終えるとともに、赤字入れを終えた。作品は短編小説だ。秀作だ。感動した。そして忸怩たる思いが湧く。四月の新学期以来、「女のくせに生意気だ」と見下す態度を取ってきた。だから、向こうも自分を避けている。それなのに、洋子の言動や作品からは、学ばされることがしばしばだ。かつては、それを認められず悪態をつき通したが、それが昨年の体育祭での仮装行列を見て、気持ちが完全に変化したことを自覚していた。それで今は、何とか普通の部員同士の仲になりたいと、機会を見つけては和解の意味を込めた言葉をかけるが、全く無視されているのだ。

時刻は夜七時になろうとしていた。部室には、英語の参考書を読みふけっている俊平と、二人だけだ。他の部員は、すでに帰宅している。彼は、機関紙の発行について指令を出した責任からだろう、毎日部室にやって来て作業の進ちょく具合を見守るのだが、時間を見つけては、受験勉強をしている。沖縄に新設される大学への進学をめざしてのことだ。

「終わった。あとは、ガリ刷りと印刷だ」

「おおそうか。突貫作業ですまんな」

俊平が労ってくれる。

喜望は、すうと、気が緩んだ。これで、今日の作業は終わりだ。月の末日まであと五日、何とか一月中に発行する目処もたった。すると、

「洋子のことで、ちょっといいか」

と、思わず口にしてしまった。そして、

「実は、洋子との仲をとりもってほしいんだ」

と頼んだ。部では、自分と洋子との現状を知らぬ者はいないし、さらに、自分が関係修復を願っていることも誰もが察していた。

「ほれたのか」

「違う、違う」

喜望は、大きく手を振り否定する。

「分かるだろう。関係修復。復帰へ全力をあげるべき時期となり、部の中での仲たがいはもう終わり。だから、俺が謝っていたと、伝えてほしい」

喜望は、率直に言った。

「自分で言わないとだめだ」

俊平は同意しない。そして、ポケットから一通の手紙を出した。

「これ、読んで」

「おう」

喜望は封筒を受け取ると、中から便箋を出し読み始める。それは、西とみ子から俊平に出されたものだ。内容は、最近の級友やら授業の様子やら学校での出来事をしたためた物だ。他愛のない、交換日記のようでもある。が、読みながらそうなのに違いないとの思いになった。とみ子が、俊平を好きであることは、部員同士の暗黙の了解ではあるが、では、実際恋人同士なのかどうかは、誰も知らない。だから、手紙を読み、二人は交際しているのだと、確信した。

「お前の彼女か」

「違うさぁ。とみ子から最初にもらった手紙は、同じ組の男子たちから、女子生徒がからかわれ馬鹿にされているが、どうしたらいいのかという相談だった。それで、それへの対処策を書いて返事していたら、また相談が来る。こうして今まで、手紙のやりとりが続いているわけさ。だから、お前も謝りたいなら、自分で伝え」

俊平は恥ずかしがる気配は全くない。毅然としていた。

喜望は、手紙を返すなり何も言えず、逆に気恥ずかしくなり、決まりも悪くなった。

「喜望、四月からの自治会と文芸部、お前に任せたよ。頼むよ」

＊

「では、自治会主催の生徒集会を始めます」

喜望は、長机にすえた椅子から立ち上がり、口火を切る。集会は授業終了後の放課後、大高の講堂にて開催されている。暦は、二月下旬の、一週間もすれば学年末試験という時期だ。参加者は、奄美群島の最南端にある与論、北隣の沖永良部、その北隣の徳之島、そして本島の東に位置する喜界の四島出身の高等学校の生徒たちだ。大高だけでなく、名瀬にある他校と合同の開催である。生徒たちは、講堂を四分割し、それぞれの島出身者で、一つのグループをつくっていた。

「私は、大高二年です。徳之島の徳和瀬出身です」

まず自己紹介をする。四つのうち、徳之島出身の生徒のグループだ。出席者は、男女合わせて数十人に及んだ。

「自治会の書記長を務めています。議長には隣に座る、榊さんにお願いして、私からまず、集会の趣旨を説明したいと思いますが、異議はありませんか」

床に腰を下ろし、膝を立てて座る生徒たちに向かい、話し始める。

「異議なし」

生徒たちは、拍手した。

「では、説明します。この集会は、署名を推進するために、開催したものです」

喜望は、ゆっくりと語り始める。まず署名について、奄美の全群島の日本復帰を求める請願署名のことだ、と説明する。そして、対日講和条約の七原則によって、奄美全群島がアメリカの信託統治下におかれることが明らかになったと話す。

「そうなれば、日本とは正式に切り離され、本土への進学も就職も断念せざるを得ない。我ら学徒の将来に、こんなことが許されていいのだろうか」

喜望は、すでに熱く語る。単なる集会趣旨の説明役ではなく、雄弁な弁士になっている。

「そうだ」

期せずして、参加者の一人が力強く同意する。すると、一同から拍手が起きた。

「この緊迫した情勢を受け、先月発足した奄美大島日本復帰協議会は、対日講和条約の締結に向けて、我が奄美群島の日本復帰を求める請願署名を行うことを決議しました」

熱は増すばかりだ。そして、署名の目標は、全群島の十四歳以上の島民全員を対象とすること、また、各町会、各集落単位で集約していくことを決定した、と話す。

「この署名こそ、閉塞した状況を打破する、我ら奄美群島全高校生の希望であり未来を切り開く、ただ一つの道です。自治会は、署名を推進することを正式に決定しました。我ら高校生こそ、署名活動の先頭に立ちたいと思うのです」

喜望は、言葉を切る。すると、また拍手が起きた。それも、予期せぬことだ。

「ありがとう。では、具体的に説明します」

喜望は、署名用紙を手に持つ。真っ白な長方形の用紙を横にして、上に二十五人分、下に同じく二十五人分、合計五十人分の枠線が引かれている。

「この用紙に、名前、年齢、そして判こを押してほしい。判こがなければ、母印をお願いしたい」

喜望は説明を結び、着席した。

「書記長、ありがとうございます。では、意見を述べたい生徒は、挙手してください」

女子生徒である議長の榊が、引き取った。

「喜望兄ぃ、いいか」

長身で肩幅のある、学ラン姿の男子生徒が立ち上がる。

「判こか母印を押せというがよ、血判にすべきよ。俺たち、高校生の決意を示すべきよ」

男子生徒は座った。すると「そうよ、そうよ」と賛同する声が飛び交う。

喜望は、「議長」と、手を挙げた。

「その気持ち、ありがとう。感謝するよ」

言葉を切り、頭を下げ謝意を示した。

「だけど、この署名は、日本に返してほしいという、お願いよ。血判は物騒だ。それでアメリカを怒らせてはいけないわけ。どうか、分かってほしい」

「納得」

別の女子生徒が大きな声をあげた。すると、拍手が起きた。

「書記長、どうしても聞きたい」

今度は、後方に座っていた男子が、思い切ったように手を挙げる。

「大高一年の富です。東天城出身です。書記長の話を聞いて、俺も感動した。でもさ、実家の親が、復帰運動には関係するな、と手紙を寄こしてきた。復帰運動は、アカのやることだ、と言うんだ。俺は、アカにはなれないよ」

「富くん、意見ありがとう」

喜望は立ち上がり、謝意を述べた。本音だ。図らずも、こうして署名推進はすんなりと賛同を得たが、当初は、反対意見も相当出るに違いないと、覚悟していたのだ。だがそういう意見が出てこそ、腹を割った議論ができるし、議論なくして、決意は固められないと考えていた。

「まず、この署名は右とか左とか関係ない。文字通り、この奄美に暮らす全島民が進めるんだ。だから、富くんも、島民の一人として署名してほしい」

あえて〝アカ〟という言葉は使わない。もちろん、〝アカ〟とは、天皇に逆らい、米英の戦争に反対し、国賊扱いされた共産党員とその支援者たちの蔑称であることは理解している。俊平から学んだ。それでも「この運動はアカも右も左も関係ない」と、これも俊平との議論を通して理解していたのだ。実際、〝アカ〟と言われる人たちが、非国民などと蔑まれる理由がどこにあるのか。逆に、戦争に反対したことは、正しかったのではないか。

「それに、俺たちも高校生。親とは別の人格を持つ、立派な大人よ。だから、富くん自身がよく考え判断してほしい。それで、署名できないなら、それを尊重する」

喜望は、着席した。そして、「親とは別人格」などの難しい言葉がよく出たものだと、我ながら驚きもしていた。それも、雑誌『新青年』の講読の力によるものなのか。参加者からは、拍手が起きた。

「書記長、ありがとうございます」

富は立ち上がり、頭を下げた。

その後も何人かが発言したが、どれも賛同する意見だった。討論は短時間のうちに終わった。

徳之島出身の生徒全員が、机に置かれた署名用紙に、記入した。

喜望は、感動した。これなら、必ず本土に帰れる、そう確信した。

そして、集会が終わると、かねてからの約束通り、俊平ら役員と連れ立ち、街中へと出た。校舎近くの通称大高橋だ。そこで、署名推進を呼びかける演説をした。

＊

喜望は、学年末試験が終わると、すぐに徳之島・徳和瀬の実家に戻っていた。それは、日本復帰を求める署名を徳之島において推進するという、任務のためだった。暦は三月へと入り、奄美地方は稲の春植えの繁忙期を迎えている。そのため、復協は署名推進をはかる特別の手立てが必要であるとの認識に立ち、群島全域の各集落へオルグを派遣したのだ。オルグは、主に教職員組合と青年団のそれぞれの役員が担うことになっているのだが、郷里である徳和瀬については、自ら申し入れ、一員に加わっていた。

実家に戻るのは、昨年の夏休み以来のことだった。この冬の休みは、両親は帰省して来いとくり返し催促してきたが、とうとう帰らなかった。もうすでに十八という年になり、長期の休みを両親と過ごすというのも息苦しかったたし、戻ったとしても砂糖黍の収穫も始まっているから、その手伝いに駆り出されるのも嫌だったのだ。それで年末年始は、大晦日から元日にかけ、文芸部の幸吉ら数人と名瀬の浜に出て初日の出を拝みながら宴をした。その他は、下宿に引きこもり、本をひたすら読んでいた。

ご多分にもれず、我が家も農繁期であるが、半年振りの帰省に家族は喜んでくれた。ただし母は、冬に帰らなかったことについて「休みに戻るのは長男の務めよ、それを何だ」「もしや、大病でもしているのではないかと心配した」などと、しきりに小言を突いた。父はその点は何も言わなかった。

妹弟たちも、それぞれに成長していた。妹の智子は自身の念願であった進学をかなえ、今、地元の高校に通う。背中まで髪を伸ばす礼子姉さんとは違い、耳を覆うぐらいの髪型だが、顔つきは一層似てきたように思う。六つ違う弟の浩良は、兄の自分に似て頭が大きく背は低いが、態度がよそよそしい。この春には、中学生となる。末っ子の勇吉は、つい最近まで母の背に負われていた赤子だと思っていたのが、腕白盛りだ。今春には小学校へ進学する。そして、「兄ちゃん、兄ちゃん」と懐いてくるのは、もう勇吉の他にはいなかった。

夕飯の時刻となった。午後六時前だ。日が完全に沈みきるにはまだ少し時間があるが、円机の上にはランプを点けている。大島の名瀬は電気が通っているが、ここではまだだった。本土との生活物資の流通が規制され、米軍の配給に頼る食糧は、絶えず品不足となっているが、それでも今晩は、白米に豚肉も添えられたから、ご馳走ともいえるものが並んだ。

喜望は、食卓に並ぶ品々を見ながら、母に感謝する気持ちと共に、何も試験後の休息のために戻ったのではない、余計なお節介だと、苛立ちもした。いつまでも子ども扱いは、まっぴらだ。

それで、食事が始まるなりすぐに、説明を始める。

「今回、帰ってきたのは、復帰署名を広げるためだ。だから、その任務が終わったら、すぐに帰る」

「兄ちゃん、署名って、なに」

勇吉が、おうむ返しに聞いてくる。

「日本に帰るための署名よ」

「何、お前、そんなことやってるか」

母は箸を動かしながらも、さっと顔を険しくした。父、智子、浩良は目立った反応は示さない。

「そうよ」

喜望はすかさず言い放った。復帰運動に携わっていることは教えていなかったので、それを知ったとき両親がどう受け止めるか、考えあぐねていた。しかしどうなろうとも、堂々とするしかないとだけは思っていた。と言うのも、友人の大山恒夫の一件が、頭を離れなかったためだ。

彼は、自治会役員ではなかったが、文芸部員の一員として、復帰問題について積極的に協力してくれ、いや、その運動の先頭に立ち、署名集めでは学友にその意義を熱く語り、街頭の宣伝ではメガホンを握り演説もしていた。そして、そもそも〝復帰はアカの主張〟と偏見の目で見ていた両親にも復帰運動に参加することになった旨を、堂々と手紙で知らせていた。

するとと両親からは「奄美はもともと大和の一部なのだから、日本に帰るのは道理だ。お前が言うように、復帰は歴史の必然なのだろう。必然であれば、なおのこと、お前が前のめりにならずとも、黙っていても、アメリカは日本に返すはずだ」との返事をもらっていた。彼は再び手紙を送り説得はしているが、両親は息子のことを心配し、運動に参加することに賛同していないのだ。

この話を聞かされたとき、これは自分自身の問題でもある、と直感していた。

喜望は続けた。

「わんら、高校自治会は、真理に忠実な学徒であらんために、学問の実践に立ち上がった」

「何を言うか。政治家気どりして。それより、勉強してんのか」

母がなおも、文句を言う。

喜望は、少し意外だった。父が何か言ってくるとは予想していたが、きっと、母は何も言わないだろうと踏んでいた。その母が〝勉強もしないで、ろくでもない〟となじる。その一言に、一瞬にして反発心が沸騰した。そして、いかに日本復帰が道理あることか、そのためには何をすべきかを、滔々《とうとう》と語った。

母は、口を挟まず無言だった。

「開いた口がふさがらん。誰の受け売りか」

「誰の受け売りでもない。自分の頭で考え抜いた結果さ」

「本家が何て言ってるか、知らんのか。お前は、本当のおばかよ」

母は呆れている。そして詳しく話す。本家とは、父方の大叔父である「東喜豊」のことだが、その大叔父が「大島本島で本土復帰運動が始まって、こっちに来るそうだ。だけど、そんな危険なことに、決して関わるな」と、忌み嫌うごとくに周囲に言い触らしているのだと言う。役場の上役を務めている大叔父の言葉だけに、信じる者も少なくない。

確かに、島民の一部に「日本復帰などと主張し、アメリカに逆らうとは何事か」と、米軍に追随し復帰運動を敵視する勢力もいた。

「何が、本家よ」

喜望は言い放った。父、智子、浩良はずっと無言だ。

「本家が何を言おうが、関係ないよ」

喜望は言った。本音だった。だいたい本家とは、同じ氏族でありながら待遇にかなり差があるから、日頃から不快に思っていたのだ。そしてそれは、自分だけではない。両親ともに反りが合わなかったのだ。つまり、我が家と本家とは、仲たがいの関係だ。

「お前、自分のことよく考え。もう三年生になるよ。進路どうするわけ」

母は言った。

「俺は、卒業したら、本土に帰って進学する。それこそが、本当の復帰という意味さ」

喜望は言った。それは、咄嗟に口を突いた言葉ではあった。だが、以前から卒業後は、本土に行き進学できたらいい、いや進学したい、いや進学するのだ、と思いが交錯していたことだ。それが、母に説教されて逆に、決心となったのだ。

「何をバカ言うか。浩良、勇吉だって高校行くよ。お前を上の学校に行かせる余裕はもうないよ」

「分かってる」

喜望は、一言、強く言った。実際、我が家に家計のゆとりなどないことは、授業料と下宿代の仕送りを受ける身として、百も承知だった。だから、本土の学校に進学するなら、すべての金は自らで稼がねばならないことは、知っていた。それが今、覚悟となった。

「進学は無理よ。それより、役場に入るか、教員にでもならんと。だいたい、長男が家に戻らずして、どうするか」

母も声を張り上げる。そこへ、

「喜望、おれは署名はせん。奄美は奄美よ。なんで、大和に帰る必要あるか。かま、お前は、自由にせい」

と、父が口を開き、立ち上がった。そして、縁側に座り足袋をまた履く。これから、再び畑に出て砂糖黍の収穫をするのだ。日没後の作業でもあるため、松明の用意も始めた。

喜望も食事をすませ、部屋に引きこもる。そして、床に寝転がると母のことをしきりに想っていた。中学に進学するときは、反対したのは父で、逆に父をなだめ応援してくれたのが母だった。その母が大学進学に反対する。思考が錯綜した。部屋は、かつては智子と二人で使っていたが、彼女は両親の寝起きしていた部屋を一人で使い、両親は居間兼食事部屋で寝起きし、今では弟たちとの共用だ。だが、気を使ったのか、二人は一向に入ってこなかった。

二

喜望は、朝九時前、集落の広場にて、青年団役員の西永弘喜と教職員組合役員の田岡恵二とともに、署名活動についての打ち合わせをしていた。日本復帰を求める署名の、徳之島での推進活動は三日目を迎え、今日は、いよいよ自分の暮らす徳和瀬を回ることになる。事前に町会役員には面談し、署名の意義を話し協力を求めると共に、戸別に一軒一軒訪ね歩くことを伝えてある。肩掛け鞄に入れてある、署名用紙、ペン、朱肉を確認すると、出発した。

最初に訪問するのは、自分の家だった。そうしたのは、先日の夕飯でのやりとりを西永と田岡に伝えたら、じっくりと対話する必要があるだろう、それなら一番に訪ねようとなったのだ。そして、親子双方とも気まずかろうから、西永、田岡で訪問することとした。西永の持つ、話上手というか巧みな話術というべきか、その能力に託してみようともなった。

喜望は二人が出発した後、広場に待機した。この広場はかつて小学生のとき、夏の行事である浜下りの際、集落の人たちみんなで夏目踊りを踊った場所だ。その隅にあるガジュマルの木陰に腰を下ろすと、我が家でのやり取りはどうなっているか、と想いをめぐらした。「署名はやらぬ」と言い放った父は畑仕事に出ているから、そこには居ないだろう。智子と浩良も学校だから、在宅しているのは母と勇吉だ。いや、勇吉は父の手伝いで畑に行っているかもしれない。

母はどういう対応をしているだろうか。本家筋の言うとおり、けんもほろろの対応をしているか。いやそれとも、西永の話術にはまり込んでいるか。西永は、話好きでよく笑う。一方で、「小難しい理屈は分からない」と認めるように、難しいことはほとんど話さない。署名を依頼するときは、「日本に復帰するため、名前を書いてほしい」と、大きな顔から笑顔を振りまき語る。さらに、めげることを知らず、相手がかなりの懐疑心や警戒心でもって接してきても、笑みを絶やさない。

時間が経つにつれ場も和み、心を開いてくる。包容力なのか、とにかく相手を巻き込む能力にたけていた。

とにかく、二人に任せるしかないと割り切る。すると、父のことが脳の前面に湧いた。どうして署名を拒否するのか。と、急に一つのことに合点した。それは、父が戦争中に「満州」に渡航したことを、いっさい語らないことだ。この疑問は、高校生になった頃から抱くようになったのだが、家族に対して「満州」での生活ぶりを全く話さないのだ。いや話さないのではなく、口に出したくないようだったし、また逆にそのことを聞かれたくもない、といった様子なのだ。そのことが署名を拒否したことと、絶対に関係がある、そう断じたのだ。

やがて二人が戻ってきた。

「お疲れ様です。どうでした」

「おう、大丈夫よ」

西永は、にたにたと笑うと、署名用紙を広げた。

その五十人分の記入欄の先頭に、母の名前が記されていた。

喜望は、その性格のような、細くて小さい神経質な文字を見ると、正直ほっとした。日本復帰署名を展開する運動組織の一員が、家族からも賛同を得られないというのであれば、面目もない。

「さぁ、次、行くよ」

西永は笑った。

「おう」

喜望も力強く返事をする。母との詳しいいきさつなど聞かなくても、かってに頭の中にその場の姿が想像された。昨日は説教をするしかなかった母だが、実は、智子からの手紙で日本復帰を願っていると報らされていたのだ。

次の屋敷に向かって歩き始める。名瀬では普段、学校に通うのもそうだが、下駄を履いて生活している。だが、今は裸足だ。名瀬では素足で外出する住民などいない。下駄、草履、靴のどれかを履いている。それに対し徳和瀬集落を含め徳之島では、相変わらず裸足での生活が普通だ。だから自分たちも裸足だ。さらに、田植えと砂糖黍収穫という農繁期だから、誰もいない家もあり、その場合は田畑に出向きもした。

そんな苦労も、母が署名してくれたことで、報われたように感じた。

喜望が署名集めを終えて、実家に戻った。夕方の六時過ぎだ。夕飯の仕度はすでに整っていた。明日には、一人一足先に名瀬に戻るので、今日は帰省中最後の夕飯だった。食卓には油ぞうめんと鶏肉が並ぶ。鶏肉は家で飼育している鶏を父がさばいたものだ。

やがて食事が始まる。父は、今晩は酒を飲む。だんだんと酔いが回ってきたのか、饒舌になる。それでも、酒が進んでも復帰署名のことには触れない。が、ついに「お前も付き合え」と酒を勧められた。文芸部の仲間たちと、酒を酌み交わしたことはあるが、しかし、それは秘密裏の行為だ。それを、父からこうして堂々と勧められる。なぜか妙に照れくさかった。そうして、一口二口と、のどに流していく。酔いが回る。父も、機嫌が良い。

「なぁ、父ちゃん、満州はどんなところ」

喜望は言った。この質問をするのは、多分、初めてのことだ。酔いも加わっていたから、何のためらいもない。

「満州か、さぁ、どんな所だったかなぁ」

父は笑う。そして立ち上がると、部屋の隅にある三線を手に取り、縁側の廊下に座った。そして、勇吉を呼び寄せ横に座らせると、テンポの良い、明るい島の民謡を歌い始めた。

母が、歌い始めた父の姿を確認して、食器の片付けを始めた。そして、

「智子、今晩は、片付け手伝わなくていいよ。兄ちゃんと話してな」

と付け足した。

すると浩良が、「ご馳走様」と部屋に戻った。食卓の前は二人となった。

「兄ちゃん、私も、学校で署名した。しっかりと名前書いたから、心配いらんよ」

智子は、食卓の前が二人になったことを確かめるようにして、言った。

「そうか」

喜望は答えた。やはり、嬉しかった。

「卒業したら本土に戻るって、本気なん」

「本気よ」

「密航するんか」

「ばか、そんなこと言うな」

喜望は、顔を険しくした。

智子は、そんな表情にはおかまいなしに続ける。

「私も大学行く。女では本土が無理なことは分かっているから、沖縄の大学に行く」

「ばか。奄美の人間が沖縄に渡って、どんな目に遭っているのか知ってるか」

喜望は、また叱った。すると急に、沖縄にいる礼子姉さんのことが思い出され、不安になった。

＊

喜望は、自治会室にて、他の役員の生徒たちと共に、自治会発行「大高新聞」の編集、制作にとりかかっていた。一九五一年度となった五月のことだ。先月の四月には最上級生である三年生へと進学し、かつ、自治会でも今年度前期の役員選挙が実施された。そして引き続き、書記長を務めていた。会長には、前の久留俊平が卒業し希望通り沖縄の大学へと進学したため、文芸部員の大山恒夫が選ばれていた。

大山は前会期には、自治会役員になる決心がつかず、立候補することすらできなかったが、復帰署名運動を通して変わった。もともと成績も上位者でもあるからだろう、表舞台に立つことには躊躇しながらも、理論的な面で運動を支えた。疑問を抱く生徒たちに、署名の意義を語り聞かせていた。そうした中で、「決して復帰運動には携わってくれるな」との、親心から来る諫めを乗り越え、街頭演説会では弁士を務めるなど運動の先頭に立っていた。そして、先の選挙では彼自身が立候補すると申し出て、会長に選出されていた。

また、執行委員だった福山幸吉は二年生へと進級し、今期は副会長になっていた。

その彼らと、編集、制作している次号の「大高新聞」の主な内容は、二月中旬から始まった復帰署名についてだ。自治会でも学内集会を開催するなどしたが、四月中旬の二カ月余りにわたり取り組まれ、全群島から十三万九千人以上の署名が集約された。これは実に、十四歳以上の島民の九九・八％に当たるものだ。

喜望は、他の役員の仲間と共にこの結果を喜んだ。自分たちのやってきたことが、報われたと実感できた。そして、決して有頂天になっている訳ではないが、本土への復帰は必ず成し遂げられると、確信するようになっていた。そうした高揚感を受け、「大高新聞」の一面トップ記事の見出しは、「復帰署名、大成功に終る」との文字が大きく書かれた。

作業終了後、恒夫と二人、自治会室に残って雑談に耽っていた。それは、吉川洋子のことだった。恒夫と洋子の間は、文芸部と自治会役員の中では噂になっていたが、彼は決して真相を明かさない。そのことが、大変気になっている。

「この前、洋子と二人、名瀬の街中を歩いていたのを、見たのがいる。お前、付き合っているのか」

「馬鹿、人違いよ。だいたい、洋子とは手をつないだこともない」

「うそつけ。本当のこと話せ」

「馬鹿。女を守るのが、男の使命よ。話せるか」

恒夫は、ここでもバンカラ学生を気取った。

が、この話はこれ以上、進展せず、話題は進路のことに移った。

喜望は「将来、文章を書くことを仕事にしたいと思っている。だから大学は、文学部の国文、あるいは教育学部の国語専攻に行きたい」と告げた。一方の恒夫は「大学では法律の勉強をし、将来弁護士になりたい」と、語った。

「そう思えたのも、自治会と文芸部のみんなのおかげだ。復帰署名に取り組む中で、自分は法律によって、この国の不正義を正したいと思うようになった」

　恒夫は言った。

「そうか」

　喜望は、感心した。やはり、頭の切れる彼らしい発想だと思った。

「で、どこ目指してるわけ」

　恒夫が尋ねる。

「大学名まで決めていないけど、本土だけは確か。できたら、関西、それも神戸。だから復帰は必ず実現させる」

　喜望は断言した。

「留学生試験は受けんと」

「留学生試験って、何」

　喜望は、「留学生試験」という単語を初めて聞いたので、少し驚いた。そして「受けないのか」と問われたのだから、自分にも関係のあることなのだろうと、直感した。

「知らんのか」

恒夫も驚く。

「知らん」

「そうか」

恒夫は少し、呆れたようでもある。そして、説明を始めた。

留学生とは、昨年の一九五〇年度から始まった新たな制度で、本土の大学入学を希望する高校生に、進学パスポートを発行するというものだ。ただし、二次の試験があり、それに通った者にのみパスポートは出される。合格枠はごく少人数であり、きわめて狭き門である。従って、進学のため本土に向かった生徒の多くは、密航によるのが実情だという。

「そうか、去年からか。沖縄に大学が設置され、奄美からも受験可能になったのは知ってたけど、本土の留学制度は知らんかった」

喜望は、こんな大事なことなのに、今まで知らずにいたことが恥ずかしくもあった。同時に、一瞬希望も膨らんだが、「合格者はごく少人数」と説明され、気落ちしてしまった。成績は学校では中の中といった程度だ。「合格者はごく少数」となれば、上の上にいないと無理なのだろう。

「なら、恒夫は頑張れば受かるな」

「喜望、お前も受けけんのか」

「俺か、受からんだろう」

「何を、弱気になっている。勉強しようや」

「おう、そうよ。でもよ、俊平も留学生のことは知ってただろうよ。何で受けなかったのか。あいつだったら、受かったろう」

喜望は励ましてくれる恒夫に感謝しながら、咄嗟に、俊平のことが頭に浮かんだのだ。

「よくは分からないけど、一度、この話をした」

恒夫は言った。以前、二人きりになった時に「留学生試験は受けないのか」と聞いたことがあるのだそうだ。すると俊平は、卒業後も復帰運動に取り組みたいから本土に渡らず沖縄に行く、と毅然と言ったそうだ。そして、自治会長として、公然と復帰運動の前面に立つのだから、試験を受けたとしても米軍政府が合格など出すわけはないと、話したのだと言う。

「そうか」

喜望は、そう返事をするしかできなかった。自分にその覚悟はあるのか。

＊

喜望は夜、下宿部屋で、雑誌『新青年』をむさぼり読んでいた。恒夫から留学生制度というものがあることを知るに及んで、迷いが生じていた。本土の大学に進学する、この決意は揺るがない。だから、日本復帰を必ず実現させる。仲間の前では鼓舞する意味もあり、そう発言する。しかし、一人こうして考えると、果たして米軍政府相手に可能なのかという気持ちが、頭をもたげてしまう。

それならば、その留学制度の試験を受けることを目指したら良いと発想を変える。が、狭き門であるというから、受かるはずもないと弱気になる。しかも俊平がそう言うのであれば、自治会書記長として復帰運動の先頭に立つ自分にも、米軍政府は合格通知を出すわけがないのだ。それなら、密航して、進学するのか。

頭の中は堂々巡りしている。それで、この二カ月余り、復帰署名運動に忙殺されていたから、三、四、五月号の三冊を、机の上に積んだままにしていたこともあり、読み始めたのだ。迷った時には、『新青年』を生きる指針としていた。

三月号から頁をめくった。「民族の夢―大島が日本に帰ったら―」との記事があった。論考文かと思い、少し気合を入れて読み始めると、随想だ。面白いし読みやすい。

随想は、日本は主権在民、恒久平和、人権尊重を原則とする新憲法が実施されている、その新憲法の下に帰ることこそ、奄美島民の夢を実現する道だ、と呼びかける。そして、続ける。

「青年たちが進学の道を閉ざされているために、世界人類に貢献できる頭脳を持ちながら、パンパン班長になったりヤミ貿易に狂奔したりして、その青春の心身をすりつぶしている」「人類を幸福にする発明発見の高尚な仕事と、肉体の切り売りや利潤のかけひきのために腐敗堕落する悲惨のてん落の相違。これを救うものは、ただ、七島灘の解放だけであろう」

一気に読み終えた。目頭が熱くなった。そして、「青年たち」で始まり、「解放だけであろう」の結びまで、七行の文章に赤鉛筆で線を引いた。「七島灘の解放だけ」には二重にした。新憲法の下に入ることこそ、奄美島民の、我ら高校生の未来を切り開くのだ。

四月号を手にした。頁をめくると、「那覇港へ」との紀行文があった。那覇といえば沖縄だ。そして、沖縄といえば礼子姉さんだ。記事を読み始める。それは紀行文ではないと、すぐに理解する。題名の通り、現在の那覇の街の様子を伝える見聞録である。読みやすい。

「雨が思い出したように舗道の上に落ちたそれが、すっかり店をおろした、街灯の夜の中に冷たくしずんだ」

この、那覇の街並みの姿を描き始めた冒頭の一文に、すっかり感心した。情景が目に浮かぶ。うまい。先を読む。

「映画の退けた国際劇場通りは、首里帰りの車を拾う人を除いては、屋台店にたかる、余り質の良くない連中ばかりだ」

「質の良くない連中」とは誰のことか。もしやとの予感がする。

「ビールで火照った頬を小雨に濡らしながら、夜の道を私は宿に急いだ。市役所の角を曲がりかけると、私の足を止めた男がいる。名瀬で顔見知りの、もと船員だった」

やはり「質のよくない連中」とは、奄美出身者たちのことに違いない。先を読んでいく。その夜の街で、奄美出身者たちは、ならず者と化し酒におぼれ喧嘩にあけくれ、挙句には警察にも目をつけられている。奄美大島の笠利出身の四十代の女は、キャメルをふかし〝姉さん〟と呼ばれる。女は、〝パンパン〟の親玉というのだ。荒廃した街の様子が活写されている。いや、荒んでいるのは奄美の島民なのだ。こういう記事を読むたび、沖縄にいる礼子姉さんのことが心配になる。姉さんは、教員免許を取るための学校に通っているはずだから、よもやとは思うのだが。

そして最後に、これらの島民を救う道を呼びかける。

「郷土青年のたゆまざる努力による、美しい社会建設以外に方法はあるまい」

喜望は、日本復帰を諦めない、絶対に、と心した。

三

喜望は、講堂で開かれている自治会が主催する生徒大会に、運動方針を提案する側の一人として出席している。一学期の期末試験終了直後の七月十一日だ。

全群島島民の九九％以上から集めた復帰請願署名は、五月には本土の国会に提出され、その後の六月に採択された。これを受けて、奄美全群島では、復帰の熱がいよいよ高揚した。高校生もますます発奮した。

そうした中、昨日七月十日、対日講和条約の、米側の最終草案が、ラジオと新聞で報道された。それは、これまでの案を、いよいよ固めたもので、小笠原、沖縄を含め奄美を国連信託統治国として米国の施政権下におくというものだった。最終草案の報道は、名瀬市内では新聞号外が配られるほどだったが、日本復帰を熱望する住民に大きな動揺を与えた。

復協は、この事態を受け直ちに、今後の方針を決めた。泉芳朗議長の「運動はこれからだ。民族的大悲願達成に向かって、最後の瞬間まで死闘を続けよう」との指導に、信託統治反対、日本復帰貫徹を要求することを確認した。そして、二日後の十三日に、名瀬市民総決起大会を開くことを決定していた。

喜望は、対日講和条約の最終草案を知ったとき、まさか、と動揺した。そして、挫《くじ》けた。泣き出したくなった。が、すぐに思い直した。そんな簡単に物は運ばないと覚悟していたではないか。すると、悔しさでいっぱいになり、負けてなるものかと歯を食いしばった。自分は書記長という立場にあり、自治会活動を先導する任務を担っているのだ。

生徒大会では、敗北的意見も出された。「九九%もの島民が署名したのに、あれはなんだったのか」「逆に、署名はアメリカを怒らせたのだ」「アメリカに逆らってはだめだ」と、必死で取り組んだ分、喪失感も大きい。

それに対して、諦める必要はないと、説得する意見が出される。泉議長の「運動はこれから」

との発言も紹介され、日本復帰へ向け一糸乱れず突き進もうと、まとまっていく。そして、会長の大山恒夫の発言で一致結束していった。

「祖国日本の憲法では、地方自治権の確立を定めている。それは、地方のことは地方が決定権を持つということだ。だから、国と地方自治体は上下関係ではなく、対等平等だ。地方住民の意思は、最大限に尊重され、国政に反映されなければいけないのだ。今、日本国の一地方である奄美住民二十万同胞は、日本復帰を熱望している。だから、この意見を蹂躙するのは、米国の横暴と断じるしかない。だからこそ、憲法のある、日本に必ず帰ろう」

喜望は、恒夫の発言に唸った。何と理路整然としていることか。

自治会は、十三日の総決起大会成功に向け、市内三校全ての生徒を対象にして参加を呼びかけると共に、街頭に打って出た。組をつくり辻々でメガホンを握り訴えた。

「運動はまさにこれから正念場だ。全群島一丸となり、民族悲願を達成しよう」

「信託統治反対、日本へ必ず帰ろう」

街中に、若き血潮はほとばしった。

＊

喜望は、大勢の住民の中の一人として、名瀬小学校の校庭にいた。今日は、梅雨もとっくに明けた七月十三日だ。真夏の昼下がりの陽射しが照りつける。名瀬小学校は、名瀬市街の中心地、市役所の隣にある学校だ。校庭には、白髪しか残っていない老人から中学生、小学生と、老若男女入り混じり、隙間なく埋め尽くしている。構内に入れない者は道から見守った。

我ら高校生も数百人が、自治会の呼びかけに応えた。男子学生は学帽やらの帽子を被り、女子学生はセーラー服も多数いた。校舎の前に建てられたテント周辺に、手製のプラカードを持って、結集している。数分後に始まろうとしている、市民総決起大会の開催を今か今かと待っていた。

定刻の午後二時になった。しかし、決起大会は始まらない。

喜望は、すぐ近くにある、演壇に目をやる。そこには発言者用のマイクが据えられているが、誰も登壇しようとしない。逆に、その周りに復協の役員と思われる数人が、円陣を囲みしきりに打ち合わせをしている。腕組をする者や顔を曇らせる者もいる。その様子を確認すると、急に不安になった。何かトラブルでも起きたのか。会場は、静かに大会開始を待つ。

「どうした」

参加者の中の一人が叫んだ。男の声だが、会場に響いた。すると、それに同調する野次が相次ぐ。

「どうした」

「もう時間になったよ」

「さぁ、始めるよ」

炎天下の会場は、一気にざわついた。

喜望は、決して野次怒号には迎合せず、固く口を閉ざしたまま、演壇をにらむ。

すかさず、一人の男の役員が演壇に上がる。

「みなさん、お静かに。どうかお静かにして、お待ち下さい」

役員はマイクに向かい、訴えた。

会場は静まった。

が、暫くすると、誰かが呟いた。

「きっと、米軍政府のせいよ」

「アメ公が横槍入れてんのよ」

「そうよ、そうよ」

喜望も、口は固く閉ざしていたが、絶対にそうに違いないと思った。敗戦の翌年から米軍政府は、日本復帰を求める声をあげることを禁じてきた。非公然に、復帰運動を画策する者には、〝アカ〟のレッテルをはり、時には獄に繋ぎ弾圧してきた。だから、この大会を妨害しているのは米軍政府に違いないのだ。許せなくなった。

会場は騒然としてきた。

やがて、校舎の中から男性が出てきた。丸眼鏡をかけた細身の泉議長だった。泉議長は演壇に向かった。いよいよ始まると思うと、緊張してきた。

そこへ、一台のジープが校門から入ってきた。米軍政府の民政官たちだ。ジープから降りた彼らは、泉議長の前に立ちふさがった。明らかに、妨害しに来たのに違いない。

喜望は、その異様な風景を凝視する。怒りと同時に恐怖が入り混じった。泉議長と民政官とのやりとりが聞こえてくる。民政官たちは、大会の中止と参加者の即時解散を要求している。やはり、開催が延びているのは米軍政府が、干渉してきていたのだ。泉議長は抗議している。やがて、泉議長と民政官たちは、校舎一階の教室に入った。

会場から、

「たたきのめせ」

と、米軍への一喝が飛ぶ。すると、それが怒号となって燎原のごとく広がる。

喜望はガラスを通し、教室の中をにらんだ。椅子に座り机を囲んで、泉議長と民政官たちが、やり合っている。窓は開いているから、声も聞こえた。

「直ちに大会を中止し、解散せよ」

「今解散を強行したら、この熱狂した市民は、今この時からみんな、反米になるが、良いか」

泉議長は毅然と、言い放った。

民政官は、明らかにたじろいだようだ。押し黙った。

結局、「プラカードは撤去する。小学生は退場させる。デモ行進はしない」との条件は付けられたが、大会開催は認めさせた。

会場からは、大きな拍手とともに歓呼の叫びが飛び交い、〝ヒュー、ヒュー〟と指笛が響いた。

喜望も感動に震えた。

決起大会は、各団体が持参したプラカードやのぼり旗は掲げられることはなかったが、熱烈かつ整然とおこなわれた。復帰を求める運動は、公然化とも言うべき段階へと前進を勝ち取ったのだ。

決起大会は終了した。会場にはまだ多くの参加者が残り、余韻覚めやらない。

「大成功よ」

「おう、そうよ」

誰彼となく、歓喜の声があがる。

「しかし、プラカードだけは残念だった」

喜望は、結局、地面に寝かされたまま空に向かって持ち上げられることのなかったプラカードを見つめ、呟いた。

「まぁ、仕方がないよ。また、次回使うよ。それまで自治会室に保管よ」

二年生で役員の福山幸吉が、すかさず、仲間に指示を出した。

すると、参加者の一人、文芸部員の吉川洋子が割って入る。彼女はセーラー服姿だ。

「そんなことないよ。みんなで持って帰ればいいさぁ。それで、折り畳んで持って帰るのはもったいない。天に高くかざして持ち帰るわけ」

「それ、いいね」

恒夫がすかさず、賛同した。

「おう、それよ、それよ」

他の生徒たちも、相次いで後押しした。

「よし、決まった。ついでに、学校までの道のりも遠回りしよう。横五人並びで列をつくるよ。一年生、横断幕、プラカードを持って」

喜望は、指示を出した。

「おう」

仲間たちはすぐさま隊列を組み、横断幕を掲げる。横断幕は横幅三メートル、縦五〇センチメートル程の長方形の模造紙の両端に、木の竿を付けた物だ。その竿をそれぞれ一人が握り、天に掲げると、長身の男子生徒の倍以上にもなった。そこには生徒たちの熱望が書かれている。

「聞け民族の血の叫びを」

「民族の危機郷土を死守せよ」

吉川もプラカードを高くかざす。

「熱願完全日本復帰」

喜望は、生徒たちの先頭に立つ。

「さぁ、学校に帰るよ」

喜望は気勢を上げた。

「おう」

隊列は、名瀬小学校の校門を出発する。大高はここからだと徒歩で十分程度、東の側にある。が、南側の港をめざした。しばらく進むと目抜き通りに入る。敗戦時は焼野原となったが、六年近い歳月が経ち、粗末ではあるが商店が軒を連ねる。隊列は整然と、提灯行列のごとく延々と続く。沿道からは、商店主やら買い物客らが「気張れぃ」と声援を送った。

喜望はその声に、武者震いする。こうして大勢の仲間と隊列を組み街中を歩くこと、つまりはこれこそがデモ行進というものなんだろうが、こんなことをするのは、人生初めてのことだ。人前に晒される恥ずかしさなど、微塵もない。あるのは、この道にいる人たち全員との一体感だ。路側には電柱がすでに建て直されている。目を空にやると、掲げた横断幕は、電柱から電柱を繋いで走る電線と並行にすすむ。その姿に誇らしくなった。

角を曲がる。そこでも、沿道の人たちの歓呼で迎えられた。

＊

喜望は、日本復帰を求め集団断食祈願を行う一人として、大山恒夫ら自治会役員と共に、名瀬小学校の校庭に結集していた。八月四日午後十時三十分過ぎのことだ。校庭には星空の下、先月十三日の市民総決起大会と同じく、構内に入りきれず道路に待機する人もいる程の、大人数だ。参加者は各々、陽気で賑やかな民謡を三線と太鼓のリズムにのせて歌ったり、勇ましい一見軍歌にも似た曲を歌うグループもいる。自分たち高校生は、肩を組み校歌や「日本復帰の歌」を大合唱していた。

集団断食は、三日前の一日から一人断食に入っている、復協の泉芳朗議長に連帯し、取り組まれるものだ。大成功に終わった総決起大会後、米軍政府は「政治集会は一週間前に届けよ」と、復帰運動への干渉を続けているが、今晩の熱気は、その干渉をはね退けるものに違いない。

喜望は、この断食に備えて、夕方五時、さらには夜九時と二度にわたって食事をしてきた。と言うのも、敗戦の翌年に患った栄養失調のことが、やはり頭をよぎったからだ。あれから五年もたち、健康状態も何ら問題はない。しかし、よもや祈願中に目まいや気絶などを起こして、仲間たちのやる気を削いではいけないと、書記長としての責任感からだった。

今年の二月に本格的に復帰運動が進められてからというもの、学内の集会や署名、さらには総決起大会と、めまぐるしく諸活動を展開してきたが、どの企画にも、取り組む前には必ず緊張する。そして、その日の朝には腹痛をおこして、何度も便所を使うこともあった。そんな時は、この役目は、対日講和条約会議の開催される九月までのことなのだと、唇を噛みしめてきた。実は、生徒たちの前では威勢を振るうが、本当は神経質な性格なのだと自覚せざるを得なかった。

午後十一時、復協役員のあいさつとともに、集団断食は始まった。会場では相変わらず歌を歌うグループや、熱く議論を交わす声も聞こえてきた。

高校生たちは、祈願中に脱落者を出してはいけないと、体力を温存することとし、その場に座りこんだ。そして、静かに時を過ごすことを約束したうえで、後は各自の判断に任せている。雑談にふける者たちもいれば、頭を下げ、目を瞑る者もいた。

喜望は、いよいよ始まると、冷静に受け止めた。恩師、泉議長が祈願に入る前の決意表明で、「断食運動はアジア民族の伝統的な意思表示の手段であり、知性の許すかぎりにおいてのぎりぎりの反対意思の表明である」と語った文句を心内で反すうした。

そしてその場に座りこむと、提灯の灯りを頼りに、持参した英単語帳を読み始める。もう八カ月もすれば卒業を迎えるが、進路の目標を、本土への留学制度の試験を受けることに決めたからだ。この制度は、合格者はごくわずかと言われ、狭き門である。だから、合格できるかは、正直自信はないのだ。しかし、来春までには日本に復帰し、本土の大学を受験すると決めている以上、留学制度を受験するのも当然のことだと、考えたのだ。それで、時間があれば、受験勉強に取り組んでいた。

単語帳は、高校に進学して以来この方まで、習得してきた英単語を書き写したものだ。スペルの横には発音記号とアクセント、さらに和訳を記入してあった。

夜明けの午前六時となった。断食開始から七時間がたつ。参加者は、泉議長に合流するため高千穂神社へと向かい始める。高千穂神社は、名瀬の市街地の北側に連なる小高い山々の中腹にある。境内からは、名瀬の街並みが見渡せる。

喜望は、校庭で腕枕し海老のように丸まり、すっかり寝入っていた。高千穂神社への移動を告げるアナウンスに起き上がった。そして、無言で仲間たちと歩き始める。気も体も重いし、喉は渇く。しかし、空腹感はなかった。普段なら名瀬小学校からは、歩いて十五分程度で着く。しかし、今朝は大勢の人といっしょだから三十分以上もかかる。境内はそれこそ、足の踏み場もない程だった。青年団の人たちだろうか、参加者を励ますように、勇ましく合唱する歌声が聞こえた。

喜望たち高校生は、鳥居近くに座った。そして自分は、再び英単語帳を開いた。

夜十時、断食祈願が終わりを迎える。社の中で一人断食祈願している泉議長を迎えるため、全員が起立する。

喜望も立ち上がった。目まいがした。が、両足に力を入れ、踏ん張る。思ったほど、腹は空いていない。しかし、のどはからからだ。早く水が飲みたい。やがて、両脇を抱えられ、五日間の断食を成し遂げた泉議長が社の前に姿を現した。大きな歓声と拍手が巻き起こる中、その議長の姿に感涙した。

四

喜望は、下宿部屋で、留学生の試験に向けた勉強をしていた。いま、取り組んでいるのは、英語だ。試験科目の中で、英語ほど苦手なものはなかった。九月中旬のことだ。

大東亜戦争、つまり太平洋戦争の正式な終結となる対日講和のサンフランシスコ平和条約は、今月八日に結ばれた。それは、全島民二十万人の要求を踏みにじり、奄美全群島を沖縄、小笠原とともに、国連信託統治として、米国の施政下におくものだった。つまり、奄美は日本本土から名実ともに分離されたのだ。それを明文化したのが、サンフランシスコ平和条約の三条だった。

サンフランシスコ平和条約が締結されたとき、全群島民がそうであったように、失望のどん底に落とされた。今年の二月に「奄美大島日本復帰協議会」が結成され、署名運動、各地での決起大会、さらには集団断食を大きく成功させてきた。文字通り全群島民一丸となった。それにもかかわらず、日本復帰の熱望は叶わなかったのだ。これで、日本に復帰し日本国民として正々堂々大学を受験するとの希望は、完全に打ち砕かれたのだ。運動も停滞してしまっている。

だが喜望は、すぐに考えを転換した。奄美が日本に復帰するのは絶望的である。だからこそ、一刻も早く、この島を出ないといけない。いや、とにもかくにも逃げ出さなければいけないのだ。そのためには、留学生試験に絶対に合格しなければいけない。復帰運動も自治会の役員活動も、もうどうでもよい。幸いに、後期の役員選挙は間近にあり、当然、立候補などせず、それでお役御免だ。何もかもが投げやりであり、留学生受験だけが唯一の支えだった。

英文和訳を一通り終え、解答例を見て自分の和訳と比較していた。夜八時前だ。

生徒会長の大山恒夫が、下宿に乗り込んできた。用件は来月初めに実施される後期自治会役員選挙のことだった。彼は、引き続き会長に立候補するから、お前も書記長に出馬せよ、と説得してくる。全群島民が、全高校生が展望を失い、混迷の底にある今こそ、自治会役員が、高校三年生という最上級生が、踏ん張らなくて何とするか。我ら学徒の学びは、苦難にあればある時こそ、時代の展望を切り拓くものだ、と一喝した。

喜望ももちろん、反論した。やはり日本は戦争に敗れた国なのであり、勝者の米国の前では敗戦国はただ戦勝国に従うしかないのだ。ポツダム宣言がいう「無条件降伏」とは、そういうことなのだ。だからできることは、この島を捨てることしかないのだ。だいたい、自分は神戸の人間であって、奄美の人間ではない、とまで言ってのけた。

恒夫も一歩も引かなかった。ポツダム宣言は、敗者である日本が平和、民主国家へと生まれ変わることを最大の使命とするものであり、勝者の連合国が領土を拡大するなどとは、一言も述べていない。サンフランシスコ平和条約の三条は、明らかにポツダム宣言に反するものだ。そうであれば、サンフランシスコ平和条約の三条を撤廃することこそが、求められているのだ。

しかも、三条を丁寧に読めば、日本政府が、奄美の日本帰属権を放棄し、米国統治下に組み入れることを承認している。つまり、奄美の運命を決めたのは奄美自身ではなく、日本と米国によってだ。これを認めれば、奄美はいつまでも人の言いなりにしかなれない。その昔は、沖縄に、そして時代が下るとともに、薩摩、大和、米国と支配されてきた歴史を、今こそ断ち切る必要がある、と述べるのだ。

喜望も、地元新聞に掲載されたサンフランシスコ平和条約を読んだとき、三条の明文に違和感は持った。三条には、日本が奄美の帰属を放棄するとあり、つまり主語は日本なのだ。すると、春に実家に帰った際に、父が吐いた、「奄美は奄美、大和ではない」とのつぶやきが脳裏に蘇り、その真意を理解していた。それで、「奄美は日本に見捨てられたわけじゃない。もともと日本じゃないわけ。だから、日本に帰る必要もない」と言い返した。

恒夫は「それは違う」と強く反論してきた。奄美と大和の歴史は複雑ではあるが、奄美は日本国の一員なのだ。その日本は、国民主権、恒久平和、人権尊重という人類普遍的な原理を持つ憲法を持っているのだから、奄美は日本に帰るのだ、と語った。

結局、話し合いは平行線のままだった。そして明け方、恒夫は自宅へと帰って行った。去り際、彼ははっきりと言った。

「おれは本土の大学に入っても、非暴力非服従の復帰運動を、それが実現するまで続ける。そして、将来は、弁護士になる。弁護士になり、日本国憲法を、日本、奄美のみならず、世界が持てるようにしたい。そうすれば、戦争は必ずなくなる。このことを洋子に話したら、深くうなずいてくれた。彼女と歩きたい」

十月初旬となった。自治会役員選挙の投票は、あす行われる。

喜望は文芸部の部室で、後期自治会役員選挙での演説原稿の仕上げにかかっている。選挙の際、各候補者による立会演説が実施されるのだ。

恒夫とこれからの奄美と日本のことについて、夜通し語り合って以降、数日間、考えに考え抜いた。やはり、彼の言い分の方が正しいと思った。しかし、米国という戦勝国の前では、どうしたって本土復帰などはとても叶うはずもない。堂々めぐりだった。

しかし、彼が最後に言った言葉に揺さぶられていた。日本国憲法を世界が持つため弁護士になる、そして洋子と生きていく、それだった。彼は、すでに彼自身の人生を設計している、そのことが眩しくもありうらやましくもあった。自分には、本土の神戸に帰りたいとの熱望はあっても、その先のことは何もわからないのだ。それで、考え抜いた末、自治会役員、つまり引き続き書記長への立候補を決意した。それは、奄美復帰の大義に立つというより、恒夫に置いていかれたくないといった心情ではあった。

演説原稿をようやく仕上げた。最後まで悩んだのは、奄美復帰に向け、サンフランシスコ平和条約の三条撤廃を訴えるかどうかだった。この点は、復協役員の中でも、いや島民の中でも、意見が割れている。奄美が米国施政下にあるのは三条の規定なのだから、これを撤廃させない限り、本土復帰はあり得ないと主張する。一方では、三条撤廃などと言えば米国を怒らせ、それこそ本土復帰どころではない、と言う。どちらも正論のように思った。それで、最終的には、恒夫も言う通り、三条撤廃を訴えることにした。

そして、演説原稿を書きながら思ったのは、神戸時代の親友の李のことだった。というのも、ペンを走らせながら、奄美と日本の本当の関係はどういうことなのか、との思いを抱いていたのだが、すると、ふと、李のことが頭に浮かんだのだ。李の故郷である朝鮮は、戦後、日本から独立し、今は半島の統一のため戦争をしている。独立、いや違う。朝鮮はもともと別の国だったのだ。それなのに、李はなぜ日本に来たのか、その意味こそ今度の戦争の真実かもしれないと、思考がめぐったのだ。

李は、今、どうしているのか。

＊

喜望は、沖縄の都・那覇の国際通りにいた。昼食をとるため定食屋に入っていた。正午前のことだ。暦は、卒業式も終えた、一九五二年三月の下旬だ。かねてから、新しい年度が始まるまでの春の休暇を使い、沖縄へ旅したいと考えていたが、それを実行に移した。本土への留学生試験は先日行われたが、必死に受験勉強したかいも報われ、合格することができた。

それと言うのも、留学生制度が、昨年度まで合格者はごく少数の狭き門であったが、今年度は対象枠を大幅に拡大したことも要因のようだった。対象枠の拡大は、平和条約が結ばれ奄美が琉球政府の一部となり、本土と切り離されたことによって、行き場を失った高校生たちの情熱を吸収する必要があったためだとも、噂されていた。それで、それも米国政府のおかげだと、持ち上げる輩もいた。

四月からは、鹿児島の大学への進学が決まっている。学部は、国語の授業が一番好きだったし、得意であったこともあり、文学部国文科にした。そのことは迷いなく決めたのだが、留学先の学校はやはり関西、いや神戸にしたかったのが本音だった。鹿児島の大学にしたのは、戦争中、徳之島に帰る途中に世話になった、母方の徳富義秀叔父が、面倒をみてもよいからぜひ来ないか、と誘ってくれたからだ。それで、鹿児島に赴いてからは、しばらくの間は、義秀叔父の家に下宿させてもらうことにしている。琉球政府発行のパスポートも取得した。

また本土に渡ったとしても、復帰運動は続ける決意だ。そのことは、東京の大学に受かった大山恒夫と関西の大学に進学することになった吉川洋子とも、誓い合ったことだ。名瀬に居るのとは環境が大きく異なることは理解しているが、鹿児島にあっても自分なりにできることを続けたい。何ができ何をなすべきか、暗中模索の状態ではあるが、そうであるからこそ、生きる指針である雑誌『新青年』を、郵送によって引き続き購読するつもりだ。

一方、先日行われた琉球政府立法院議員選挙では、奄美地区八人、沖縄地区十八人、宮古地区三人、八重山地区二人、計三十一人が選出されていた。立法院とは、その名の通り法律案を審議し決定する機関であり、本土でいえば国会にあたるものだ。しかし、琉球政府の立法権は米軍政府の指令範囲のみで許されるものであり、かつ、法案が審議、可決されたとしても、最終的に米軍政府の認可がなければ廃案になるという、極めて自主権のないものだった。それでも、島民の代表者を選ぶ選挙が実施されたのは、前向きな変化ではないかと思っている。選挙の実施は、本土に近づく一歩だ。

喜望は、温かい汁をかけただけのそばを食べ終えた。そばといっても本土のとはだいぶ違い、うどんのような麺だ。実際、そば粉は使っていないのではないか。進学に合わせて購入した腕時計を見ると、午後一時前だ。店を出ると、再び那覇の街を歩き始めた。約束の時間までは、三時間あった。

那覇にやってきたのは、奄美と兄弟島といわれる沖縄をぜひ見てみたいという、旅が目的だった。同時に、久しく音信不通となっている従姉の礼子姉さんと再会することだった。礼子姉さんは、教員免許を取るために、二年前から渡沖していた。また、沖縄の大学に進学した久留俊平とも再会したかった。しかし彼は、学校が休みに入ったため名瀬の実家に戻るとのことで、すれ違ってしまったのだ。残念だった。

それにしても、那覇の街並みには、驚くばかりだった。道は舗装され、車は走っていて、乗り合いバスも運行している。沿道には高層も含めたビルが建ち並んでいる。国鉄と市電はないが、神戸にも似た都会なのだ。太平洋戦争敗戦の年には、鉄の雨と比喩された艦砲射撃を受け、さらに米軍との死闘を繰り広げた地上戦によって廃墟となったが、その同じ街とは思えなかった。空襲によって焼かれた名瀬も復興はしてきているが、この那覇には遠く及ばないのは明らかだ。もちろん、ここから一里余り離れた首里は、大激戦となった地であるが、かつての琉球王国時代の王宮は焼け落ちたままだし、あちらこちらに、激戦の傷跡が残るという。首里には明日行くことにしていた。

街中の散策をして二時間近く経った。今、那覇の中心地の西外れ、海岸線から少し入った隅っこの一画にいる。辻という地だ。ここは、琉球王朝時代から続く、遊郭街だ。

この地を訪れたのは、男としての欲望もあった。それと共に、戦争が終わった直後に実家に突如やって来た「ピーヤン」と呼ばれた女のことがあった。あの時は、女が一体何者かも分からなかったが、大学生へと成長する中で、朝鮮半島から連れて来られ、日本兵を相手にした慰安婦であると、知ったのだ。

気の毒になった。そして、「父に世話になった」と言っていた意味はどういうことなのかと、疑問がわいた。「世話になった」のだから、女に悪さをしたということではないだろう。世話をしたのは、満州での生活体験と関係があるのではないか。「父に礼をしたい」と言っていたが、それは本当のことだったのではないか。そう思い始めると、女に大変悪いことをしたと後悔し始めた。なぜ、石を投げつけ追い返してしまったのか。こんなふうに心の中に抱いてきたモヤモヤを、この地に来れば晴らすことができるかも知れないとも思ったのだ。

通り沿いには、粗末な小屋が立つ。この街も戦争によって焼野原になったに違いないと思う。小屋の前を過ぎる。流し目をやると、入り口の扉は開いている。玄関には誰もいない。軒を潜りたい欲望にかられるが、そうすることがなぜか、不埒に思えた。それに金銭の余裕はない。時間は午後三時前だから、人影はほとんどない。しばらく歩くと、厚化粧をして派手に着飾った若い女が、米兵と抱き合い歩く姿があった。一瞬にして嫌悪を抱いた。急に、この街から一刻も早く逃げ出したくなった。早歩きとなった。鼓動が激しくなる。

やがて辻を抜け出ることができた。ほっとした。だが、心のモヤモヤを晴らすことはできなかった。

午後四時を少し回った。

喜望は、約束通り、礼子姉さんと国際通りにある料理店にいた。座敷の机に向き合う。目の前の礼子姉さんは、円い襟の白の上着に、真っ青なカーディガンを着こんでいる。髪は徳之島にいたときと同じく、背中の真ん中まであり、紐で一つに束ねている。ただ、唇には薄く口紅が引いてあった。心はとても弾んでいる。久しぶりの再会ではあるが、気恥ずかしさもない。店は沖縄料理を専門として、机には豚肉や豆腐や野菜を素材とした沖縄料理が並んだ。話は弾む。それも、全く意識はしなかったのだが、神戸に居た頃のように関西弁を使っていた。

礼子姉さんが、まず、沖縄に来てからの二年余りの歳月を話す。教員養成学校に入る目的で渡沖したが、二年の課程をこの三月に卒業した。四月からは、那覇の隣村である浦添の小学校で教員として働くことになる。今は、目標を達成したことで、ほっとしているという。しかし、戦争被害も最も激しく、本土との歴史も複雑であるこの地で、教員をするのは特別な苦労もあることは、覚悟していると言う。しかし、この先結婚して子どもが生まれても、教員はずっと続けたいと語った。

喜望も、卒業後の進路を話した。留学生制度を使い、鹿児島の大学に入学したこと、学部は、将来の職業は決めていないが、国語が得意科目であるから、文学部国文科を選んだと説明する。

ただ、礼子姉さんの話を聞いて、教員になるのも一つの選択だ、と話した。

　すると、礼子姉さんが質問してきた。

「おじさん、おばさんは、本土に渡ることに反対せんかった」

「そうやね、親父は何も言わんかった。もう子どもじゃないんやから、好きにしろって。ただ、お袋が最後まで文句言ったわ。役所にでも勤めて、徳和瀬に帰って来いって、しつこいんや。だから、徳和瀬には絶対に帰らんと、はっきり言ったんや。何度もやりとりした結果、最後には折れたわ。でも鹿児島の大学に行けと、条件出されたわ」

　喜望は、饒舌だ。

「そう、大変やったね」

「お姉さんは、どうやった」

「私も、大反対されたわ。だけど、はっきりと教員になると、主張したんよ。そうしたら、父はわりとすぐに賛成してくれたんや。けど、母は最後まで、首を縦に振らなかったわ」

「そうか、お姉さんも大変やったんやね」

　喜望はしみじみと言った。

　それから、沖縄に滞在する奄美の人々が、いかに人権を侵害されているかにも話が及んだ。

「今ね、沖縄のあっちこっちで米軍が基地を広げているんよ。その工事に奄美の人たちがどんどん入っているんや。だけど、仕事は肉体労働できついけど、給料はすごく安いんやって。一番良いのは本土から来た労務者で、次は沖縄の人、その次がフィリピン人で、奄美人は最低やって。

だから、結局、基地を造る仕事だけでは食べていけないやろ、それで、窃盗団になったりするんよ」

礼子姉さんはため息をつく。

「私ね、沖縄に来た奄美の人たちを助ける仕事もしたいと思ったんよ」

「そうか。お姉さんは偉いな」

喜望は、静かに答えた。

＊

喜望は、前期の授業が終わると、すぐさまアルバイト先に、一週間の休暇を届け出た。大学入学直後に始めた地元新聞社の校閲の業務だったが、この四月以来、定休日の日曜日の他は、毎日午後三時から午後八時まで休むことなく熱心に働いてきた。だから、休暇を申し出た時、部署の責任者からは一瞬、どうしてという顔をされた。もしやこのまま辞めるつもりではないかと、疑われもしたようだ。が、遅刻もなしの皆勤に免じて、許可してくれた。

実際、大学一年の前期の生活は、アルバイト漬けだった。それは、大学の講義が期待していた程に面白さを感じられず、教室から足が遠のいていたことがある。教養部の授業は、どれも高校の延長としか思われず、興味が持てなかったり、あるいは、哲学などは、教授の話が極めて抽象的かつ難解で、ついていけないのだ。

同時に、生活のためには、アルバイトにのめり込む必要があった。留学制度を利用しているから、授業料はその制度で支給される支援金で払っていたが、日常の生活は、いっさい自分で稼ぐ必要があったからだ。仕送りはない。親としてもそうしたくても、南の島の小規模な農業経営では、資金がないのだ。だから、鹿児島に来たのもいっさい自活することが、条件ではあった。だから格安の値段で、叔父の家に下宿させてもらっていることは、救いではあった。

そう考えると神戸行は、贅沢なことではある。しかし、絶対に譲れないのだ。何といってもその地は、自分の生まれ故郷だ。だから神戸行は正しくなく、帰郷が正解なのだ。アルバイトを一日も休むことなく続けてきたのも、帰郷のための資金を作ることが、大きな理由だったのだ。

それで梅雨も明けた七月下旬、待ちに待った夏休みに入ると、急ぎ鹿児島から東京行の夜行列車に飛び乗った。徳之島へ向かう時と、正反対の行程だ。ただし、帰りは行きと違い、パスポートを持っていた。氏名、年齢とともに、国籍は琉球政府と記される。これを初めて手にしたとき、深い違和感を抱かざるを得なかった。神戸駅には朝に着いた。晴天だ。高架線の駅ホームに降り立った。実に九年ぶりだ。高架線下の駅前広場が目に飛び込んでくる。あの頃のように市電が走っている。が、周囲の風景は変わり、高層のビルは見えなかった。それでも懐かしい。ようやく帰ってきたのだ。

神戸駅から坂道を上り、大倉山駅へと出た。そこで市電に乗った。市電に乗るのも、久しぶりだ。たしか、戦争が始まった翌年の一月、徳之島に引き上げる礼子姉さん家族を見送るため、メリケン波止場へと出向いた時に使って以来だから、もう十年も経った。ドアが閉まると、車両は長田方面へ向かう。神戸も米軍機による空襲をくり返し受け、市街地は壊滅したと聞いているが、車窓からの風景はその傷跡を残している。しかし、建て直したのであろう、木造家屋やビルやらも目に入る。復興は確実に進んでいるようだ。それに、この市電車両とともに、車も並行して走っている。

やがて、長田神社近くに着く。その神社には、戦争前に妹の智子と二人で市電に乗り、遊びに行った思い出がある。親には内緒の兄妹の秘め事だった。懐かしい。あの時、行きは若い女の車掌さんだった。「どこに行くの」と優しく声をかけてもらった。あの人はどうしているのか。そして、帰りはお金が足りなくて、運賃を負けてもらった。あの車掌さんは、まだいるのか。

智子も幼く可愛かった。その妹も来年は高等学校を卒業し、名瀬に創設された教員養成学校への進学をめざしている。礼子姉さんと同じ道を進もうとしているのだ。やはり、同じ血を持つ従姉妹だ。

やがて車両は、御崎橋駅に着いた。わが故郷、兵庫運河沿いにある、神戸・浜中の入り口の停車場だ。今、そのホームに降り立った。周囲を見渡す。あっちこっちに更地が残り、建物はぽつんぽつんとしかない。それもどれもが、急ごしらえの粗末な家屋なのだ。空襲によって焼野原となったことが、一目瞭然だった。

道路を渡り、浜中に入る。すぐ行くと、鉄塔下広場があった。よかった。しかも、空高くそびえる鉄塔もある。戦争が終わってから建て直したのか。いや、あの頃の鉄塔が焼けずに生き残ったのだ。そうして、電線も走っている。だが、広場の周囲は広い更地となり、建物はない。あそこには、同級生の前田静香の両親が営むうどん屋があったが、それもなかった。

広場を出発し、再び歩く。そしてすぐに丁字路に着く。直進すれば、兵庫運河を渡る御崎橋に出る。だが、右に曲がる。そして少し進むと、はっとした。右手に三軒長屋の平屋の木造家屋があったのだが、今は、更地だ。三軒長屋の真ん中は、自分が産湯につかったその家だったが、すでにない。空襲で焼かれたに違いない。ぐっと、目に力を込め更地を睨んだ。悔しさが込み上げた。

かつて通った母校に向かって、歩き始めた。そして、遂に、親友李東根の家の前に着く。が、更地であった。やはりそうか、と呟いた。

その更地の隣には、トタン屋根にトタン壁の粗末な家屋がある。その前まで行くと、玄関ドアも窓も開け放たれ、内から人の声が聞こえる。もしかしたら、知り合いかもしれない。中に向かって声をかけた。

すると、半袖シャツにスカートを履いた白髪交じりの女の人が現れた。見知った顔ではなかった。

喜望は、戦争中にこの近所から引っ越して出て行った者だが、戦後の浜中の事情に詳しければ教えてほしいと依頼した。だが、女の人は「自分たち家族も大阪に暮らしていたが、空襲に焼かれてつい一年前にここに来たばかりなので、詳しいことは知らない」と答えるばかりだった。残念ではあったが、仕方のないことだと諦めるしかない。

李は、どこへ行ったのか。まだ、この神戸のどこかに暮らしているのか、それとも、母国に帰ったのか。

さらに歩くと、母校の小学校に出た。校舎は、明らかに建て替わっている。学校構内からは子どもたちの声はしない。夏休みに入っているのだ。

先へと進む。国鉄和田岬線の踏切を渡り、歩く。そして着いたのは、大手造船所の門前だ。造船所内ではヘルメットを被った何人もの男たちの姿や、空に向かってそびえるクレーン車があった。金属がぶつかりあう甲高い音も聞こえてくるから、きっと船を造っているのに違いない。かつて父が勤務していた場所だ。懐かしい。腕の良い職人と、誰もが認めてくれていた。が、すぐに悔しくなった。部下の暴力で、大けがを負わされた場所でもある。もし、あの事件がなければ、我が家はずっと神戸で暮らしていたに違いないのだ。そうであれば、何も今、留学生などになっていなかった。いや、でも、神戸に居たら、空襲で死んでいたかもしれない。

すると、造船所の中からクレーン車の音と重なり響いてくる金属音に、忌々しくなった。その喧噪にも似た音が、自慢げに聞こえてきたのだ。如何にも、〝造船所の生産は絶好調なのだ〟と、我が世の春を謳歌しているごとくに感じる。朝鮮戦争が始まり、軍需品の需要が高まり、日本の製造業も生産がうなぎ上りに絶好調になっていると言われるから、ここも実際そうなのかもしれない。

すると今度は、ずるい、と思った。この造船所も空襲で大きな被害を受けたのだろうが、もうこんなに復興している。それに比べ、自分の故郷浜中は、復興からも程遠く取り残され、傷跡が残る。家族が居る奄美に至っては、日本から切り離されてしまった。しかも、戦争によって壊滅させられたのに、同じ戦争によって生産を増大させている。これは、たしかに矛盾している。そうか、留学生となったのは、本当は戦争の所為なんだ。そうか、そうならば李が日本いることも、戦争の所為だ。その戦争は、日本が始めたのではないか。みんなみんな、矛盾だらけではないか。

　喜望は思考を巡らせるが、自分でもそれが正しい答えなのかと、疑問も出てくる。一方で、正門に立つ警察官のような姿をした守衛の、悪人を射貫くような険しい視線を感じる。それでも、造船所の中を凝視することをやめない。そうしていると、一つ決心だけはできた。この留学生として暮らす体験を、いつか必ず小説にして、世間に問わなければいけないのだ。そうそれも、自分は正真正銘の神戸生まれの神戸育ちなのだから、徳之島と奄美大島での生活も、留学生の体験に違いない。

　だが、それも戦争の所為なのだ。

あとがき

父が他界した翌年の夏、大手新聞の読者投稿欄に、「戦時の記憶　切り抜きで残す」との題の投書が載った。記事は、七十代初めの女性のものだが、女性も戦後生まれだから戦争体験はない、しかし孫に戦争の記憶を語り継がねばと考え、戦争体験者の投稿記事の切り抜きを開始し、それをスクラップにしたものを、近いうちにプレゼントするという趣旨だった。

私は、その記事に、大変共感した。戦争の記憶を語り継ぐ重要さは実感するが、戦後二十年経って生まれた私もそうだが、実体験のない者が戦争の記憶を継承し、語り継いでいくには、戦争そのものを学習によって知る以外に方法はないと思っていたからだ。もちろん、学習とは多面的であり、新聞の切り抜きもそうだし、書物を読んだり映画を観たり、あるいは体験者の話を聞き取ったりすることもそうだ。戦争体験者の生々しい実体験には及ばなくても学習は有効だと思うし、いや、それ以外には方法はないだろう。

戦後八十年近くになろうとしている今日、戦争体験者が減っていくことは、人間の摂理として仕方がないことだ。いや、むしろ、戦争体験者が日本という国において減っていることは、歓迎すべきことなのではないか。体験者が鬼籍に入られることは悲しいことに違いないが、一方で、戦後八十年近く、日本は戦争体験者を生んでいない、つまり、戦争がなかったのだ。それも根本は、憲法九条によるものなのだろう。

それで、この投書の女性もそうに違いないと思うが、今日の世界の動向をまじまじと見たとき、私は今こそ、戦争の記憶を後世に語り継ぎたいと切望する。

二年前、コロナ禍の真っ只中であるにもかかわらず、そんなことをしている場合じゃないだろうと思うが、ロシアがウクライナへと侵略戦争をしかけた。ウクライナがNATOに加盟するのが気に入らないからと、大統領のプーチンが軍に命令を下したと、報じられている。軍事同盟であるNATOへの加盟が、世界平和に貢献するのか否定的影響を及ぼすのかという是非は別にして、主権国家の判断を、それが気に入らないからといって軍事侵略する道理はない。二一世紀も二十年以上がたち、こんな無茶がまかり通るのかと、驚きもする。結局、多くの市民が犠牲になっている。

そして、中東の地では、イスラエルがパレスチナのガザを、ジェノサイドとも言われる、軍事攻撃に踏み切った。ここでも多くの市民が犠牲となっている。

国内に目を転じてもまた、自公政権によって、軍事拡張が推し進められている。この先米国の要望に従い、防衛費を今の二倍にする計画を持つ。また、専守防衛も投げ捨て、先制攻撃も可能にする。それも、米国が台湾有事に備えてのものでもあるという。実際、台湾問題をめぐって中国との戦争が起きれば、台湾に近い与那国島を戦場として迎え撃つとのシナリオができているという。さらに、それに備え、当地である与那国島を含めた沖縄、奄美の各諸島には、自衛隊が急ピッチで基地を張り巡らしている。ぞっとする、恐ろしいことだ。本気で戦争をする気なのか。

だから今こそ、戦争の記憶を語り継ぎたい。この場合、主には戦争とは、先の日中戦争から太平洋戦争の、つまり十五年戦争、アジア・太平洋戦争を指す。それも、戦争の惨劇や残忍性のことだ。と言うのも、戦争は武勇伝、あるいは英雄的にも語られることがあるからだ。小学校の一年生のとき、級友がこんな話をしてくれた。彼の祖父は、戦争中、戦闘機乗りとして、敵機と空中戦を展開したそうだ。そして、敵機を撃滅して無事帰還したと、誇らしげに語っていた。私も、その話に勇者の面影を想像したものだ。だが、戦争の真実は、惨劇と残虐さの中にこそあるのだろう。

私の場合、両親が昭和一桁の生まれだから、戦争体験を持つ。その体験を機会を見つけては聞き取りしてきたので、それを材料としたいと思ったのだ。

そして今、父の体験をこそ語りたいと思うのだ。実は、父は神戸で生まれているが、両親、つまり私の祖父母は奄美群島の徳之島出身であるから、父の出自をみれば奄美に行きつく。実際、父は戦争中に島に戻っている。戦後、奄美の復帰運動にも携わり、運動史の資料として頻繁に紹介される、高校生たちのデモ行進の写真にも写る。その奄美は、十二月二十五日、本土へ復帰して七十年を迎えたのだ。節目である。

そう言う訳で、私も血の源流の半分を、奄美に持つ。だから、血の源流の一つを知りたいと、奄美の歴史、文化、風土などについて、学んできた。父からも聞き取りをした。その学習の結果、知らぬことばかりの目から鱗、特異な歴史に驚きの連続だった。大学のとき、沖縄出身の先輩もいたことから、戦後、沖縄が米国統治下にあったことは認識していたが、同じく奄美がそうであったとは知らなかった。また、奄美と薩摩の関係、植民地的従属の立場にあった奄美の歴史を学ぶに及んでは、知的な興奮を覚えたものだ。さらに、本土とはかなり異なる文化、風習、言語などを学び、果たして、奄美は、いわゆる日本民族、つまり大和民族と同じなのかとの、疑問も持った。とまれ、父の戦争体験を語ることは、奄美を語ることにもなる。

そしてそれを、私は小説にしたいと思った。それは、学生の頃より小説を書き初めて、四十年近くになるからだ。父は、奄美・沖縄の文化についての研究者でもあったから、自身の体験を回想記、手記、講演録に残している。さらには、既存の研究書にも学んだ。

私にとってこの小説は、父の苦難に満ちた体験を、虚構を用いて追体験することだが、それは私にとっての、戦争の記憶を継ぐことに違いないのだ。

■著者略歴

東　喜啓（あずま・よしあきら）

1965年、東京生まれ。作家。父方の祖先は奄美・徳之島の島人。「蘇鉄のある家」「米寿の帰島」（いずれも『民主文学』掲載）など、徳之島に生きる人々を題材にした作品を発表してきている。

軍政下奄美　日本留学記

二〇二四年十二月二十五日　第一刷発行

著　者　東　喜啓
発行者　向原祥隆
発行所　株式会社南方新社
〒八九二―〇八七三
鹿児島市下田町二九二―一
電話〇九九―二四八―五四五五
振替口座〇二〇七〇―三―二七九二九
URL　http://www.nanpou.com/
e-mail info@nanpou.com

印刷・製本　シナノ書籍印刷株式会社
定価はカバーに印刷しています
乱丁・落丁はお取替えします
ISBN978-4-86124-531-2　C0093